湘警故事

(四)

《湘警故事》编委会 编

中国人民公安大学出版社

图书在版编目（CIP）数据

湘警故事. 四/《湘警故事》编委会编. —北京：中国人民公安大学出版社，2022.8

ISBN 978-7-5653-4566-1

Ⅰ.①湘… Ⅱ.①湘… Ⅲ.①故事—作品集—中国—当代 Ⅳ.①I247.8

中国版本图书馆 CIP 数据核字（2022）第 136536 号

湘警故事（四）

《湘警故事》编委会 编

出版发行	中国人民公安大学出版社
地　　址	北京市西城区木樨地南里
邮政编码	100038
经　　销	新华书店
印　　刷	北京市泰锐印刷有限责任公司
版　　次	2022 年 8 月第 1 版
印　　次	2022 年 8 月第 1 次
印　　张	13.25
开　　本	787 毫米×1092 毫米　1/16
字　　数	252 千字
书　　号	ISBN 978-7-5653-4566-1
定　　价	39.00 元
网　　址	www.cppsup.com.cn　www.porclub.com.cn
电子邮箱	zbs@cppsup.com　zbs@cppsu.edu.cn

营销中心电话：010-83903991
读者服务部电话（门市）：010-83903257
警官读者俱乐部电话（网购、邮购）：010-83901775
文艺分社电话：010-83903973

本社图书出现印装质量问题，由本社负责退换
版权所有　侵权必究

《湘警故事》编委会

顾　　　　问：刘树根　罗国文　王仲刚　易孟林
编委会主任：王运声
编委会副主任：邓　健　何刚强　邓千里
编委会委员：李正文　郭一红　喻勇杰　欧阳艳芳
　　　　　　邓　榕　张新武　侯林海　蔡学文
　　　　　　梁　波　张国刚

主　　　　编：王运声
执 行 主 编：邓千里
副　主　编：李正文
编辑部主编：郭一红
编　　　　辑：喻勇杰　欧阳艳芳　邓　榕
发　　　　行：肖和军　曹　利
美　　　　编：王　子

讲好湘警故事

维护警察形象

罗国文题书

目　录

侦探小说

特殊民情／木　子　3

破　网（长篇选载）／颜永江　7

生死探案／李正文　68

大案追踪

溺水羔羊／陆中刚　91

湘警先锋

反诈尖兵／易卓奇　101

湘西刑警贾春宏／申瑞瑾　130

龙山之女／李万军　147

警营雷锋熊金龙

　　——记益阳市公安局资阳分局治安大队副大队长熊金龙／红　雨　介　强　164

警世钟

一念之差 / 盛　勇　171

警营随笔

入云深处 / 涟　水　183
等你46年 / 李　零　186
巡警老余 / 刘向阳　189
别说我的眼里只有犬 / 李唐一　192
刀尖上的舞者 / 万萍霞　196

侦探小说

特殊民情

木 子

方兴踏进龙源深山,就像目睹一幅美丽的画卷,心里仿佛荡漾出一湖春水、一江秋色。城里没有如此连绵的山峰,脩薄的草木,翠绿的海洋。在她眼里,这里青山绿水,就是金山银山……

美景天地,方兴又飘摇着一个美梦:此次访民情,必然能达到一分耕耘、十分收获的绝佳效果。

警察来了,他金山峰正好有事相求。三十年前,他本有一个家,有他的爱妻和乖乖女儿,早先只因好赌,其妻一气之下携女出走,去了何方,就像山峰上的树叶被风扫落,也许飘荡得很远很远。妻儿离去,他没脸面见左邻右舍的父老乡亲,便躲进了龙源大山里,过上了隐居的生活。在山里,他拥有了山地与林木,远离了嗜赌的恶习。后来,他用勤劳的双手筑起了一栋分外显眼的楼房。他建房之意是要用自己的行动和结果告诉他失去的亲人,若有朝一日妻儿回到他的身边,也有个像样的窝。他常这么想,想过之后,他又骂自己,骂自己是傻星,是只猪。人家出外,肯定早已成家生儿育女了,不过他还是抱着希望,因为他始终记着妻子新婚之夜说的一句话:"今生今世,我只嫁你一个人。"哎,女人的心是什么?就是山路边的草,风一来两边倒,也许她早已食言了。他毕竟是为人之夫为人之父,年岁大了,该与妻儿见个面,也好哪朝哪日入了黄土,还有人来为他上炷香,烧张纸。每每如此想来,有些伤感,伤到了有泪水冒出的时刻,他就钻进密林里哭一阵,哭他的命苦,哭他不应在邪乎的圈子混。这些不光彩的事,本不应该说出来,然而,这事儿不说,他心里难受啊,就像藏了根刺在心里,时时发酸发痛。

民警是来访民情的,金山峰相信民警能为他找回失散的妻儿,能让他们阖家团圆,他相信这不是梦。

听罢金山峰老人的家史,方兴的心被震撼了,老人从晦暗走向光明,让她肃然起敬,她记下了他要寻找的妻子和女儿的名字。金山峰之妻叫牛仙花,女儿叫牛荷美。牛仙花是山东济南人，是金山峰当年在济南做生意时认识的。牛仙花出走后，他曾去过济南，但因老屋拆迁，原来的房主都已各奔东西无法联络。牛荷美之名是他给取的，荷美出生时，门前荷花盛开，美丽如画，这漂漂亮亮的名字，其妻也格外欢喜。

方兴离开金山峰老人家后，速速去了公安局，又速速在公安人口信息网上搜寻，然而令她失望的是，在全国13亿人口里竟没有牛仙花和牛荷美之名。原因何在？是金山峰老人言中有误，还是他出走的妻儿已改名换姓？带着疑云，方兴又进山了，这回不是她独自一人，而是邀她弟弟方勇同行。他们姐弟二人同在省警察学院毕业，又同在市局工作。方勇酷爱文学，兼任市作家协会主席，号称"警营第一支笔"。方兴觉得金大爷的家史有故事，自然她要带上这支"笔"，同时也可为老人寻亲助一臂之力。

车还在龙源山道上盘旋，方家姐弟就看到了金山峰老人的房子，那房子坐落在山脚下，洁白洁白的，远远望去，就像一个绿色的旋涡底部现出一朵白花，分外耀眼。

金山峰老人的家是屋大人少，装饰颇有古色。方勇很好奇，他楼上楼下看了个遍，看完他乐了，笑着说："金大爷，我们市里作家协会想在龙源山里建个创作基地，就在您家里挂个牌子，用用房子可不可以？"

"可以，可以。"金山峰满口答应，"我这老头子正闷得发慌，你们作家常来，我好随你们开开心，整个二楼160平方米，全免费，只要你们作家来我寒舍，我还负责为你们准备好吃的野味。"说完他哈哈地笑起来，那爽朗的笑声如风刮竹林的美妙之声，惬意又醉心。

方兴对创作不感兴趣，她的目的是为金山峰老人寻找亲人。她再次请金大爷回忆往事，透过那陈旧的风尘，金山峰提供了一个认妻的证据，他妻子的脚板下有个豆大的黑痣。这证据并非挂在脸上，而是踩在泥巴里，到哪里去找哇？方兴实在急而无策，她要方勇拿出良方。方勇眯眯一笑，说："这还不易，将两位老人的照片朝网上一挂，不就成了？"

这法子肯定有效，只可惜牛仙花她没留个影子，单挂金大爷的照片，就算他妻子看见，恐怕也不会认，而空闹一回。方兴虽这么想，但她仍抱着试试看的心理，同意了弟弟的寻找办法。方勇取出相机，拍下了金山峰那微微的笑意。很快，老人的笑脸和他的寻亲之文在网上悄悄而传，传到中华大地的每个角落。

时光是朵云，云在飘动，云在消失。多日过去，没有金山峰妻子和女儿的丁点儿消息。方兴自身也命苦，很小时，几乎是记不清父亲面目的年岁，她父亲就死了，从小到大她和弟弟没感受到父爱，这是他们姐弟人生中最大的憾事与苦楚。现在天底下竟有丈夫见不到自己的妻子，父亲爱不到自己的女儿，这是怎样一种悲哀啊？方兴感叹之后，再次下定决心，无论如何也要为金大爷圆一个全家团聚之梦。于是她再次进山，再找金大爷深挖细节，刨出根底。

对于金大爷寻亲之事，方勇已尽力，眼下他的要紧工作是筹备龙源创作基地，这基地他实在是很在意。他早有所思，文学创作应有自己的原创之点，龙源是湘北山王，那里有文学创作得天独厚的条件，群山美丽，溪水美丽；景物新鲜，空气新鲜；创作场所漂亮，创作环境舒适。市作协五个副主席中，公安就占有大半壁江山。他和他的同僚们特别重视公安题材的创作，他知道，全国公安系统唯有西安市公安局建了一个创作机构，西安的样板，足以证明公安创作事关重大。时下，准备就绪，只等5月4日这个具有历史意义的青年节来临，好在金大爷家挂牌开张。

5月4日这天，龙源山顶上白云在飘，山底下彩旗在飘，领导们、作协会员们，还有山民们，足足来了两百人。此次庆典，会议档次颇高，市里主管文卫工作的市委王副书记亲自主持。一阵鞭炮响过之后，红红的碎片在金山峰老人的家门前撒了一地，就像铺上了一层薄薄的红地毯。

王副书记宣布会议第一项议程：

"请新郎、新娘上台！"王副书记声亮词清，人人听得明白，也听得糊涂。顿时全场鸦雀无声，不少人为这位堂堂的市委副书记的失误惊出了一身冷汗。

"请新郎、新娘上台，奏乐！"他再次高声地重复了一遍。天哪！又错了，几乎错得台下不少人要钻地穿山把自己藏起来，不愿再看这一幕，有的干脆闭上眼睛，让那黑暗飘然而去。

婚庆音乐响起，真有新郎、新郎上台了！方兴挽着她的母亲李桂花，方勇扶着他的父亲金山峰，天哪，这到底是咋回事？台下人人一头雾水。

金山峰与李桂花台上而立，二人如站立的木头，久久不敢相识相认，终于在方兴姐弟的推动下，他们才呼着喊着抱成一团。

这时王副书记带头鼓起了掌，全场人明白了，他们都为此而拍红了双手。

长话短说，方兴再访金山峰时，知道了他是三十年前从江南朱家墩隐居龙源的，他的原名叫汪实辉，为隐瞒那段不光彩的历史，后改名为金山峰。方兴是朱家墩人，这一惊奇的发现，她立即给弟弟方勇作了汇报。当晚方勇以给母洗脚为名，发现了母亲脚板上的黑痣。这足以证明过去的汪实辉，就是他们的父亲，他没有死；也足以证明他们的母亲和现在的金山峰是夫妻关系。为了给父亲和母亲来个惊喜，他们特地在金家挂牌庆典上补上一个"再婚"仪式。

牛仙花、牛荷美为何要改名换姓？当年她们母女二人又为何不远去他乡？孩子大了她李桂花又为何不找回失去的丈夫？早年牛仙花仅一女儿，怎么又多了个儿子？夫妻一别三十多年，李桂花又为什么不改嫁重生？这一切在儿女的追问下，李桂花道了实言。

那时期，牛仙花的丈夫汪实辉在外跑江湖，挣了钱，也染上了好赌恶习，家里败了，连房子都抵了，他还透出风来，要将女儿卖掉。为了女儿，她才与女儿出走，当时她腹中已怀下方勇。她没走远，在城里安身安家，靠擦鞋维持生计，其目的是儿女不能没有爹，待孩子大了，再去找回他们的亲人，即使做父的没回心转意，他也不敢再在孩子身上打主意。为不给儿女心里留下他们父亲是个赌徒的烂名，她干脆说他们的父亲死了。哪知后来她找不到孩子的父亲了，朱家墩人说，他走后已无音讯，谁也不知他浪荡何方。她曾爱过她的丈夫，她曾说过不嫁二人的话，她一直在苦苦地等待她的汪实辉。

一家团圆了，方兴提议恢复他们的原姓原名。三十年后堂堂正正的汪实辉带着一家人去朱家墩老家，拜访了他的乡亲。见到这一家子，有人为他而笑，有人为他而哭。

方勇的创作基地也热闹起来，常有一帮子"喝墨水"的人去汪实辉家玩笔杆子，阳台上也常架一张四方桌，他们与汪大爷少不了呷几口烧酒。

而今，汪实辉最疼爱女儿方兴，是她这位漂亮的警察，访民情访出了这桩漂亮的好事。

破 网
(长篇选载)

颜永江

一

徐丽艳同一男子下车后,匆忙进了一家宾馆,迅速上了二楼。

那男子搂着窈窕女子的纤细腰肢,在那间豪华套间门前驻足。接着他十分娴熟地推门,拉了一把女人,在她嫩白的脸上一吻,旋即关上了房门……

方刚很是惋惜地收起了相机,朝廊道尽头骂了一句,离开了二楼的楼道。

方刚接了这个差事以来,就没有睡过一个安稳觉。这差事虽然轻松,但他极不情愿。他弄不明白堂堂林城市房地产大亨邵绿荫,为何要雇自己去跟踪他的妻子?他的用意何在?

方刚走过漆黑小巷,在宽敞的大街中央站了会儿,看样子对刚才的收获并不满意,他想是否有必要再次回到那个地方,蹲上一个晚上,希望能够捕捉到令人满意、令人兴奋,甚至令邵绿荫愤怒的画面。这个念头只在他的脑子里一闪,很快就消失了。他否定了这个想法,摇了摇头,苦笑一声之后,漫无目的地行走在大街上。

方刚一边行走,一边在想,要不要将今晚的事告诉邵绿荫?这也算是对邵绿荫有一个交代。这时,方刚的手机响了。他接完电话,拦了辆的士。

邵绿荫选择在胜利大街与方刚见面,这里离他居住的梦幻巴黎小区很近。这条街的景色十分迷人,清一色的吊脚楼,红红的柱子、木质的壁板,雕有龙凤的窗棂漆上了火红油漆,在昏暗路灯下泛着暗红色的光。

邵绿荫坐在一夜市摊前,望着前面的大街,等着方刚的到来。方刚从的士里出来时,就听到不远处有人叫他的名字。他抬头看见邵绿荫正向他招手,便走了过去。邵绿荫没有直接问他要结果,这倒让方刚有些局促不安。两听啤酒后,邵绿荫说徐丽艳今晚又去向不明。方刚"哦"了一声,敷衍说最近报社太忙,没时间顾得上跟踪的事。

邵绿荫有些愠怒。方刚举起手中的啤酒杯，凑到了邵绿荫的面前。

邵绿荫叹了口气，说："老弟，男人在社会上混，靠的就是这张脸！"

方刚无语……

这日上午邵绿荫走后，徐丽艳在屋子里待了一会儿，她老是心慌烦躁。早上邵绿荫的话特别不对劲，简直跟抓住了她的把柄似的。徐丽艳寻思，与梁志华的每次约会都是那样谨慎，邵绿荫是多疑还是听到了什么？刚才邵绿荫的话，证明他已经知道了自己与梁志华的关系。可不管怎样，是邵绿荫不把自己当成人看在先，还把自己当成了一个物件送给了他人。

徐丽艳憋了一肚子气，她整理了一下头发，对着镜子化了妆，选了一套灰色套裙，反手把门拉上，走下了楼梯。

胜利咨询公司是梁志华根据公司办公位置而取的名。公司的规模不大，说是公司，其实就只有几间办公室。

公司常驻人口总共才三个人，梁志华是这里的头儿。还有一个是还不到年纪就从公安局刑侦支队副支队长位子提前退休的胡思耀，另一个是在市法院刑事审判庭退休的刘漓。

徐丽艳来了，梁志华将她引到自己的办公室。

胡思耀事后花了些工夫才弄清楚，这个女人是林城鼎鼎有名的房地产开发大亨邵绿荫的妻子。她今天来找梁志华，是她的婚姻出了问题，还是她要调查哪个男人？

梁志华看出徐丽艳有些紧张，问："什么事？看你神色不对。"他将一杯茶递给了她，打破了办公室的沉闷。

"志华，邵绿荫像发现了我们什么！"

梁志华听到徐丽艳这句话时心里"咯噔"一下……

邵绿荫一觉醒来，仍未见徐丽艳回家，墙上的挂钟显示已经是下午三点。他收拾了沙发上的东西，在卫生间冲了个澡，然后出门驾车去了城东开发区管委会。

城东开发区是林城市21世纪初计划开发的，2005年就开始了一期工程建设，经过五年已初具规模。

邵绿荫来到城东的时候，张志杰没在办公室等他，而是站在管委会办公室门口候着他。现在邵绿荫是柳斯林面前的红人，他不敢怠慢。张志杰见邵绿荫的奔驰在办公室门前停了下来，忙上前，打开车门钻了进去，冲邵绿荫说了句："去二期工地！"

邵绿荫不知张志杰要去工地干什么，又不好问，倒车去了工地。几分钟后，车在离工地不远处停了下来。二人下车，眼前一片白布横幅让邵绿荫傻了眼，上百个农民扛着横幅，横幅上写着："还我土地，还我家园！"

张志杰告诉邵绿荫，他是下午上班时才听到这个消息的，马上给他打了电话。还说他给柳副市长也汇报了，柳副市长在下面的县里面考察企业，一时半会儿赶不过来，说等他明天回来再研究城东二期工程的拆迁问题。

邵绿荫明白了，张志杰是要他来看这一出的。但现在林园还没有进场，农民闹事是市政府的事，再闹也闹不到林园公司。何况农民拆迁问题是市委和城东管委会的任务，林园公司只是负责兑付农民拆迁的补偿款。张志杰这时拉他到这里来，恐怕有点儿为时过早了！

邵绿荫看着张志杰，张志杰拉了把邵绿荫："回办公室说！"

在办公室里张志杰说，城东二期居住的人背景很复杂，据他知道的就有好几户与省城里的干部有关系，这里水很深，就是柳斯林亲自来了也不见得能拿下二期工程三个月内拆迁任务。一旦这拆迁时间拖延，损失的是林园公司，林园公司向市政府交纳的六千万押金，仅利息一个月是多少？要是拖上半年，林园的损失可大了！

邵绿荫想，张志杰说得没错，这人还挺会算账。

邵绿荫笑笑，对张志杰说："出个数吧！"

张志杰伸出了五个指头，邵绿荫再次笑笑，点了点头算是成交了。

回来的路上，邵绿荫有一点儿不舒服。城东管委会的竹杠居然敲到了他的头上，这是赤裸裸的交易。

张志杰要感谢曾峰给他出了个好主意。

曾峰要张志杰承揽下城东二期工程拆迁的任务，张志杰听曾峰一说就咂了舌："我的妈耶，拆迁的事多难哇，你怎么就出了个这样的馊主意？"曾峰可不这样认为，他说："二期也是柳副市长亲自抓，不就是土地手续问题？那是小事，市政府计划，这点儿小事能难倒柳市长？再说了，邻近的几个市，他们的开发不都是与我们城东一个样，按柳市长的话说就是'先上车，后补票'。何况我们还是圈子里的人，他能见死不救砸自己？"随后曾峰还给他分析了承揽二期拆迁的好处……

邵绿荫因前段时间忙于城东二期招标的事，有几天时间没去铜江大桥工地了。他给工程主管杨四打了个电话，杨四告诉他省工程设计院的工程监理守在工地，工程进展很快，不用邵总担心。邵绿荫想看看朱自豪是否在家，他要亲自去看他，并要杨四给他回电话。

　　看望朱自豪不是邵绿荫的本意。但柳斯林说了，朱自豪那里他必须得去一趟，冤家宜解不宜结。要他去有两个好处：一是朱自豪能体会到林园公司还是有人情味的，能够在他出狱的时候想起他，不抛弃他，把他当平常人看待，使他的心理得到安慰；二是能够传达柳斯林副市长对他的关怀，使他明白对他采取的措施只是由于政策，而不是柳斯林个人行为，说明市委没有忘记他。

　　邵绿荫买了些水果，驾车去了铜江大桥工地。工地保安部的几个人等在朱自豪家门前，候着邵绿荫的到来。他们见邵绿荫停车，争相上前为邵绿荫提东提西，簇拥着邵绿荫来到了朱自豪家门前。

　　邵绿荫踏进朱自豪家第一步，就被面前的情景惊呆了。朱自豪虎视眈眈手舞长棒，高高举过头顶，眼睛里喷着火星子，瞪着即将要踏进他家门槛的人，并愤怒地冲着门外来人大骂："有种你就进来，老子叫你有来无回！"

　　骂完手中长棒落下，多亏邵绿荫躲闪得快，长棒落在模板夹成的壁板上，那壁板"哗啦"一声碎成了两块向外倒去。邵绿荫退回到了原处，保安部的人唯恐朱自豪冲出来打邵绿荫，忙将邵绿荫围在中间，冲朱自豪吼着别过来，否则他们会对他不客气。

　　双方僵持了一会儿，邵绿荫好说歹说朱自豪才放下手中的木棒，可始终不与邵绿荫交流，嘴里只一个劲儿地喊还他房子。邵绿荫顿时感觉有机可乘，忙就房子的问题与他交谈。朱自豪提出要房屋补偿款六十万，半年刑期赔偿款五万，拿到他就不再上访，否则免谈。邵绿荫答应，说回去后跟市里领导汇报，再给他答复。当邵绿荫离开朱自豪家时，朱自豪气愤地将邵绿荫带来的礼物向小溪里一扔，朝远去的邵绿荫骂道："去你奶奶的，老子不吃你这一套！"

　　张吉望听说林园公司的邵绿荫去了朱自豪家，他在林城市内的姨家坐不住了，说什么也要回趟铜江，找朱自豪问个明白。张吉望的姨父就是胜利咨询公司的胡思耀，他从市公安局刑侦支队退休时，林城市里对他还热评了一段日子，具体是什么张吉望说不上来，只知道他的姨父也是林城里厉害的角色，现在还在林城什么咨询公司里干事，蛮有能耐的一个人。

　　张吉望前些年与胡思耀也很少联系，他母亲去世得早，那些表兄表弟们对张吉望不是很热情。铜江与林城市也只有十几里路，是林城市的郊区，张吉望那时觉得自己是穷在路边无人问。他从北京上访回来后，房子被拆了，他也被打伤残了，万般无奈只有硬着头皮去找姨父，让姨父胡思耀帮他出出主意，他相信姨妈和姨父在关键时候还是肯为他说话的。

　　胡思耀听说过林园公司在铜江大桥拆迁时打伤过人的事，林城这么大，怪事儿天天会发生，上了年岁的人不爱听那些小道消息，也没去打听那事情的来龙去脉和结果。张吉望出院一个月后，才上了胡思耀的门。胡思耀看到张吉望不能活动的右手，想不到被欺负的竟是自己的外甥。他臭骂了张吉望一顿，责怪他为什么半年了才来找他。张吉望很委屈，很自责地说自己平时没有常来看望姨妈和姨父，遇到麻烦了才想起他们，内心惭愧。要不是走投无路，他也不想来打扰二老的平静生活，一席话说得他姨妈流了泪。

胡思耀抹了一下眼泪后，拉着张吉望说："儿哇，不怕，有你姨父在，你就不怕说不过这个理。"

胡思耀告诉张吉望，他人虽退了，可他在职的时候，圈子里还有一些人能说上话，张吉望在省城的表哥也有自己的圈子，都能帮上他。随后胡思耀给在省城的大儿子打了电话，告诉他他表弟在铜江被人欺负了，房子没了，人也被打残了。大儿子很气愤，要胡思耀写份材料用特快专递寄给他。张吉望见姨父一家这么热心，心里踏实了许多。反正家也没了，老婆孩子回了娘家，他干脆坐在姨父家等消息。

张吉望在姨父家没等来消息，倒听说邵绿荫去了朱自豪家，他去自豪家干什么？他得回去弄清楚，免得自豪一家又吃亏，快要到头的希望不能让他给灭了。

铜江大桥工程确定后，市里面关于工程范围内拆迁补偿标准出台，朱自豪和张吉望就很不满意。铜江社区的房子数他们两家最好，凭什么就同那些破烂工棚房补偿一个标准？国家计划工程也得讲理，不能让农民老实人吃亏呀。

四个月后，铜江大桥工程正式启动，社区通知张吉望、朱自豪两家去领拆迁补偿款和拿政府划给他们的新建安置土地证书。张吉望、朱自豪俩去了社区，一看补偿标准仍然没变，安置的土地面积也少了许多。他们与社区干部论理，社区的干部说，要论理找柳市长说去，工程是他抓，政策也是他制定，在这儿撒气没用。人家几十户都领了补偿款明天就自己拆了，唯独他们俩想从工程里抱个金娃娃，爱领不领，不领拉倒！张吉望、朱自豪装了满肚子气，像他们两家要从铜江大桥工程"打秋风"敲诈一样。他们决定干脆不领，到拆迁时不动，看你们能把我们怎样！

铜江社区的拆迁户不到一个月都拆迁了。这里只剩下了他们两家成了铜江社区的"碉堡楼"。路被施工队挖断了，水电也被切断了，朱自豪、张吉望两家又回到没水没电的 20 世纪 60 年代那样，做饭靠担水、照明靠煤油灯，天晴一身土，下雨浑身泥。他们找施工队，施工队的人表示同情，但问题不归他们处理，他们也是在帮别人打工。拦别人施工，停一天工，人家要少一天工资，他们这些人是靠卖苦力挣钱养家糊口的。张吉望、朱自豪自己也在外边打过工，知道打工的难处，有些于心不忍。可不拦工吧，谁也不会搭理他们两人，他们就像泼妇骂大街一样，每天到工地上去骂几次，都无济于事，没人理睬。张吉望看这样下去不行，同朱自豪去了林园公司找老总邵绿荫。邵绿荫告诉他俩，林园公司该给付的房屋拆迁款早就给了市政府，市政府怎么分配与林园公司无关。说理得找到说理的主，找林园公司找错了门。林园公司说得在理，人家花了钱，钱到什么地方他管不着，咱们再找人家，那林园公司不成了冤大头啊！张吉望反过来去找工程指挥部，指挥部推说只管工程进度，补偿问题要铜江社区的拆迁办往市政府汇报才行。他们又去了铜江社区，社区领导的一句话却使他们再也无路可走。社区告诉张吉望，拆迁办早就撤了，拆迁工程已经结束了，就剩他们两家，补偿款在社区里谁也没有动过，认可市里的补偿文件就在协议上签字，不认可由他们两家折腾。

张吉望投诉无门，找来找去只是找来更多的委屈。于是他找朱自豪商量一起阻工。朱自豪胆小，也没见过什么世面，说阻工怕是不行，闹大了不好收场。

张吉望拍胸脯："怕什么！"

朱自豪知道张吉望有背景，想也许张吉望是得了谁的指点，于是同意了第二天一起去阻工。第二天，施工队的推土机开到哪里，他们两人就躺在挖机前面的地上。闹来闹去，工程停了下来。工程停工了，市政府也就关注到了铜江大桥工程的拆迁问题。张吉望和朱自豪也上了拆迁问题的"钉子户"名单。

二

林城铜江大桥工程招标是徐丽艳人生中最为龌龊、最为晦暗、最为愤怒、最为蒙羞的记忆。

铜江大桥工程招标引起各方关注，省内外各实力相当的公司云集林城。就像饿慌了的野狼，虎视眈眈地盯着摆在面前的肥肉，竞争史无前例的激烈。铜江大桥工程是六个亿工程，其中的利益促使各大公司向掌握着铜江大桥工程招标举足轻重的人物柳斯林抛出各种诱饵，做出各种承诺。林园公司虽已入围，但实力与省路桥建筑公司、中央所属的企业相比略逊一筹，想夺得这个工程并非易事。邵绿荫苦思冥想后，给柳斯林送上了一份特殊礼物。

春城大厦是林城市最为豪华的大酒店，邵绿荫请柳斯林出席了这顿特殊而且特别的酒宴。酒桌上，邵绿荫一个劲儿地为柳斯林倒酒，铜江大桥工程招标的事他只字未提。你来我往，柳斯林同邵绿荫都醉了。

邵绿荫对柳斯林说："柳市长，今晚就别回去了，我给你在这儿开房。"

柳斯林瞪着醉眼看了看邵绿荫，又看了看徐丽艳，"开房？回去！开房没人伺候！"

邵绿荫搀扶着柳斯林走到了电梯间，然后把柳斯林送进一个总统套房里。

邵绿荫回到大厅，摇摆着拉起徐丽艳，一同钻进了的士。回到梦幻巴黎小区，邵绿荫看着徐丽艳问:"柳市长是否真的醉了?"

徐丽艳点头:"你们喝了那么多，不醉才怪呢。"

邵绿荫嘿嘿笑了两声，很满足地冲徐丽艳说:"多少年了，这个老大就从来没醉过，今天他终于倒下了，满足，满足哇!"

徐丽艳瞪了他一眼:"是不是给他的夫人或者秘书打个电话，告诉他们柳市长住在春城酒店。不然万一有个闪失咱们可担不起呀。"

邵绿荫仍看着徐丽艳，骂了一句:"你就是不懂事，他住在春城为何要告诉他的夫人，告诉他的秘书啊?这个时候有多少人盯着柳市长，盯着他的夫人和秘书，你想让咱们招标泡汤呀!你真傻，太单纯了!"

徐丽艳担心道:"那柳市长醉了，万一有什么事三更半夜的谁照顾他呀?明天他醒来见没人照顾他不得怪罪咱们呀?"

"去去去!怪啥?你怕你去照顾。"

徐丽艳在邵绿荫的胸上拍了一巴掌:"无耻!我是女人能去伺候他?"

邵绿荫斜了她一眼:"哟，人家那么大的领导，还怕人家对你非礼呀，你看他醉得不成人样，还能有什么?身正不怕影子歪。"

"要去你去，反正柳市长明天要怪罪也是怪你。"

"我去，我自身难保还能伺候他?"

徐丽艳想这倒也是，可不能把柳市长扔在酒店里不管呀，真要这样，过几天招标林园公司肯定没戏。柳斯林平日里为人也很和善，跟邵绿荫称兄道弟的，把他放在酒店没人照顾确实不合适，莫说他是林城市的主要领导，就凭他与邵绿荫的关系，她去了柳斯林也不会把自己怎样。

徐丽艳去了春城大酒店，问清了柳斯林住的房间，上了电梯，要服务员开了门。柳斯林和衣睡在床上，当徐丽艳走到床边时，柳斯林醒了，猛地抱住徐丽艳。徐丽艳使劲儿挣扎，但手无缚鸡之力的女子怎奈何得了身强体壮的柳斯林，柳斯林十分迅速地脱了徐丽艳衣服，将其按在了床上……

铜江大桥工程招标尘埃落定。林园公司以先行垫付工程政府补偿拆迁款和低于其他公司五千万的优厚条件，将铜江大桥工程揽进林园公司。

有些事情有了第一次，就会有第二次，然后就会有第三次和第四次。事后不久，柳斯林将电话打到了邵绿荫家里，电话的目的是约徐丽艳去春城酒店过夜。徐丽艳拒绝过，但这种拒绝的抵抗力几乎是零。柳斯林以将徐丽艳趁其酒醉之后勾引他上床之事告诉邵绿荫相威胁，他要让她脱离荣华，身败名裂。徐丽艳妥协了，选择了顺从权势，把自己的肉体奉献给了林城这个呼风唤雨的人物。

一次偶然，徐丽艳打开了邵绿荫的保险柜，那个笔记本上，记录了柳斯林与邵绿荫的肮脏交易，徐丽艳终于如梦初醒。她发疯般发誓要报复这个世界上的所有男人，要用真相揭露这丑恶的一切。从此徐丽艳同邵绿荫开始了抗争与反抗争的拉锯战。在抗争中徐丽艳有过绝望，有过沮丧。在万般无奈的绝境中，她想到了梁志华，想到了胜利咨询公司。

徐丽艳投入梁志华的怀抱不仅仅是为了寻求帮助，经历了一切后，她的虚荣心慢慢得到解析。冷静过后，她觉得梁志华对她的爱是真诚的，没有掺杂任何其他成分，只有这种爱才是她真心想要的。他们走到了一起，为正义而战，为爱而战……

从徐丽艳告诉他邵绿荫已经怀疑他们的那天开始，梁志华就做好了反戈一击的准备。他开始对徐丽艳提供的线索搜集证据，只等真相大白于天下的那一天。

三

方刚跟踪了几次徐丽艳，终于弄清了那个陪她的男人是梁志华，这使方刚倒吸了一口凉气，开始忐忑不安。以他作为一个新闻工作者的敏锐性观察分析，徐丽艳同梁志华的关系并非只是普通的男欢女爱。那又有什么使徐丽艳要找梁志华帮忙，并且还要委身于梁志华呢？方刚突然想到了邵绿荫，他为何要花重金来搜集徐丽艳的证据？虽然他一下子想不清这到底是怎么回事，但他知道这绝不仅是徐丽艳出轨这么简单。

徐丽艳与梁志华的证据，方刚已准备得差不多了，有几幅照片很能说明问题，可以向邵绿荫交差了。但他的心里老是不踏实，心里像钻进了一只蚂蚁那样。他犹豫要不要将这些照片交给邵绿荫，交给邵绿荫的后果会是什么？他思来想去后有点儿胆怯。

方刚坐在办公室里苦思冥想之后，想到了一个人，他必须见这个人。他记得那次在跟踪徐丽艳时，他碰到过王义。而王义的师父就是胡思耀。胡思耀不是在梁志华的公司里做事吗？要弄清真相，非找到胡思耀才行。于是，方刚给王义去了一个电话，说想请王义晚上一聚。

王义在电话里调侃方刚，说他是大记者，在他落寞的时候能想起他，他感到十分荣幸，答应下了班就去他指定的那家餐馆里见面。

方刚认识王义是在很早以前。那时方刚从学校毕业刚到林城工作。方刚有一个学会计专业的姐姐，一年前曾来过林城，但不到两个月就神秘失踪了。于是方刚想到了报警求助。王义那时在刑侦支队重案科当科长。王义看过他姐的照片，人长得很俊俏。但当时林城的治安防范科技手段跟不上，林城这么大，方刚又没提供一点儿线索，他姐到过哪里，与什么人接触过，方刚也一概不知。唯一有点儿价值的是，他姐从林城打给他的电话，号码他一直还记得。号码查实了，是在林城闹市区的一处公用电话亭打的。因此，王义查了一段后就没了下文。

王义虽然没有找到他姐方娟的下落，但方刚看得出，王义是尽心尽职了。从他与王义的交往中，他发现王义是一个值得信赖的人，后来交往的日子长了，方刚把王义当成了铁哥们儿。

方刚想见王义还有更进一层原因，王义的师父胡思耀，这老头比王义还倔，他那较真劲儿让方刚信服。

王义来了，方刚与王义边吃边聊，吃了一半时方刚说了邵绿荫让他盯徐丽艳的事。王义听完惊出了一身冷汗。他要方刚马上停止这个行动，不然后果无法预料！

方刚说王义不免有些耸人听闻，他只不过是为邵绿荫帮忙，没他说得那样严重。

王义停下了手中的筷子，瞪了一眼方刚。方刚还是不以为然，嘲讽王义，说他是不是职业病犯了，他问王义警察是不是都像他那样。

王义叹了口气。他问方刚，邵绿荫在林城算不算个人物？他在林城的影响力怎样？他会为身边的一个女人花重金去搜集证据，为的是什么？

方刚说，邵绿荫就是想找个理由踢掉徐丽艳呗！

王义真是服了方刚了，他的话说得够明白了，哪知方刚还是听不懂他的话里有话，这说明方刚太天真、太单纯了。他又说了一遍，要方刚马上停止对徐丽艳的跟踪，不然后果会很严重的！

方刚对王义的话很好奇，一再追问王义，他的这种行为能严重到什么程度？王义反问方刚，如果他把现有的证据交给邵绿荫，他能保证邵绿荫不会对梁志华下毒手？如果梁志华因方刚手里的几张照片被害，那这个结果的责任不是方刚能够承受得起的。

方刚听王义这么一说，吓出了一身冷汗。他问王义，现在怎么向邵绿荫交代？如果真如他猜测的那样，自己已经踏上了一条十分危险的路，他没有再继续往下走的勇气。

王义说，他还得将计就计继续下去。方刚吓了一跳，他求王义给他想一个万全之策。王义伸手打住了方刚的话。他说，要他继续就是一个万全之策。他不能中断与邵绿荫的联系，否则，让邵绿荫发现，是不会轻易放过他的。方刚追问王义，是不是王义知道邵绿荫的一些什么不告诉他。

王义慢慢放下杯子，他说，他要给方刚讲一个他没来林城之前，关于邵绿荫的故事。

方刚听了王义给他讲的故事后，那个故事仿佛成了他的一块心病，他不敢再去盯梁志华和徐丽艳了。他说，他回去后就将邵绿荫给他的东西原封退给他，哪还有胆量再干下去。

可王义说这样不行，还要他继续盯下去，不能让邵绿荫对他有了警觉。

方刚离开餐馆时腿有些发软，更不知自己是怎么回到家里的。

方刚只知道王义是从刑侦支队重案科科长的位置下到社区去当片儿警的，其中的缘由没听说过。王义给他讲的那个故事，就是他自己的经历。

三年前。

王义在刑侦支队重案科时接到一个举报。举报人说林园公司涉黑犯罪，并列举了林园公司在征地拆迁中雇请打手，将阻碍拆迁的农民周海打死，把具有正义感的内部职工顾云飞灭口的事。

王义将这封举报信给了时任刑侦支队支队长的曾祥云，曾祥云吩咐，不管林园公司水有多深，要王义把这事一查到底。

于是，王义对林园公司涉黑犯罪进行了侦查。通过侦查，王义发现林园公司的问题远比举报信上的情况严重得多。林园公司在胜利小区开发征地时，对不服拆迁的农民采取粗暴野蛮的态度，雇请社会流氓地痞制造人员失踪，以达到胜利小区征地顺利进行的目的。

胜利小区是林城市开发最早的商住楼项目。小区在没开发前，是一个拥有三百多户人家的农机生产厂家属区。

周海是这个小区内一个很有号召力的人物，年纪在四十五岁左右。他没有同意拆迁，他认为这样的工程项目，应该由市政府的相关部门与他们沟通有关拆迁工作，妥善安置后才能动工。

周海同几名居民与林园公司交涉了几次，林园公司说，他们的条件就是这样，他们拆不拆是他们的事。林园公司还说，不拆也行，他们会有办法让他拆的。

一天深夜，一群人来到了还未拆迁的居民家里，砸门破窗而入，对居住在家的居民进行殴打，并将家里所有的财物扔出家门。随后一辆推土机轰隆隆地开了过来，一栋栋民房在机械的轰鸣声中倒塌。周海在那里哭天喊地，骂林园公司是土匪，是地痞流氓，他说他要去中央告状。第二天，周海神秘失踪了。

杨婕就是那一年被分配到了林城市公安局刑侦支队。她跟着王义从周海失踪案开始调查。从林园公司开发胜利小区到王义的重案科接到举报已时过一年，周海去了哪里谁也不知道。周海爱人原先认为周海是去了北京，可过了半年，她仍没有收到周海的消息，这时她全然不知所措了。她怀疑周海可能不在人世了，于是她向派出所报了案，派出所按人口失踪给她做了登记。就在周海妻子怀疑周海已经遇害的时候，她听到了外面传言，说林园公司在胜利小区开发强行拆迁中打死了一名当地居民，林园公司内部一名当晚参加强拆的员工，因说了几句公道话，也一同被林园公司灭了口。

王义又顺着这条线开始调查，案件终于有了眉目。林园公司在那天晚上的强拆行动中确实有一名员工失踪。失踪的那个员工名叫顾云飞。

王义觉得这事很蹊跷，一夜之间两人失踪，这肯定与林园公司的强行拆迁有关。他隐约感到林园公司的问题不仅仅是强行拆迁，林园公司涉黑应该成立。他向曾祥云报告后，曾祥云同意王义的看法，他让王义想方设法拿到林园公司涉黑的证据，对林园公司进行秘密立案侦查。

一个月后，王义的调查有了新的进展。王义的师父胡思耀告诉王义，梁志华的信息咨询公司收到一个神秘人的信，信上说请求胜利咨询公司的梁志华为他们申冤，说他亲历了那晚的强拆过程，并了解周海不幸遇害，以及顾云飞被杀害的全部内幕。梁志华接到信后，感到事态的严重性，便找到了胡思耀。

事情过了不久，胡思耀听说了一些对林园案件侦查不利的消息，他告诉王义，林园公司的问题很大，要盯紧点儿。胡思耀的话在王义那里起了很大作用，他坚信林园公司存在问题。曾祥云要求王义在一年内拿下林园公司的案子，同时把杨婕安排在他的门下，让王义带杨婕。原因很简单，为了工作方便。

当然，王义在给方刚讲故事的时候没有将这些事说给方刚听，他怕方刚会泄密。

可之后王义与杨婕的调查不知怎么就走漏了风声，邵绿荫察觉了这事。与此同时，对案件线索的调查却有了一丝蛛丝马迹。顾云飞是在胜利小区强行拆迁的那个晚上失踪的，最后见过顾云飞的人也找到了，顾云飞的失踪矛头直指林园公司内部。就在这紧要关头，林城市委、市政府主要领导换届，柳斯林担任了市委常委、市政府副市长。

偏偏在领导换届后不久，王义的调查也出现了意外。王义为调查顾云飞的去向，秘密留置了林园公司的一名职工。这名职工名叫向清泉，三十六岁。王义从调查中得知，那个晚上他一直与顾云飞在一起。王义找过他两次，但他否认了当晚与顾云飞在一起的事实。于是王义与曾祥云商量，秘密留置他。

向清泉是晚上九点多钟被王义从工棚里叫走的，当时工棚里没有人，应该没有被发现。晚上十一点多钟的时候，向清泉说他的肚子痛得很厉害，王义不得不中断对他的讯问。他叫来了法医，让法医给他看了一下，法医说，他是真的病了，得送医院去治。可当王义同杨婕驾车把向清泉送到医院的时候，向清泉已经断了气。医院说，死者是在公安机关内死亡后才被送进医院的，具体的死因还得请法医解剖才能定论。王义怀疑这是有人要置向清泉于死地，很可能是向清泉向林园公司透露了刑侦支队在侦查顾云飞失踪案，才导致的杀身之祸。第二天，林园公司来了一大帮人，围住民警不让尸检，说人明明是死在公安机关，还做尸检，公安机关是想推脱责任。向清泉的家属也来了，他们同林园公司一个鼻孔出气，导致尸检未果。

柳斯林当时联系了公安机关，说由他出面要林园公司出钱安抚家属，把向清泉的尸体领回安葬。随后这事的解决出奇地顺利，向清泉当天就被送到了殡仪馆火化，家属也不再与公安机关纠缠。

但事情没有因当事人家属不闹而停止下来。柳斯林提出要对此事的直接当事人做出处理，并明确提出要对为林城经济发展做出过重大贡献的林园公司加以保护，不能一收到匿名举报，就对有过贡献的企业家们立案查处，对那些一意孤行的人员要追究责任。

王义得到可靠消息，政法委书记李锦波正在力荐曾祥云进入市公安局领导班子。因此王义在调查中把事情的全部责任揽了下来，他说事先没有征得曾祥云的同意，就对林园公司进行立案调查，在留置向清泉时也没有报告曾祥云。随后王义因对向清泉的死亡负有重大责任而被撤职，从刑侦支队下到了社区。曾祥云上任了，分管刑侦工作，他把王义分到了梦幻巴黎社区，这个中的含意曾祥云和王义都清楚。副支队长胡思耀负有领导责任，为免他受处理，曾祥云说，老胡也快到退休年纪了，就让他提前退休吧。老胡同意了。曾祥云要老胡提前退休是有条件的，就是他退了以后要去梁志华的信息公司上班，说得不好听就是去那里打工。老胡说，他也没意见。

方刚听了这个故事确实感到吃惊，他想不到王义是因这么一起案子而被撤职的，并且也与林园公司有关。

四

一周后，在城东拆迁问题上的直接责任人被处理。有六家单位为完成拆迁指标动用单位公款，而这些单位的主要领导均被撤职。

林城的干部队伍不亚于经历了一场风暴，市直单位进行了大"洗牌"。自认为高明，能够坚持到最后的曾峰，中途也被赶下了"车"。处理文件是这样写的：市建设局局长曾峰在城东开发工程项目拆迁工作中，没有积极配合全局工作，而是阳奉阴违消极抵制。当发现城东拆迁户有上访苗头时，不积极制止，反而怂恿上访人员上访，造成城东拆迁户集体上访的严重后果……

曾峰被撤职了！他被撤职前没有一点儿前兆。

全市县级以上的干部大会上，处理文件同新任领导上任的文件同时被宣读。曾峰听到自己的名字也在其中时，差点儿晕倒在会场。那场面使曾峰非常尴尬，宣读他的名字时有无数双眼睛同时看向他。曾峰听得清，有很多干部在议论：原来城东拆迁户的上访是他在捣鬼！曾峰低下头，他想这时地上要是裂开一道缝，让他能钻进去该多好。

会后，他想到了一个人，或许柳斯林不至于看着自己难看，能为自己另找一条出路。

他打了柳斯林的电话，柳斯林说他现在很忙，没时间见他。曾峰还想多说两句，那边的电话挂了，他的手机里传来"嘟嘟"的忙音。

方刚把所有搜集到有关梁志华同徐丽艳的照片给了王义。王义说他见过了师父老胡，老胡说方刚可能处在危险之中。方刚听后感到害怕，心提到了嗓子眼儿。他问王义，怎样才能摆脱邵绿荫。王义摇头，说他已经上了船，再想下船并非易事。开弓没有回头箭，唯一能脱去干系的办法就是继续下去。方刚叫了王义一声爷爷，要他帮忙想一个办法，让他脱离这是非之中。王义还是摇头，不过这次摇头后他笑了。他拍了拍方刚的肩，告诉他不用怕，有他们在，他的安全不会有问题。方刚还是担心，说他们不会天天在一起，说不定哪天邵绿荫就会找上门来。

王义看方刚那副担心的样子感到好笑，不过方刚的担心不无道理，就像方刚所说的，王义总不能老在他的身边。这万一就在王义不在身边的时候发生了意外，他也太不值了。王义对方刚说，现在不是他一个人在战斗，是一群具有正义感的人聚集在一起集体战斗。

晚上，邵绿荫约了方刚，在胜利街那家咖啡馆见面。邵绿荫的脸是阴沉的，并且带有几份愠怒。当方刚坐下来的时候，邵绿荫将一杯咖啡推到方刚面前，然后问方刚，是不是没把朋友的事放在心上。

方刚有些紧张，他抿了一小口咖啡，那味道香中带苦。方刚放下杯子，看着邵绿荫，尽量装出十分自然的样子。邵绿荫停顿了一下，告诉方刚，徐丽艳最近出去的次数越来越多了，他不相信方刚就没碰到过徐丽艳和那个男人。他用毋庸置疑的口吻问方刚，那男人是不是梁志华？方刚惊愕地看着邵绿荫，敏锐的思维告诉方刚，邵绿荫其实对徐丽艳与梁志华的事早有察觉，自己也在邵绿荫的监视之中。

方刚这个时候很难做出回答，他只好含混不清地"噢噢"两声。接着他对邵绿荫说，如果不急的话，再给他一段时间，他就可以拿到他们的直接证据了。邵绿荫一笑，灯光很暗，方刚没看清他的笑是什么样子。

邵绿荫站起身，要服务生买了单，提起桌上的提包向门口走去。

方刚想站起来同邵绿荫一起出门，可双腿却不听使唤。

回到报社宿舍时，接近晚上十点了，他估计王义没有睡，便给王义去了一个电话。他对王义说，邵绿荫今晚又约了他，并对那事催得很紧，看样子他是等不及拿到梁志华与徐丽艳的证据就要采取措施了。王义要方刚稳住，越是邵绿荫急的时候，他越要沉得住气，与他打时间战，到最后他会迫不及待地跳出来。还说他既然对你进行监视，你就得继续装下去，并且徐丽艳与梁志华那里也不能放松，要尽可能搞清他们之间的真实意图。

方刚放下电话，心里稍感轻松。

方刚想睡一个安稳觉，但躺在床上却翻来覆去睡不着，看了一下手表，时间指向十点二十分，他干脆穿上衣服，背上摄影包去了江边的小洲。

夜很静。倒映在河中五颜六色的彩灯，在河面上弯弯曲曲地扭动着。夜鸟在树枝上小声地叫着，河水发出轻微的"哗哗"声。

方刚在河边一个乱石堆旁找了一个地方，在一块大石头下边坐了下来。这地方他来过几次，没有城市的吵闹喧哗，也没有呛人的油烟和汽车尾气的混浊怪味。他斜靠在大石头上，仰望天空，盯着闪烁不停的繁星，暂时忘却了一切的烦恼和恐惧。

一阵轻微的脚步声由远而近，这声音来自河堤的人行道上。方刚在这里夜拍时，经常碰到这种情况。现在的年轻人谈恋爱可以通宵达旦，夜不归宿，这并不是什么稀奇事。

脚步声越来越近了，就在离方刚不远的地方。

男人在问女人："艳，你的处境已经很危险了，咱们还是远走他乡吧！"

女人轻柔地说："有你在我不怕，再说不能便宜了他们。"

男人长长地叹了一口气，双方长时间沉默了一阵，寂静的河堤上只有两双皮鞋踩踏水泥路面发出的响声。

方刚抬头，向河堤上看去，觉得刚才的对话声音很耳熟。他沉思了片刻，突然眼睛一亮，这是徐丽艳与梁志华的声音。

这时又听见梁志华问徐丽艳："你说他有一个很重要的记录本你见过？"

徐丽艳带着一丝责备："连你也不相信我吗？"

梁志华叹了口气，搂紧了徐丽艳："相信！那本子既然重要，我们不会轻易能弄到手的。"

徐丽艳推开了梁志华："你怕？我自己去弄！"

梁志华说："我怕？我怕还敢同你在一起吗？我是为你着想。"

接着高跟皮鞋向前走去，那声音很脆，在夜间有点儿刺耳。徐丽艳说："你怕就不用管我，反正这次不是他死就是我活！"

梁志华停住了脚步："你既然做出了决定，那我也不能眼睁睁地看着你不管。这样吧，你找机会一定要拿到它，东西一到手我们就离开林城！"

二人边说边走远了。又隔了一会儿，方刚正准备离开，突然看到一个男人尾随着徐丽艳和梁志华而去……

五

柳斯林下班后没有回家,在食堂里草草解决了晚餐后,又回到了办公室。他想在沙发上躺一会儿后,给雷歆打一个电话。这个电话不能回家去打,这是他不回家的主要原因。柳斯林浑浑噩噩地睡在沙发上,不知过了多久,他的手机铃声吵醒了他。他看了来电显示,是邵绿荫。柳斯林接了电话,邵绿荫问下午的事怎样。柳斯林听到这句话就来气,这语气像一个上级领导对下级的质问,但他不好在电话里发作,只是生硬地告诉他,没事!

邵绿荫接着说,他有一件重要的事,想见他。柳斯林说就在电话里说。邵绿荫回答不方便,并且说这事很大。柳斯林今天的心情很糟糕,他不想出门,更不想去见邵绿荫,只想给雷歆打完电话后就回家。但这时邵绿荫非要见他,可能真是有什么大事,于是答应了半小时后去他说的那里见面。

柳斯林此时全然没有了睡意,邵绿荫说的大事一定不是好事。他洗了一把脸,带上公文包,拉上办公室门,走出了市政府大院。他没要车,打了辆的士。

车在胜利街的一家豪华茶楼前停下。柳斯林上了楼,找到了邵绿荫告诉他的那个包间。见面后,邵绿荫说,他发现徐丽艳反水了,并且联合梁志华一起在调查他。柳斯林停顿了许久,恍惚中只看到邵绿荫的嘴在不停地张开合拢,这个动作不知他重复了多少遍。柳斯林只记得一句,就是"徐丽艳反水了,联合梁志华一起在调查他"。

邵绿荫看着眼前柳斯林呆若木鸡的样子,连喊了几声柳市长,柳斯林才缓缓回过神来。

柳斯林回过神来的第一句话说:"你呀……"

邵绿荫的脸色开始由白变青,然后又慢慢地由青变成紫色……

方刚是在同一个晚上见到王义的。王义说,他说的情况很重要,他得向曾祥云副局长汇报,这事耽搁不得。方刚与王义说完后,王义就去了市公安局,他想这个时候曾副局长可能还没有回家。

王义在去市公安局的路上想,方刚所看到的跟踪徐丽艳、梁志华的那个男人是谁?显然邵绿荫不相信方刚,那他为什么还在催促方刚,要方刚给他搜集证据?这一切太复杂了!

不经意间,车已到了市公安局大门。大楼的二楼,曾祥云的办公室仍亮着灯,看来他在等着自己。

曾祥云在喝茶,王义没有猜错,他是在等着他。王义将方刚看到和听到的向曾祥云作了汇报。

曾祥云眉头紧锁,沉思了一会儿,然后问王义,方刚听到徐丽艳所说的那个本子会是什么？它能不能起到证据作用？王义说从方刚听到和看到的情况看，那个本子应该是一个非常重要的证据。徐丽艳说，她已经看过，才找到梁志华的。这说明那个本子是一个足以证明邵绿荫涉黑团伙犯罪的重要证据，所以她铤而走险地找到梁志华。只要拿到这个本子，邵绿荫的末日就到了。否则，徐丽艳迟早会成为邵绿荫的第 N 个目标。

曾祥云点点头。他深深吸了一口气，不无担忧地说了一句，看来林城是需要一场暴风雨了，并且这场暴风雨要大，大到像山洪暴发那样一泻千里才能荡尽林城的污垢……

铜江公路大桥工地。

一辆上白下蓝的警车拉着警笛开道，后面跟随着几辆黑色奥迪车。车在离大桥工地不远处的一个空坪子停了下来。

邵绿荫从一辆黑色奔驰车内出来后，忙跑到身后的那辆车边，拉开车门，手扶住车顶，防止车内人出来时头碰着。车内的柳斯林慢悠悠地钻了出来，然后，整了整衣角，在邵绿荫的带领下，朝大桥工地走去，身后跟着一大帮记者。

柳斯林来铜江大桥工地不只是这一次，从铜江大桥奠基开始到现在，他来这里已不下四次。最为隆重的一次是大桥奠基破土动工那次，其次就要数今天了。以如此庞大的阵仗来工地，柳斯林颇费了一番心思。大桥是林园公司承建工程，进度有目共睹。虽然林园公司存在这样或那样的问题，市民有一些不良反映，可林园公司起码还在做这件事情。本市新闻媒体是柳斯林要秘书通知的，他要让全市的市民都知道，柳斯林又深入基层了，还是深入到了市民最关注的，也是全市最重点的工程工地上。

柳斯林在秘书和邵绿荫的搀扶下，走上了大桥。邵绿荫不断向在施工的民工介绍市委常委、市政府副市长亲自来看望大家。柳斯林也不断同那些民工们握手，向他们问好，并询问他们的吃住生活情况。

柳斯林在回市政府的路上，向秘书交代了跟随的几家媒体怎么发稿，舆论导向怎样引导等问题。他想，今天此举不知邵绿荫是否能理解，懂得他这样做的真正意图。不管怎样他是非得走这步棋的，省人大和省委组织部不是还在林城吗？他就得做出一些样子来给他们看，让林城的老百姓看。

想到省人大和省委组织部的来人，他有点儿琢磨不透。按理说他们来考查干部，他是常务副市长，书记和市长也该给他通通气，不管是考察谁，他最后还得参加讨论，应该争取他的一些意见。唯独这次，市委和政府那边没有通知他。他心里揣摸不透这次来人的真实意图。

该是吃中饭的时候，公路局和交通局的头头仍想请柳斯林吃顿中饭，柳斯林谢绝了。要在往常，柳斯林是不会谢绝的。按他总结出来的经验，在酒桌上能搞好工作，能与基层的领导和人民群众贴近距离，融洽干群关系。今天他要拒绝，因为今天太重要了，他必须回到市政府，到市政府的食堂里就餐，希望能在食堂里碰到省里的来人，从他们的嘴里了解到想要了解的东西，最好是市长调走的消息。

柳斯林到食堂的时候，食堂里的人已经不多了，因为他在回市政府的路上塞车，耽误了二十多分钟时间。食堂的张师傅见柳斯林突然吃起了食堂餐，忙向他打招呼，很是热情地为柳斯林盛饭夹菜。柳斯林左右看了看，确信省里来人不在食堂里，便问张师傅，省里来人是否到这里吃过了。张师傅说他们开始是准备在食堂里吃中餐，后来陈书记秘书突然来电话不让食堂里准备，说是被陈书记叫到市内大酒店里用中餐了。柳斯林匆匆吃了几口饭后，回到了办公室，给秘书打了电话，要他与陈书记秘书联系，弄清省里来人的动向。

又过去了一天，陈书记秘书回了消息，省里的人在陈书记宴请中餐后，下午就返回省城了，他们来林城的目的是考察市长调往省人大任职的事。柳斯林听到这个消息像注射了一剂兴奋剂一样，精神极为亢奋。果然没有其他变故，明年换届，林城市的市长应该是非他莫属了。到那时，只要他柳斯林一跺脚，整个林城都要震动三下。

兴奋过后，柳斯林又心感不安。组织部、人大来人考察市长，为什么不找他柳斯林？为什么不召开市委党委会？这有些违背常规，是不是陈浩明和市长在省委组织部来人面前说了他什么？或者他们已经收到了什么反映？柳斯林思来想去，分析这两种可能性不是很大，但除了这些又会是什么原因导致这些反常的现象呢？

柳斯林精心导演的深入重点工程工地的戏算是白演了一场，省里来人根本没有看到他的杰作。这些都是次要问题，关键是事后不久，柳斯林在林城的某领导那里打听到省委、人大来林城市的目的是做市长郑万通的工作，要他继续留在林城担任林城市市长职务，这使他感到十分吃惊。

正在柳斯林一筹莫展的时候，邵绿荫来了。他不知柳斯林最近遇到了什么事，好长一段时间没有与他联系了。城东商住楼马上要破土动工，不管资金是否能跟上，他林园公司倾其家底也得先上了这个工程，为柳斯林撑一撑面子。他是来商量破土动工时请哪些市领导出面的。柳斯林见了邵绿荫就来气。窝了一肚子火无处发泄的柳斯林，见了邵绿荫就吼了起来："做事像三岁小孩拉屎，总要人擦屁股！"

邵绿荫听说最近柳斯林心情不好，本想用城东破土动工这件事来讨他的欢心，反而在他那里讨了个没趣，挨了一顿臭骂。他只好等柳斯林骂完，才怏怏不快地离开柳斯林办公室。刚走出门没几步,又被柳斯林叫了回来。柳斯林告诉他,银行那边的事没指望了,工程要动工,融资的钱要还,这是一个硬指示。钱从哪儿来,他也管不了这些事了。

邵绿荫的林园公司在城东开发的二期工程硬撑了一段时间后,因资金问题被迫停工。紧接着,铜江大桥工程也开始断断续续地停止不前。最让柳斯林感到不安的是,邵绿荫没有积极想对策,反而用柳斯林动用林园一亿资金向境外投资的事相要挟。原指望银行能使他们转危为安,如今信誓旦旦的朱副行长将责任推给了省行,一切都化为了泡影。林园公司的前途决定着他的政治命运,二者已经紧密地连在了一起,成为一个不可分割的畸形怪台。林园的垮台意味着柳斯林政治命运的转折。

柳斯林此时已经走投无路。他再次给盛达公司的女总裁雷歆打电话,催她尽快将他投入的一个亿资金返回内地。然而,事情已不是柳斯林着急就能摆平的了。雷歆回话说,柳斯林注入香港盛达公司的资金时间是五年,五年内不得撤资,否则系违约,守约方有权拒绝违约方提出的任何要求。这个回话等于给柳斯林泼了一盆冰水,把他从梦境里惊醒。

六

阳光从邵绿荫家的阳台上透过玻璃,把邵绿荫照得浑身暖洋洋的。

邵绿荫伸了个懒腰,看了看墙壁上的挂钟已经是早上七点,他想徐丽艳这时应该快回来了。

邵绿荫赶紧下了床,穿好衣服,没有急着去洗漱,而是站在窗户前抽着烟,眼睛盯着进入梦幻巴黎的那条水泥路。

一辆的士在小区门前停了下来。身穿淡绿色连衣裙的高个子女人从门口款款走来,正是徐丽艳,这女人他再熟悉不过了。

邵绿荫忙坐在了沙发上,装着若无其事的样子,等待徐丽艳。尽管徐丽艳与梁志华的事他已有了一些证据,可他谨记柳斯林说过的话,这不是向徐丽艳摊牌的最佳时机。因此,他只能忍气吞声,眼睁睁地看着徐丽艳与梁志华厮混。

门外传来钥匙插进门锁孔的声音,随后便是"吱呀"一声,门被推开。

徐丽艳脱掉那双亮得可以倒映人影的高跟鞋,老远将手提坤包向沙发上一扔。她见到邵绿荫,忙向邵绿荫身上一扑,娇柔地说了一句:"累死我了!"

邵绿荫挪了挪身子,冷冷地问了一句:"昨晚到哪里去了?"

"还能到哪儿去?三缺一呗!"徐丽艳站起身向浴室里走去,以掩饰她内心中的慌乱。

邵绿荫站起来,感觉头特别的沉,他慢慢走回房间,然后脱掉外衣,倒在床上，呼呼睡去。

　　天刚黑下来，河堤上有一对男女在行走，老远有一个男人跟在后面。王义远远跟在后面，用夜视望远镜看着堤上的两男一女三个人。最后的男人，王义没有见过，前面的一男一女是徐丽艳和梁志华。

　　王义的眼睛一刻也没离开夜视镜，他的主要注意力放在徐丽艳与梁志华身上。只见徐丽艳将一个黑色本子交给了梁志华，梁志华收好后两人就分开各走各的。王义想，这应该就是徐丽艳所说的那个记录本，王义敢肯定，是那没错！

　　第二天，梁志华出门的第一件事是去了小区的卫生室。医生见梁志华一大早就来了，怕他真的是来砸他的场子，忙笑着问梁志华："怎么？真的没有功效？"

　　梁志华一笑，说他还真是神医，他昨晚睡得太踏实了。

　　医生点头："那就好，那就好。"

　　天黑了有一阵子，朱自豪家突然来了一位不速之客，张吉望同朱自豪都不认识这个人。张吉望从来人的穿着打扮和说话的语气，判断其应该是一个干部身份。来人向朱自豪、张吉望自我介绍说，他是林城市的干部。他说他知道他们因上访的事被拘留，到现在还无家可归，表示对他们的同情。还说，他非常憎恨林城的那些不干人事的领导，愿意为他们的上访出谋划策。他告诉张吉望，他的手中有告倒林园公司、告倒与林园公司狼狈为奸的市委领导的直接证据。

　　张吉望看了一眼来人，心想这人虽然口气有点儿大，但看起来不像是在说谎。于是他试探地问："你既然手里有证据，又想告倒他们，为何还扯上我们这些平头百姓？"

　　那人一笑，从包里拿出一沓材料翻了几页，然后对张吉望说，他知道他的姨父是从市公安局刑侦支队退休的胡思耀，也知道胡思耀现在林城的胜利咨询公司，还知道胡思耀是个天不怕地不怕的正义汉子。他还说胡思耀的两个儿子都不简单，一个在省城工作，一个在京城工作。他之所以找他俩就是冲着胡思耀来的，他只是想通过张吉望和朱自豪两人的手和嘴，把他手里的证据传递到上级领导的办公桌上，就这么简单。

　　张吉望相信了来人是很真诚的，于是想问来人的名号。来人挥了下手，说这就免了，这事还真不能说出自己的名字。等他们告倒了这帮人，他会登门谢他们二人的。

　　来人把材料放在朱自豪家的饭桌上，走时嘱咐了一句，这事望他们不要走漏半点儿风声。否则，他们就不像现在这样，还能坐在这破工棚里了。

　　张吉望望着那人离去的背影，想，这人怎么对姨父这么熟悉？既然熟悉姨父，那就是一个值得信赖的人。

张吉望看完了材料，同朱自豪俩人都出了一身冷汗。他们做梦都不会想到，林城的主要领导与林园公司竟然还有这么一层内幕。这太可怕了，特别是材料中提到的顾云飞失踪案，让张吉望感到恐怖。他怕有一天，他在上访路上也会不明不白地消失。拿到这份材料的最初，张吉望如获至宝。当看完这一切后，手中的材料就像一个定时炸弹，什么时候引爆他不得而知。但要让人知道他手上有这样的材料，那这枚炸弹的辐射范围毫无疑问地会波及到自己。张吉望背上感到汗津津的。他站了起来，拉上朱自豪，说了声："走！咱们去林城！"

朱自豪不清楚这沓纸上说了些什么，从张吉望的神态中他能判断出，要出大事了。他有些恐慌，甚至全身发抖，用征询意见的眼神看着妻子，那眼神几乎是在哀求妻子为他说上一句话：吉望你一个人去吧！

朱自豪老婆完全领会男人的意图，但她让他失望。她说了一句："去吧！张大大也不是仅为他一家说事。"

朱自豪绝望地看了看老婆，跟在张吉望后面走了出去。

到林城快半夜了，张吉望给姨父打了一个电话，说他到了林城。

胡思耀同爱人起了床，并在客厅的茶几上放了一些水果和糖果之类的东西。老胡对老婆说，快给他做点儿饭，这孩子一身委屈。老胡说这话的声音有些哽咽。爱人听得出老胡是流着泪说的。爱人去了灶房，灶房里响起锅碗瓢盆的碰撞声。

张吉望在前，朱自豪在后。张吉望进胡思耀家门时，险些摔倒在地上。他进门的刹那间，浑身像散了架，全身的衣服都湿透了。

老胡扶起张吉望，朝灶房的老婆喊："快点儿给他糖水，这孩子怕是饿晕了！"

朱自豪站在后面，抖动着身子说："他、他是被吓的！"

胡思耀这才发现张吉望的身后还站着一个人。

张吉望看到了姨和姨父，心里才平息了些，身子没先前抖得那么厉害，头上仍在冒着汗。他坐下时，颤抖着双手将那沓材料送到了胡思耀手上，语无伦次地说："姨父，您看。"

胡思耀接过材料，把材料放在茶几上，又冲灶房的老婆喊："他姨，快给望儿找套衣服，让他去洗个澡！"

灶房里吉望姨"哎"了一声，就去了房内。

张吉望洗漱完毕来到客厅时，胡思耀的脸是铁青的，头上的青筋暴露无遗。胡思耀看完材料，脸开始有了红润。他拍了一下张吉望的肩，笑笑说："孩子，不抖了吧！"

张吉望从没看到姨父这样亲切过。早些年姨父没退休之前他怕来姨父家，姨父总是很严肃，老板着脸。张吉望也看着姨父笑笑："有姨父在，不抖！"

胡思耀又看了看他们两人，很严肃地说："你们快等到天明了。"

七

梁志华从外地回来了！这是老胡传递给王义的信息。

王义说梁志华是去了保丰市，但见了谁，去干了些什么，他不得而知。

王义告诉老胡，梁志华那里要慢慢来，这林园他都跟了两年了，反正也不差那么几天。

老胡对着电话笑，王义问他笑啥，老胡说，快了！

王义取笑老胡，说他是神仙还是周易，难道他能算出来？

邵绿荫最近心里老不踏实，但又找不出身体哪方面出了问题。他从来没有疲倦到睁不开眼那个地步。但那个晚上他不知是怎么了，就那样死死地睡了一整晚，第二天起床时却仍是那样疲惫不堪。邵绿荫使劲儿回想那天的活动情况，确实那天有点儿劳累，但也不至于到那样的程度。

胜利小区的保安刘前进跟他汇报一周工作时，说到梁志华最近可能身体出了状况，到过医务室两次：一次是中午下班后去的，第二次是第二天早上去的。这句话使邵绿荫产生了警觉。于是，他去了胜利小区，秘密调看了那天梁志华出入医务室的监控录像。然后又要刘前进去了医务室，与医务室的医生聊天，套出梁志华得了什么病。医生告诉刘前进，他得的不是病，只是睡不着觉，给了他几粒药丸，第二天他说，他很踏实地睡了一个晚上。

邵绿荫恍然大悟，那个晚上睡得很踏实的，不是梁志华，而是自己。他匆忙回到家里，打开保险柜，随即脸如死灰，神情沮丧，魂魄都丢到了长河河里去了。保险柜里除了少了一本笔记本外，别的都在，就连那几沓现金也都没被翻动过。开保险柜的人目的很明确，直冲笔记本而来。

那是个要命的本子！是一个足以让林城塌天的本子！他万万没有想到，徐丽艳同梁志华真的动手了，并且在他不知不觉中，轻易拿走了关乎林园公司整个命运的记录本。邵绿荫开始后悔，后悔他不该以小人之心度君子之腹。他恨自己，为什么要在记录本上记那些东西，为什么不在徐丽艳与梁志华成双出入酒吧、河堤、宾馆时采取果断措施。

接下来的事让邵绿荫不知所措。邵绿荫从胜利小区的保安刘前进那里得到消息，说梁志华去了医务室后的第二天，离开小区好几天没回来过。邵绿荫推测，梁志华一定得到了那个本子，并且将本子转移到了外地。邵绿荫与徐丽艳的关系几乎到了白热化的程度，仅剩下相隔的那层纸没有被捅破罢了。假如柳斯林没有交代，邵绿荫早想把这层纸捅破，那也不至于到现在这个状况。记录本丢失，这事还不能告诉柳斯林。那本子里就记着他二人的一切交易，如果柳斯林知道了非撕了自己不可。梁志华要那个记录本，就是为了达到整垮林园的目的。问题已经摆在面前，瞒是瞒不下去了，只有采取措施才能挽回这个该死的局面。

邵绿荫坐在沙发上，沮丧得犹如一只无人认领的丧家之犬。他无法相信徐丽艳会与梁志华合作，把自己推向万劫不复的深渊。徐丽艳为什么要这样做？她的目的是什么？邵绿荫在苦思冥想中寻求答案。

徐丽艳知道"伴君如伴虎"的道理。她从享受、满足豪门生活，到厌倦、憎恨的每一步蜕变，都离不开邵绿荫对她的加剧催化。徐丽艳与邵绿荫的结合，使徐丽艳享受了短暂的快乐时光。但在铜江大桥工程招标中，邵绿荫将她作为玩物送给了柳斯林，这是徐丽艳第一步蜕变的开始。接着，柳斯林抛弃了徐丽艳，与香港盛达公司雷歆的苟合让徐丽艳感到了愤怒。徐丽艳宁愿相信世上有鬼，也不愿相信男人的那张臭嘴。那种被男人玩弄后，又被抛弃的仇恨由此而产生。更让她感到羞辱的是，她偶然看到的那个记录本上，公然记录着柳斯林与自己在什么时间、什么地点发生了关系。徐丽艳完全清楚了自己与柳斯林的第一次，是邵绿荫精心策划的一场阴谋。

晚上，邵绿荫去了一家茶馆。在茶馆里邵绿荫给胜利小区的刘前进打了一个电话，要他到茶馆来。刘前进不久就驾车来了，两人聊了一会儿这几天梁志华的情况后，邵绿荫说有人在盯他的林园公司了。刘前进感到有些恐慌，他问是公安还是检察。邵绿荫摇头，他说都不是，是胜利小区里的那个梁志华。刘前进不屑一笑，说，这人算个球，找个理由吧！邵绿荫低声说，就要你这句话！

两人从茶馆出来时，神情很自然。

梁志华在出门时，同门卫保安说他家的电今天早上又停了，告诉物业去他家那条线路看一下。刘前进说，等他下午的时候去他那里看看。梁志华说，那他晚上回来时要看到有电，否则下个月的物业费他是不交的。刘前进让他放心，他那里应该只是小问题，可能是他家门前电表上的保险烧断了，如果是保险断了那是他自己的责任，与物业无关。梁志华一笑，他说保险丝自己有，真要是保险断了，他晚上回来自己接上。说完他驾车驶出了胜利小区。

下午的时候，刘前进向正在下棋的物业主管说了三栋梁志华家电路的事，主管说那是老问题了，又不是第一次，要刘前进找个人看一下。刘前进又说，三栋楼梯口那个摄像头也坏了。主管手里拿着一枚棋子，向对方的棋盘上一放，叫了一声"将军"，然后回过头来看着刘前进，骂了一句："你是不是物业这边的人？"

刘前进迟疑了一会儿，离开物业办公室，去了门卫室。

刘前进看了看监控显示屏，见标有三号的监视屏上满屏是细小的雪花在闪烁，他关了屏幕，带上工具走出门卫室。

王义在回家的途中接到师父胡思耀的电话。老胡说他想请王义一起聚一下，聊聊天，要王义把杨婕一块儿叫来，饭桌上有个美女才有气氛。王义迟疑了一会儿，对电话里的老胡说："杨婕就算了吧，人家离这儿很远。"

老胡骂了一句："要你叫，你就叫。什么远不远啊，她没车呀？"

王义确实没想到杨婕有车，经老胡一骂，他连忙说："我这就打电话！"

王义要了瓶五十三度高度白酒，拧开了盖，往老胡的杯里倒了满满一杯。老胡瞪着王义，王义不解地看着老胡。老胡从王义身旁拿了一个大杯子，杨婕甚是灵活，忙拿起酒瓶接过老胡手里的杯子，往杯里倒酒。

王义忙说："师父，我等会儿还得开车呢！"

老胡笑了，眼睛向杨婕瞄了瞄。王义指着杨婕："她？"

杨婕也笑。杨婕说，其实老胡下午上班时就给她打了电话，让她今晚来开车，送他们师徒俩人回家。

老胡嘬了一小口酒，看样子很是过瘾。然后放下杯子，指着停在外面的自行车："今晚'悠久'车停运，在酒店过夜。"

王义举杯，讽刺老胡说："那车只有街上捡破烂的才看得上。"

杨婕突然一笑，到嘴的饭喷了出来。老胡瞪了眼王义，骂了一句："没正形的，来，干！"

老胡说，他今晚想喝酒的原因他们俩都不知道。王义点头。

杨婕笑着反驳老胡："想喝了就喝呗，别找借口和原因。"

老胡放下酒杯，不轻不重地说："也算快到出头之日了。"

杨婕很是纳闷儿，这老头儿今晚才开喝就开始说醉话。她偏头看着老胡，老胡用手在她眼前一挥，继续说："别这样看着我，我没喝多，你不懂的事还多着呢！"

王义记得很清楚，老胡退休那年只有五十三岁，工龄虽有三十年了，但离退休时间还有好几年呢。他现在还不到五十六岁。莫非他也是为……

王义见杨婕在，他不便问师父，只是装着似懂非懂地一个劲儿点头，嘴里在说："是快了！"

王义看了一眼杨婕，"怎么，想学点儿东西？"

杨婕妩媚一笑。王义停住了夹菜的筷子，用筷子指着杨婕："哎，这才像个女人，以后啊要像刚才那样多笑点儿，师父就多让你学点儿本事！"

杨婕很虔诚地向王义点头。她说，以后见了他都会点头笑的，并且她现在在学日本女人的方式，觉得那样才有女人味。

老胡骂了句："去他妈的日本人！"

老胡骂完，看了看他们两人，突然三人都"哈哈"笑了起来。

第二天早上,王义起床后使劲儿摇了摇头,他感觉与老胡喝那酒有点儿上头。他冲灶房的老婆喊,要老婆给他冲一杯很浓的咖啡。老婆应了声,灶房里响起液化气灶电子打火的响声。

桌上的电话铃声响了。王义抓起电话,杨婕很急促地说:"梁志华昨晚触电死了……"

梁志华遇害的现场是在胜利小区三栋B座的二楼6号。王义上了楼,6号房门前就是梁志华遇害现场的中心位置。派出所民警早已把那里进行了封锁。技术人员还没有赶到,杨婕已在现场内。王义进了现场,他看到梁志华蜷曲着身子侧躺在地上,双手被烧得呈炭状,脸上像抹了一层锅底灰一样黑,身子紧靠着墙,墙上的电表被烧得变了形,入户电线铜蕊裸露在外。

王义后退了几步。他问杨婕,现场中心是否有人来过。杨婕说,她来的时候派出所的民警已经到了,现在这个状况就是她来的时候那个原始现场。王义仍在现场周围看了一遍,然后又在梁志华的尸体前看了一遍,紧挨着梁志华脚边有一个被踩踏得皱巴巴的烟蒂引起了王义的注意。王义要杨婕用石灰把那个烟蒂周围画一个圆圈,并要杨婕等技术人员到了,提醒他们提取这枚烟蒂。

王义在一个安静的地方给方刚打了一个电话,告诉方刚梁志华已经死了。方刚惊愕了一会儿,听得出他很紧张。然后他说,这不可能,他昨晚还看到梁志华好好的,怎就死了?王义说,他就在现场。方刚问是怎么死的。王义告诉他,从现在的现场看,他是被电死的。方刚叹了口气,说,那也太巧了吧。

王义挂上电话后,又给胡思耀打了一个电话,告诉他梁志华出事了。老胡只是"嗯"了声,没有表现出王义所想的那种惊讶。老胡接着补了句,我知道了,正在赶往小区的路上。

楼下围满了人,有人对维护现场的民警说,他们想上楼看一下梁志华。民警不让,并且用警戒带将上楼的楼道口围了起来。楼下围观的人越来越多,议论声也越来越大,他们都在猜测梁志华触电时的那种惨状。

物业人员站在楼下,围观的人中有人指责物业太不负责,说这里的业主提了近一年的要求,物业就是不重新整修这条电路,现在终于出人命了,按说物业是要承担责任的。

人群中一个业主冲物业主管愤愤大骂:"你们物业只认收钱,别的事你们不办,现在的小区都成了什么样?水,不能保证正常供应。电,时有时无。这是你们在管理吗?还说我们业主,请问你们物业喊我们开了几次会?"

物业主管模样的人看了一眼大部分有气的业主,忙解释说:"这也不能全怪我们物业,业主也有一部分责任。就说梁志华,他家的电应该是前天出了故障,可他就不告诉物业,保安昨天下午才告诉我,我们还没来得及找人修,这就出事了。"

王义觉得物业主管这话听起来很在理，又仔细一想，主管的这句话中包含了一个信息，那就是梁志华出事前，保安清楚他家的电路出了问题，然后保安找了物业主管。说到保安，他想去一下门卫室，那里说不定能看到梁志华昨晚是什么时候回的家，再有就是保安是怎么知道梁志华家的电有问题的。是他到过梁志华家，还是梁志华告诉了他？

在到门口的时候，王义迎面碰上了两拨人马，一拨是胡思耀同刘漓两个老头，他们都是骑着"悠久"车来的。老胡见了王义，一个漂亮的跨腿下车动作，有种英姿还是不减当年的感觉。老胡下车后的第一句话，就是问现场有人在弄了没有。王义说技术员正在赶来的路上，一会儿就到。他问老胡，他是怎么知道梁志华不幸的消息的。老胡一笑，用手指了指天。王义知道老胡指的是谁。

老胡同刘漓推着车进到了小区内。王义看着胡思耀的背影，心里在想，这老头还真精神，碰到这事他就来劲。

一辆警车在大门口停了下来，保安走出门，看了看车内的人，然后回到了门卫室，大门的电动闸门缓慢地向一边推去。警车向王义这边开来，车在王义跟前停下，车上几名小伙子伸手向王义打招呼。

王义靠近车边，双手撑着车窗低头对车内年轻人说："现场勘查要仔细一点。"

车内人问："有问题？"

王义摇头："暂时还不晓得。"

车启动走开，王义向门卫室走去。

刘前进不认得王义，王义进门时，刘前进问了声找谁。王义说他是来看热闹的，听说小区里死了人，他就赶过来了。刘前进打量了一眼来人，冲王义说："看热闹得到小区里面去。"

王义笑笑，说："里面不让进。"

刘前进瞪了一眼王义，显得很烦的样子。

王义环顾了一下四周，门卫室里有一块很大的电子荧屏，上面由无数块小方格子组成。王义粗略地数了数，有三十多个格子。他又看了几眼方格里显示的画面，唯独没有看到梁志华那个出事现场现在的画面。

王义问刘前进："能不能从监控里看到死人的那个现场？"

刘前进没好气地反问："你以为你是公安局的呀，这东西你也能看？"

王义没看他，眼睛看着刘前进桌上放着的那包香烟，随便说了句："这话还真让你说准了。"

刘前进傻了眼，脸色突然变了一下，不过很快镇静了下来，不是王义刚好注意到他的脸部表情，恐怕刘前进的这个细微变化就被错过了。刘前进用手抓了一下头，抬头看了眼王义，忙给王义递了一支烟。王义接了，刘前进自己也抽了一支点上，还主动为王义送上打火机。在王义点烟的时候，刘前进说，那个摄像头坏了有几天了，前天他还跟物业的主管说过，让他们找人修下那个摄像头，可物业的主管却没把这当一回事，这不是真出事了？

王义见刘前进主动说出他找了物业的事，他马上想到物业主管在现场楼下说的话，于是问刘前进："梁志华家的电器线路出了问题是不是你也同他讲过？"

刘前进摇头，说："梁志华得自己去找物业，找我们门卫没用，电路的维修向来都是物业那边管。"

王义"噢"了一声就不再问，然后干脆坐下来，与保安闲谈起来。他说："其实这电路的事出了事故也怨不了谁的，那是天注定了这个人的寿年。"

刘前进说："这话说得很中听，就像梁志华，他家电路问题出了好几天，就是没叫人来修，他自己又早出晚归，总不当一回事，最终变成了这样，真是遗憾！"

王义接过话："是呀，他要早去跟物业说了这事，说不定就不是这样一个结果了。"

刘前进却说："说了也没用，梁志华那天出门时跟我说了一声，我后来去了物业，主管说这条线别人家的电路都没问题，就是他家，让他自己找一下原因，肯定是他家的电表上保险断了。"

王义看了下刘前进，见他将手中的烟蒂朝地下一扔，双眼望向外面的来人。王义偷偷一笑，趁刘前进没回头看他时，捡了地上的烟蒂。

王义起身，对刘前进说："时候不早了，我要到外面转转，说不定技术员把现场也勘查完了。"

刘前进见王义起身，忙站起，说："明眼人一看就知道是触电死的。"

事故现场，王义拉了一下技术员，指着墙上电表边裸露的电线问："这线没人动过？"

技术员摇头，据初步分析应该是梁志华在夜间接保险的时候，把零线与火线搞在了一起，引起了电路碰头，然后使自己触电而死。梁志华触电这个过程还持续了一定时间，所以尸体双手被烧成了木炭黑。

王义又看了一眼现场，叫了一声杨婕，与老胡几人离开了梁志华家的那栋楼。

王义想去找一下方刚。他上车后，要老胡把车停到他的公司门口后，同他一起去找一个人。

老胡凑了过来，很神秘地问："谁？"

王义笑了笑，很得意："还是有你不知道的事吧！"

老胡一抬腿上了车，自行车飞奔驶出小区。

杨婕自己驾车，她探出头问王义，她现在应该去哪儿。王义向杨婕招了一下手，杨婕下车，走到了王义的车窗边。王义伸出头轻声地跟杨婕说，她现在得回梦幻巴黎，把注意力全放在徐丽艳身上，只要她有什么反常行为，她得在第一时间通知他。杨婕"嗯"了声，转头走向自己的车。

方刚接到王义的电话后，离开了报社，在报社附近的茶馆里等王义。昨晚他接到王义的电话，听说梁志华死了，这无异于是对他的一种解脱，梁志华死了邵绿荫就不会再让他去盯徐丽艳了。

王义与老胡进了茶馆，方刚在一个窗户边向进来的王义招手。王义看了看周围，还不到喝茶的时间，整个茶楼就他们几人。

方刚要了一壶茶，给他们两人倒上，然后迫不及待地问王义："梁志华真是被电死的？"

王义抿了口茶，放下茶杯看着方刚："初步判断是触电身亡。"

方刚嘴里自语："这也太巧了点吧。"

老胡忙要方刚说说理由。方刚回忆起昨晚在河堤上看到梁志华与徐丽艳在争吵的一幕……

方刚说完，王义的手机响了，是曾祥云打给他的。曾祥云通知他立即赶到市局开一个非常重要的会。然后是老胡的手机响了，内容与王义所接的电话一样。

老胡放下电话，对王义说："被我说中了吧，快了！"

方刚抬头看着王义问了句："什么快了？"

王义没回答，只是神秘地对方刚一笑。

八

曾祥云通知王义和胡思耀开会的地点，是在市政法委李锦波书记的办公室。

王义和胡思耀赶到时，会议室里只有曾祥云和李锦波俩人在。曾祥云看到二位进门，忙起身将老胡和王义介绍给李锦波。

李锦波分别同两人握手后说："你们辛苦了。"

就在这时，杨婕在外喊了一声"报告"，李锦波忙拉开门，将杨婕迎了进来。

李锦波对杨婕开玩笑说："看把这位女特使忙的。"杨婕也不否认，大大咧咧地坐在李锦波身边。

王义同老胡瞪着杨婕，杨婕佯装看不见。王义急了，朝杨婕招手，示意她坐到自己一边来。

曾祥云看到了王义的动作，笑了笑，对李锦波说："李书记，现在看来还是公开他们的身份吧。不然对小杨同志不公平。"

老胡惊讶地看着曾祥云，突然说了句："身份？"

李锦波很严肃，也很认真地看着他们三人，说他们三人都有各自的身份，然后要曾祥云先从小杨那里开始，一个一个地介绍。

曾祥云站起，表情严肃，他说出的第一句话让王义和老胡吓了一跳。曾祥云向他们介绍说，杨婕同志是省纪委特殊案件调查处处长，两年前受中纪委委派进入林城市，代表中纪委对林城林园公司涉黑犯罪集团进行前期秘密侦查，其公开身份为警校毕业分配到林城市公安局刑侦支队的民警，因工作需要，才进入梦幻巴黎任社区民警。

曾祥云说到这里，看了一眼王义。此时的王义满脸通红，有意避开对面杨婕投来的目光。曾祥云见王义扭头看向墙面，叫了声："王义，杨婕可不是来跟你学徒的喽，她在省纪委的三年时间亲手办理了多起非常复杂的涉黑犯罪集团案，得到了中纪委的高度赏识，这次进入林城就是代表中纪委特别行动组工作。"

王义忙站起，向对面的杨婕和李锦波行了个军礼："是！坚决服从！"

杨婕冲王义一笑。这一笑让王义叫苦不迭，昨晚王义还调侃杨婕，要她以后多笑点儿，说她只有在笑的时候才有女人味。王义不知这个女人是否会记恨，要是记恨他，那他接下来就太惨了。

曾祥云面对杨婕，说老胡与她虽然认识，但老胡的身份她可能不太了解。老胡现在的真实身份是刑侦支队副支队长，对外的身份是退休干部。"两年前林园公司被确定涉黑涉恶犯罪后，我们查清了邵绿荫爱人徐丽艳与胜利咨询公司法人梁志华曾经有过恋爱关系。为更进一步掌握林园公司的内幕，省纪委建议我们安排得力干将，深入其内部查清所有真相。想打进林园公司内部不是那么容易，但胜利咨询公司有这样的条件，我们大家都知道，这个公司的性质是什么，就是打探别人的隐私，这样就不会轻易让他们怀疑。老胡从此就'退休'了，并很顺利地进了梁志华的公司。值得表扬的是，老胡在前期工作中立了大功。"曾祥云看着杨婕，"小杨呀，你手中的那份极具分量的材料就是老胡弄来的。"

杨婕看了一眼老胡，说老胡还真有一手，不愧是刑侦老将。

老胡有些不好意思，对杨婕说："平时多有得罪，还请不要记在心上。"

杨婕又是一笑，冲老胡说："我不是这样的人。"

李锦波插了一句，"小杨要怪也只能怪她自己的戏演得太真！"大家都笑了。

曾祥云接着介绍王义："王义现在的真实身份是被处理过的民警，下到社区，对外身份也是社区民警。不过他还有一个身份，就是林城市公安局打击涉黑涉恶犯罪特别行动组组长。"

李锦波等曾祥云介绍完他们的身份，看了眼在座的各位说："鉴于梁志华的突然死亡，使林园公司涉黑案变得更加迷雾重重。我想听一听前沿侦查人员的意见,梁志华的不幸是人为的阴谋,还是一场意外事故?"

王义第一个说出了自己的看法。他说,梁志华死亡,从表象上看,他是属意外死亡,现场没有人为的痕迹。胜利小区的电路问题早在一年前就有业主反复向小区物业提出整修,却因此线路整改的费用分担问题,业主与物业管理达不成一致,使线路超负荷工作了一年多之久。通过了解,梁志华从外地回来后,也就是他死亡前两天时间,曾向小区门卫刘前进反映过他的线路故障问题,刘前进也向物业的主管汇报了这件事,但物业没有引起重视。第三天,也就是昨天晚上就发生了梁志华触电身亡事故。通过刑侦技术部门对现场勘查,现场没有人为破坏的痕迹。从现场反映的现实状况来看,梁志华的死亡原因应该是意外。

王义停顿了一下,看了看在座的各位,然后继续分析:从最近收集的信息分析,梁志华很有可能是因为掌握了林园公司涉黑涉恶的核心材料,而引发了这场所谓的意外。他个人认为,梁志华的这场意外发生得太巧合,巧合到让人无法相信。林城日报记者方刚曾受雇于邵绿荫,负责对徐丽艳进行跟踪。邵绿荫声称徐丽艳有外遇,要方刚为其提供徐丽艳外遇的证据。就在梁志华离开林城,前往保丰的前两天晚上,方刚偶然发现了梁志华与徐丽艳在河边约会,听到了梁志华与徐丽艳在谈论一个记录本,梁志华要徐丽艳想办法把那个记录本弄到手。第二天上午,徐丽艳去了胜利咨询公司找梁志华,说邵绿荫发现了他们,并且有人对他们的活动进行了跟踪,这是老胡在他的公司亲耳听到的。于是梁志华非常紧张,那天下午,梁志华与徐丽艳在胜利商场前相会,梁志华给徐丽艳送了一样东西,然后各自离开。第二天,梁志华匆忙离开林城去了保丰市。如果我们假设梁志华得到了徐丽艳所说的那个记录本,他是因要转移那个有力的证据而离开林城,接下来梁志华的意外死亡就不再是意外了。

曾祥云说王义分析得有道理,但这只是一种假设,凭假设是不能破案的。梁志华的死亡在某种程度上加快了林园公司涉黑涉恶犯罪的暴露。如果王义假设的理由成立,那么接下来就不再是秘密地调查取证工作,特别行动组可以以梁志华死亡案为由,对林园公司实施公开的立案侦查……

徐丽艳是在梁志华死亡的当天中午才得到消息的。告诉她梁志华死亡消息的人是邵绿荫,邵绿荫在说这件事时,他的眼里喷着一股仇恨的火焰。

徐丽艳先是一阵恐慌,在邵绿荫面前暴露了她的失态。当她意识到邵绿荫是在故意观察她的反应时,她瞬间做出了与己无关那种无所谓的态度。她想,这个时候需要冷静,需要淡然的出击。于是她很淡定地说了一句:"那是你的杰作吧!"

邵绿荫靠在沙发上哈哈大笑,笑过之后瞪着徐丽艳,说:"那是意外,你为什么非得把他的死加在我的头上？他这叫报应，人在做，天在看，老天很公平的。"

徐丽艳愤怒地冲邵绿荫咆哮，梁志华的死与她有什么关系？他凭什么把梁志华与自己扯到一块儿？什么人在做天在看，他邵绿荫这么做，老天总有一天会睁开眼的。

邵绿荫站起身，冷笑两声，冷眼看了看徐丽艳后推门走出了屋子。

梁志华死了！这是一个对她极为不利的消息，也是她感到危机和惊恐的噩梦的开始。徐丽艳颓废地坐在沙发上，她做梦也不会想到这个能帮她摆脱梦魇的梁志华，这么快就被邵绿荫无声无息地处理掉了。

徐丽艳想到了警方，她想通过警方来解决这个问题。但她在沉思之后，又否定了自己的想法。在她有这个想法的一瞬间，她的脑子里浮现出一张狰狞的面孔——柳斯林。只要柳斯林在，她的所有想法都无法实现。她感到面前一片茫然，就像一头迷失方向的羔羊，在沉寂的屋内来回走动。在冷静思考之后，徐丽艳终于平静下来。人在绝境时，总是妄想反戈一击，甚至宁愿置之死地而后生。她想到了梁志华的那个记录本，尽管不知梁志华将记录本转移到了何方，但她坚信，她掌握了邵绿荫这个秘密就等于掌握了自己的命运。她做好了准备，她想与邵绿荫公开摊牌，哪怕两败俱伤也要最后一搏。

晚上十点的时候，邵绿荫才回家。徐丽艳等邵绿荫坐下，说她想与他谈谈。邵绿荫讥讽徐丽艳，事已至此没什么可谈的。徐丽艳没看邵绿荫的脸，面对墙壁很淡定地说："如果不想两败俱伤，希望给我一条生路。"

邵绿荫冷笑一声问徐丽艳："这是在求饶还是在恐吓？"徐丽艳突然站起，冲邵绿荫说："你别认为梁志华死了，你的秘密就能瞒天过海，实话告诉你，那个记录本梁志华根本就没带去。"

邵绿荫瞪着徐丽艳："你？"

徐丽艳指着邵绿荫愤怒地说："你今天杀了我，明天你那见不得光的一切勾当就会公布于众，不信你来试试？"

邵绿荫没想到徐丽艳会在这个时候，特别是她几乎走投无路的时候还能如此理直气壮，用近乎鱼死网破的方法与自己抗争。邵绿荫妥协了，他放缓了语气，用近乎商量的口气对徐丽艳说，可不可以坐下来心平气和地谈谈，或者说用等价交换的方式来解决这个问题。

徐丽艳"哼"了一声，冲邵绿荫说："等价？你认为我还会相信你这套骗人的把戏？"

邵绿荫阴冷并愤怒地说："你认为你还会有别的选择吗？"

徐丽艳冲到了电话机旁，抓起电话，看着邵绿荫："不信我马上可以报警！"

邵绿荫一笑，讥讽地对徐丽艳说："报吧！"说完，他仰看天花板，做出一副无所谓的样子。

徐丽艳几乎被气疯了，她匆匆按了报警电话，回头冲邵绿荫说："这是你逼我这么做的。"

邵绿荫平视徐丽艳："说吧，就说是我杀害了梁志华！"

徐丽艳冲电话里"喂喂"几声后，呆呆地站在那里，电话里没有一点儿声音。她清楚了，邵绿荫已经将电话切断了。她忙拿出手机，拨打了几个号码，电话里传来机械的女声，她的手机已停机。徐丽艳将手机朝地板上狠狠一摔，手机在地板上弹跳了几下后，破裂成几块。徐丽艳指着邵绿荫大喊道："邵绿荫你是个卑鄙小人！"

这时的邵绿荫倒是很平静，他冲徐丽艳一笑："我卑鄙？你同梁志华是不是很光明、很正大？"

徐丽艳手指邵绿荫气得说不出话来。邵绿荫站了起来，看着被气得发疯的徐丽艳，心里有种从未体验过的满足感。他在徐丽艳头上摸了一把，嘲笑般地对徐丽艳说："一切应该结束了，一切妄想都将化为乌有。你还是把本子交出来，别的事好商量，咱们毕竟夫妻一场！"

徐丽艳再次疯狂般抓起沙发上的靠背，朝邵绿荫砸去："你妄想！"

邵绿荫瞪了一眼疯狂的徐丽艳，掏出手机，打了一个电话："杨四，你派两个人来，把这个疯婆子看紧喽，有任何闪失你就别再回林园！"

九

王义同杨婕在技术室里已经看了一天监控录像了，他不相信梁志华在事故前几天时间里，就没出现在胜利小区。杨婕说，或许胜利小区把这些内容都删了。王义说不是没有这种可能，但现在看到的录像是没有被删减过的。这说明保安可能不知怎么删除。王义跟杨婕说，还是再坚持几个小时吧，说不定就柳暗花明了。杨婕一笑，又调开了下一条录像。

杨婕看着看着突然碰了一下王义，说："有了！"

王义偏过头看向了杨婕身边的那台显示器。画面是胜利小区三栋旁边的休闲区，画面上，梁志华停好车后，走向了小区的医务室，再后来他从医务室出来回了家。王义要杨婕暂停一下那个画面，看了看当天日期。然后他摸了一下头回忆起来，过了一会儿在杨婕的肩上拍了一下，说他知道了梁志华离开林城前一天下午为什么要在胜利商场前与徐丽艳见面，并且他没猜错的话，梁志华是给徐丽艳送了东西。

杨婕疑惑地看着王义，问："什么东西？"

王义一笑，向显示器上一指："接着看完！"

两人在后来的录像中，看到第二天梁志华一大早又去了医务室，之后的三天里梁志华再没在小区里出现过。直到第五天、第六天，梁志华才又出现在胜利小区。录像证明，梁志华是在出事的那天下午离开的胜利小区，晚上十一点二十四分才回到小区。王义计算了一下，梁志华从泊车后上楼大概需要五分钟，然后进屋拿工具修理电表，他估计梁志华遇害的时间，在晚上十一点四十分左右。他向杨婕解释说，梁志华不在小区的那几天时间，他应该是去了保丰。在后来的录像中，王义还看到刘前进也去了医务室，而刘前进去医务室的时间刚好是梁志华外出的第三天，也就是梁志华从保丰赶回林城的那天上午。王义关闭了电脑，对杨婕说，还是调查小区医务室的医生吧！

医务室的医生回忆了梁志华说睡不好的那天取药的过程。医生说药是他主动为梁志华开的，药丸是从那个标有"艾司唑仑片"的药瓶子里倒出来的。医生说，他在倒药丸时，梁志华还特意看了一下说明书，所以说，梁志华是知道医生给他开的是安眠药的。王义问医生，梁志华第二天一大早来医务室的目的是什么？医生说，他们头天打了一个赌，梁志华说要是医生的药不管用，他要来砸医务室的场子，当然这话是与他开玩笑说说而已。所以第二天早上他来了，是来告诉医生，他开的药非常管用。

王义听了医生的回忆，心里暗自佩服梁志华的思维是那样的缜密。医生问了一句王义，是不是他给梁志华开的药出了问题。王义说，这事与梁志华的死无关，他们是想查一下梁志华生前是否有失眠症。医生肯定地说梁志华是有失眠症的，不然他要那个药干吗？杨婕一笑，王义谢过医生，两人出了小区。

走出小区后，杨婕问王义发现什么异常没有。王义说，现在可以肯定梁志华与徐丽艳在商场相会，是他给她送药！

杨婕看了一眼王义："送药？你是说梁志华从医务室开的药是给徐丽艳的？"

王义"嘿嘿"一笑。

邵绿荫给柳斯林打过电话后，又给杨四去了一个电话，问他徐丽艳在家的情况。杨四说，邵太太状态很是反常，她一会儿笑，一会儿哭，说不定她是得了精神病了。杨四问邵绿荫要不要回来一趟，看看她是不是真的疯了。邵绿荫说，等他中午见了柳市长后再说，但愿徐丽艳真的疯了。杨四叹了一口气挂了电话。

茶室里。邵绿荫轻声地说："他同徐丽艳搞在了一起！"

柳斯林猛地站了起来，简直有些失态地冲邵绿荫吼道："什么？他同徐丽艳搞在了一起？"

邵绿荫说："我怕他知道得太多，就……"

柳斯林不知是愤怒还是感到惊慌，他语无伦次地指着邵绿荫说："邵绿荫呀邵绿荫，你让我说你什么好？"

邵绿荫这时倒显得十分淡定和从容。他坐了下来，朝正在发火的柳斯林说："柳市长，你听我说。"

柳斯林把手一挥，打断了邵绿荫要说的话："你别叫我市长市长的，我不是告诉过你这个时候千万不能出乱子吗？可你倒好，越是关键时候你就越是添堵。"

邵绿荫说："柳市长，这也是没有办法的办法了。你不想想，他同徐丽艳搞在了一起，而徐丽艳又知道你从林园公司拆资投资香港盛达的事，不把他处理掉，迟早是要出事的。"

柳斯林更加愤怒了，他指着邵绿荫，质问徐丽艳是怎么知道他投资香港盛达的，是不是邵绿荫想算计他？

邵绿荫一时语塞，他总不能把他将柳斯林多年来从林园公司中的支出做了账的事说出来吧。于是，邵绿荫撒了个谎，说去年在承建铜江大桥工程时，因资金出现状况，那时徐丽艳就查出了公司有一个亿的漏洞，这笔巨款的去向无法向她隐瞒，邵绿荫只有告诉了她实情。

柳斯林再次站了起来，指着邵绿荫说邵绿荫是把他往死路上逼。

邵绿荫说他知道这其中的利害，可事已到了这个地步，现在说什么也没有用。梁志华死了反倒除掉了心腹大患，接下来怎么办，他愿听他的。

柳斯林无语，邵绿荫这时说听他的，那他不成了邵绿荫的共犯了？柳斯林瞪了邵绿荫一眼，长叹一声，什么也说不出来。

邵绿荫见柳斯林沮丧的样子，忙说事情不像他想的那样坏，徐丽艳也被他控制起来了，在适当的时候他会完全解决好这个问题，绝不留后患！

柳斯林抬头，看着邵绿荫。

邵绿荫明白柳斯林的眼神，他说了句："放心吧！"

柳斯林"哼"了一声："放心？让我怎么放心？我后悔结交了你这么个人！"

邵绿荫脸"蹭"地一下变了，他反问柳斯林什么意思，这话让他听起来寒心。多少年了，你为什么早不后悔？出事了你就后悔了，想把一摊子烂事交给我？邵绿荫站了起来，一副盛气凌人的样子，对柳斯林说："柳市长现在说这些太没意思了，既然你后悔，那就由我自己来承担这一切。"

邵绿荫冷笑了一声后，又向柳斯林甩出了一句："他们不死你我都得死！"

柳斯林呆呆地看着邵绿荫："你说什么？"

邵绿荫此时没有了平时对柳斯林那副唯唯诺诺的样子，他冲柳斯林说："实话告诉你吧，他们看到了我的记录本，记录本上有我们不可告人的记录！"

柳斯林猛然站起，接着又颓废地坐了下去，头靠在沙发上，眼睛失神地望着站在面前的邵绿荫。他有气无力地指着邵绿荫说:"你是早有预谋啊!"

邵绿荫笑了笑,低头看着柳斯林:"我的大市长,人啊就得为自己想后路,这时退不下去了!"

柳斯林强打精神,动了动身子,尽量将身子坐直。随后他沉默了一会儿,绝望地看了看简直如魔鬼般的邵绿荫:"你这是要挟!"

邵绿荫狠狠地说:"要挟?柳市长你也不想想,从我们结识到现在,林园背负多少桩罪你难道心里没数?这些是因什么而起?因什么走到现在这一步?你说你后悔了,你可以全身而退,可我能退下来吗?"

柳斯林突然站了起来,在邵绿荫的脸上"啪"地扇了一耳光,朝邵绿荫咆哮道:"那是你自作自受!"

然后他咬了咬牙,恨恨地说了一句:"一不做二不休!"

邵绿荫从柳斯林那里出来后,他想到的第一件事,是该回去看看那个疯了的老婆……

杨婕与老胡去了一趟电信局,查了保安刘前进的通话记录。从电信局出来后,老胡向杨婕说了一句:"王义那小子还真不错!"

杨婕一笑,发动了车,冲老胡说:"变相表扬自己吧!"

老胡"嘿嘿"一笑。

对梁志华的死亡现场,技术部门再次进行了复查。曾祥云告诉杨婕,王义的直觉很准,那个电表确实事前有人动过手脚,经技术人员复勘现场,确认电表的外露线是人为制造的。经 DNA 鉴定,现场遗留的烟蒂与王义从门卫室提取的烟蒂,系同一人所吸。这说明保安刘前进在梁志华死亡前去过现场,可能是刘前进动了电表。

老胡听到这个消息后,问杨婕:"王义怎样?"

杨婕不答,只是冲老胡一笑,然后说了一句老胡很爱听的话:"老胡你很会护犊子嘛。"

老胡高兴地皱了皱眉头。

从梦幻巴黎传出消息,说徐丽艳疯了,小区里的人每天都能听到徐丽艳在家时而唱歌,时而大笑大哭。还说小区的居民去过邵绿荫家,徐丽艳不管别人怎么敲门,就是不开门,里面还有摔东西的声音。

假如徐丽艳真的疯了,这条线又要断了,争取徐丽艳就没有太大的意义了。王义听到这个消息后感到很突然。他问杨婕:"这是什么时候的事?"

杨婕说:"据小区居民反映,梁志华出事后的第二天,徐丽艳的家里就开始不安定,深夜里老是传来徐丽艳的哭声,白天徐丽艳又大笑不止,时而大声唱歌。"

王义沉思了一会儿，抬头看着老胡，然后又看了一眼杨婕，问面前的两位："徐丽艳突然精神失常会不会与邵绿荫有关？"

老胡吸了一口烟，吐出烟雾，然后盯着慢慢升腾在空中飘散的白雾。这是老胡思考问题时的习惯，多少年了，这个习惯一直没有改变。

老胡不用多想就能做出肯定的回答。问题是，邵绿荫把徐丽艳逼疯的手段是什么？凭他对徐丽艳的平时观察，她不是那样经不起事的人，她怎么在没有任何前兆的情况下突然精神失常了？这才是老胡要猛抽烟的原因。

王义同杨婕同时看向了老胡。老胡站了起来，吼了一句："你们不想想，徐丽艳真疯了的话，邵绿荫还用得着把她关在屋子里吗？"

老胡的一句话顿时解开了杨婕和王义的心结。老胡接着说："邵绿荫不傻，徐丽艳是不是真成了疯子他是能看出的，他们夫妻多年，相互还能不了解？真成了疯子对邵绿荫就没有一点儿威胁了。目前徐丽艳是被关在屋里，在家里时哭时闹，是在向外面释放一种信号，告诉外面她被邵绿荫囚禁在那个小屋了……"

邵绿荫走向窗台，将窗户拉开了一条小缝，一阵冷风吹来，邵绿荫竟打了一个寒战。窗外正下着蒙蒙细雨，风推着细细雨丝打在邵绿荫的脸上，他感觉到一丝凉意。邵绿荫回过头，看着蹲在地板上不停鬼叫的徐丽艳，心里竟涌上一丝冰冷的凄凉。这个曾经像花儿一样让他爱得疯狂的女人，如此这般凋谢在黑暗的魔窟里。他不停地叩问自己，这是为了什么？

徐丽艳叫了一阵之后，站了起来，突然冲杨四发笑，一双迷蒙的眼睛盯住他。杨四向后退了几步，然后绕过徐丽艳走到了邵绿荫的跟前，轻声对邵绿荫说："邵总，你的太太肯定得了精神病了，要不送她去医院吧！"

邵绿荫再次看了徐丽艳几眼，回过头用怀疑的目光看着杨四，语气中充满了杀气："你能确定她真的……"

杨四木讷道："她能装得这么像吗？"

徐丽艳从沙发上抓起一块纱巾，将纱巾包在头上，然后在屋子里扭秧歌，嘴里高声唱着。她一会儿扭到邵绿荫跟前，一会儿又在杨四的脸上摸上一把，二人被她搞得无奈又无语。

邵绿荫叹了一口气，有气无力地对杨四说："过几天再说吧。"

方刚接到邵绿荫电话时，刚从茶楼与王义分手。王义吩咐他要办的事想不到对方竟这么顺利地自动找上门来了。他挂了邵绿荫的电话，立马和王义通了话。王义笑方刚，想摆脱邵绿荫很难吧，你还不如主动出击，掌握主动权。王义告诉方刚，找专家时一定要按他说的那个方法去做，并且方刚还得陪同专家一起去梦幻巴黎邵绿荫家里。方刚答应王义，会按他说的去做。

接近傍晚，方刚给邵绿荫打了一个电话，说专家一会儿就去他家，问邵绿荫现在是否方便。邵绿荫回答他马上从城东工地赶过来，要方刚他们在梦幻巴黎的门口等着他。方刚同专家到小区门口不久，邵绿荫就来了，他站在小区的门前，不知与谁打了一个电话，方刚隐约听到邵绿荫要谁快离开。

走进小区里远远就能听到徐丽艳近似哀鸣的尖利嗓音。邵绿荫一边带路，一边向来人解释，说他家门不幸，内人最近出了状况，有劳医生上门了。

方刚刚进入邵绿荫家，就看到徐丽艳那双祈盼的眼睛里闪动着少许泪花。她痴立在客厅中央，这种痴呆只有一瞬间，接着她疯狂地挥舞着双手，双脚踏着地板恰像一个专业舞蹈演员一样，疯狂地跳起舞来，尖细的声音在有限的空间内十分刺耳。

邵绿荫稍整理了一下沙发，请专家同方刚坐下。他瞪了一眼徐丽艳，然后换了副亲热面孔哄着徐丽艳："丽艳过来，给你请了专家，过来让专家给你看看病，来吧。"

徐丽艳"嘿嘿"傻笑着往后退，邵绿荫急了上前拉住徐丽艳："过来！治了病就好了。"

徐丽艳疯狂地推开邵绿荫抓她的手，沿着客厅墙边奔跑。

赵专家吁了一口气，对邵绿荫说他还真是摊上事了，不用做任何测试，就能确定徐丽艳患有重度精神分裂症，严重到了对过去的一切事物没有一点儿记忆的程度。

赵专家接着说，这种病就是因心理问题和外界压力大，造成情绪上的大起大落而导致的精神错乱。如果放在家里治疗，就是花上三年时间也很难改变病人现在的状况。

十

曾祥云要老胡找出那个为张吉望提供材料的人。

老胡把张吉望叫到了家里，看到姨父一本正经的表情，张吉望心里有些紧张。老胡要张吉望认真回忆一下，那天晚上给他提供材料的人的模样。张吉望回忆了一个上午还是说不出个一二来。

老胡抽着烟，一会儿"嗯"上一声，并看着张吉望。

姨父的问话很正规，就像在办公室里审理案子一样。张吉望感到不自在，他搓着手对老胡说，他能记得的就是这些，不过朱自豪要是能来，也许能说得出那个人的长相来。

老胡拿了一些东西后，对张吉望说他得出去一趟，他要张吉望在家等他。

老胡是去见了曾祥云，向曾祥云汇报张吉望提供的情况。曾祥云说老胡思维还是那样敏捷，能想到通过查车找人。他肯定了这个方法，并确信能找到那个给张吉望送材料的人。随后曾祥云给指挥中心打了一个电话，要指挥中心把那天晚上去铜江的三个路口的监控整理出来，交给他。

老胡临走前，曾祥云对他说，要他明天同杨婕到他的办公室来看监控，一定要找出可疑的那辆车。老胡回头"哎"了一声，匆匆忙忙地离开了。老胡匆忙回家的目的，是他想应该好好地犒劳一下他的外甥张吉望，要是真查出了那个人，那张吉望可是立了一大功。

徐丽艳真成了疯子，这让邵绿荫心里稍稍感到了些轻松。但怎样处理徐丽艳却成了一件难事，总不能把徐丽艳也当成顾云飞和梁志华那样处理吧。

邵绿荫先给张志杰去了一个电话，问张志杰，建设局曾峰的电话老是打不通，他知道不知道这是怎么一回事。张志杰说，他也不知道，他与曾峰已经很久没联系了。

邵绿荫正想放下电话，张志杰在那边问："听说嫂夫人得病了？"

邵绿荫一惊，问："你是怎么知道的？"

张志杰说："是怎么知道的不重要，是不是真有这么回事？如果是真的，不告诉他就不够哥们儿了。"

邵绿荫苦笑一声，说："一言难尽，等晚上见面时再说给你们听。"

曾峰的电话不仅邵绿荫打不通，柳斯林也打了几次，同样打不通。柳斯林非常恼火，他打了张志杰的电话，问曾峰到底是怎么回事。张志杰说，柳市长是不是要给他官复原职了？要不他去找一下曾峰？柳斯林拒绝了，他嘱咐张志杰，曾峰如果找他，不要过多地谈论铜江和城东二期工程的事情。张志杰心里一喜，他终于盼到了柳斯林对曾峰的不信任了，接下来他才是柳斯林的唯一亲信。而邵绿荫要他给曾峰打电话时，他也没告诉邵绿荫柳市长也在找曾峰。同时故意要邵绿荫去趟曾峰家，目的是让邵绿荫把曾峰弄出来，这样晚上聚会的时候他就可以稍微地戏戏他，他要看看他落魄时的那副模样，以报他得意时猖狂之仇。

快下班时，张志杰又接到了邵绿荫的电话，他说他去了曾峰家，家里人说曾峰出远门了，要好些天才能回来。

张志杰骂了一句："出个鬼差！分明是在躲着柳市长！"

邵绿荫耳朵里"嗡"了一声，他没听错，曾峰是在躲避柳斯林？邵绿荫马上回张志杰，说都是兄弟不要猜忌。张志杰知道自己失言，忙说前几天柳市长也在找他。然后他扯开了话题，说曾峰不来是不是取消晚上的聚会。邵绿荫说，他正烦着，晚上没事喝几杯消消愁。

胡思耀与杨婕在曾祥云的办公室里拉着窗帘看了一天的监控，他们从那个时间段里找出了从三个路口驶向铜江的小车。他们把所有的小车牌号记了下来，最后从五辆往返于铜江和林城的车辆中找到了一部最为可疑的车辆，通过网上核查，那辆小车是建设局在使用。

老胡伸了个懒腰，冲杨婕一笑，说他终于可以抽烟了。

杨婕问："那辆车的可能性有多大？"

老胡点燃烟猛吸了几口，吐了一个烟圈，不紧不慢地说："放心吧，错不了！"

邵绿荫把徐丽艳送去了医院。医生给徐丽艳注射了镇静剂，徐丽艳才平息下来不再唱跳。邵绿荫守着徐丽艳入睡后，才同方刚离开医院。方刚离开医院时在徐丽艳病房门口见到了两个年轻人把在门口，他多留意了几眼，认出这是邵绿荫派来监视徐丽艳的人。

回到报社的宿舍，方刚通知了王义，说徐丽艳已经去了医院，邵绿荫还安排了两名监视的人。赵医生也说了，早上六点左右徐丽艳就会醒过来，问题要避开门前的监视人，恐怕很费劲。王义要方刚给赵医生再打一个电话，请医生早上以做检查的名义将徐丽艳接走。方刚说他不能保证赵医生愿意这样配合。

清早，王义同杨婕驾车从市局出发，经过林城市中心。市中心主要街道车流很少，行驶方便，不到半小时他们的车就进入了医院大院。

医院内。过道上很安静，王义同杨婕按方刚告诉他的位置，顺利地找到了赵医生的办公室。王义推门，门没上锁，"吱呀"一声开了。杨婕两人迅速闪进了办公室内，匆忙取下挂在墙上的护士衣穿上，然后从容地走向徐丽艳所在的病房。

病房中，徐丽艳静静地躺在床上。杨婕摘下口罩，上前推了推沉睡中的徐丽艳，徐丽艳转了个身仍然睡着。杨婕再次推徐丽艳，并且俯在她的耳边轻声唤着她的名字。徐丽艳微微睁开了眼，接着又睡了过去。王义看了一下手表，时间已经过了六点，如果仍然无法让她醒来，他们的计划无法再继续下去。王义看了一眼门外，然后冲杨婕示意，让她继续叫醒徐丽艳。

杨婕走到了床前的那个洗脸台前，抽下挂在墙上的毛巾，将水龙头拧到最小的位置，用毛巾捂住龙头口，尽量不发出流水声。然后杨婕把毛巾拧干，回到徐丽艳床前，将冰冷的毛巾贴在徐丽艳的额头上。

徐丽艳突然惊醒，第一眼看到面前站着两位"医生"，镇静了瞬间之后，像记起什么那样，双手开始挥舞。王义看到了徐丽艳的那个瞬间的动作，他可以判定徐丽艳是在装疯。于是他向杨婕示意抓住徐丽艳的双手，自己俯身轻声告诉徐丽艳，他们是市公安局的。徐丽艳不再挣扎，瞪着圆圆的眼睛看着面前陌生的来客。

杨婕见王义的话对徐丽艳生了效，徐丽艳不再乱动，才松开了她的双手。徐丽艳打量着身边的杨婕和王义，从眼神里可以看出徐丽艳对王义所说的身份表示怀疑。王义掏出了警官证在徐丽艳面前一亮，徐丽艳眼泪"刷"地涌了出来。

徐丽艳挣扎着要起来，被杨婕按住。杨婕告诉她就这样躺着，并且轻声回答他们的提问。

徐丽艳点头，微弱地说："你们问吧！"

杨婕问："邵绿荫为什么要把你囚禁在家？"

徐丽艳吞吞吐吐一阵，没正面回答杨婕的问题。

王义急了："我们冒着很大风险来找你，现在只有我们才能救你，如果到这个时候你还是这样不愿配合，最后的结果你自己清楚。"

徐丽艳看了一眼面前的王义，她也深知自己目前的处境。但梁志华生前曾经说过，在这个世界上不要去轻易相信别人。为什么邵绿荫要囚禁她？这个问题十分敏感，梁志华就是因这件事而送了生命。何况那个记录本里涉及的人物不一般，不是公安机关一下就能彻底解决的事情，万一面前的人是邵绿荫派来试探她的，那她的下场肯定是会步梁志华的后尘。想到这里，徐丽艳对杨婕摇了摇头，她说不知道邵绿荫为什么这样对她。

王义面对床上的这个女人又是怜悯又是愤恨。他急了，声音也开始提高了："你其实心里十分明白你现在的处境，梁志华是怎么死的你难道忘了？不是因为你，他能走到那一步吗？想想这些，你还能安生躺在这病床上过舒服日子？"

徐丽艳的嘴唇稍稍动了几下，眼里再次有了泪珠。杨婕接着问，梁志华生前去外地，是不是因她提供的一个记录本？

徐丽艳说话了，她的声音哽咽着，说她不知道梁志华去了哪里，梁志华走时没告诉她，等他回到林城后没几天就死了。

王义见徐丽艳开口说话了，心想，只要面前这个女人开口，他就有把握抓住邵绿荫的尾巴。于是他追问她是怎样拿到那个记录本的？记录本上记着哪些内容？现在记录本在哪里？

王义一口气连问了三个问题，这三个问题都是侦破邵绿荫涉黑案的重要环节，弄清了这三个问题等于离破案不远了。

徐丽艳双手勉强撑着床垫，把身子向上挪了挪，然后斜靠在床头上，无神的双目视向窗户。她在犹豫，她该不该相信面前这两个人。

杨婕像看懂了徐丽艳的心事，催了她一句："说吧！"

窗外仿佛有什么一闪而过，徐丽艳哆嗦了几下，突然手指窗户大叫："有人！"王义迅速走到窗前，却并没看到可疑的人。

王义拉了把杨婕，轻声说："我们先走。"

杨婕戴上口罩，在徐丽艳身上拍了拍，俯身告诉徐丽艳："继续装吧，我们还会来的，适当时我们会把你接走的……"

十一

老胡自称是消息灵通人士，在林城地界上没有他打听不出来的事情。可这次却把他给难住了。曾祥云安排老胡专查曾峰的去向，老胡找了两天，毫无进展。老胡还动用了技术侦查手段，仍然没找到曾峰的半点儿痕迹。老胡想，曾峰还能变成土行孙钻到地缝里去了？想到地缝，老胡的思路豁然开朗。从这两天的查找情况来看，曾峰应该还在林城范围内。火车、高铁、飞机、长途汽车他都查过了，没有留下曾峰购票的信息，宾馆、旅店也找不到他的住宿信息。这说明曾峰没有离开林城市，那他躲藏在哪里呢？

柳斯林近段时间心里老堵得慌，张志杰告诉他查不出曾峰的去向，这是一件令他很恼火的事情。

一定要找到他！就是翻遍全城也要找到他！柳斯林想着，从桌上拿起手机，给张志杰打了电话，要他下班后在城东管委会等他。

管委会门外传来几声车鸣，张志杰忙迎向门口，跑到柳斯林的车边，上前拉开了后排的车门。哪知后排没人，他向前看，见柳斯林坐在驾驶室的位置上。张志杰忙疑惑地问："柳市长您今天亲自驾车……"

没等张志杰把话说完，柳斯林头也不回地说了声："上车吧！"

车绕过城东，进入旧市区的城郊接合部。柳斯林将车放慢了速度，目视前方，问了张志志杰一句："知道曾峰住哪儿吗？"

张志杰才明白过来，他原来是要去找曾峰，于是嘻嘻一笑："知道，一直朝前，过了前面的那座铁桥，再走不远就到！"

柳斯林问："你去过他家？"

张志杰还是笑答："去过，上次您指示要找到曾峰，来过一次，可连人影子也没看到。八成是他去外地散心了！"

柳斯林从鼻子里"哼"了一声。

这次他们又扑了个空。张志杰回来的路上在想，不知柳市长今天唱的是哪一出，堂堂一个常务副市长，跑到一个受处理的干部家里去，想到曾峰在他的心目中还是那样重要，他心里就有些窝火。

柳斯林长长叹了一口气，看了一眼副驾驶位上的张志杰，语重心长地说：

"曾峰本来不该如此，就是自己的一个疏忽使他反其道而行之！"

张志杰瞪大了眼睛，惊讶地看着柳斯林："你是说曾峰他？"

曾峰越想越可怕，梁志华之死使他决心离开林城，逃离即将降临的厄运。

当天上午他租车离开林城，去了离林城两百多公里外的乡下一亲戚家。

乡下山里的季节变化比城里更明显，刚一入冬，天气已十分寒冷。曾峰穿着亲戚给他的棉衣，蹲在门口，看着通向山外的那条小路，心里涌起阵阵凄凉和悲伤。他很想给老婆去一个电话，问一问她那边的情况。

手机响了，铃声从厚厚的棉衣里传出来，声音很小。曾峰撩起棉衣的下摆，从裤子口袋里摸出手机，激动地冲电话里的老婆问，她还好吗，是否有林城的消息。曾峰老婆告诉他，她得了消息，说张志杰同柳斯林去过了家里，看来柳斯林是知道那材料的事了，她要曾峰千万躲藏好。

挂上老婆的电话，曾峰不由得又想起了自己参与密谋的那起杀人案。曾峰现在后悔到连投河而死的心都有了。

他蹲在门口，拉了拉衣领，将脖子缩到了衣领里，任凭寒冷的风刮在他的脸上。他把眼睛成了一条缝，盯着那条通往山外的弯曲小路，眼前浮现出三年前那惊人的一幕。

一辆黑色奔驰车从一条小巷驶向了拆迁工地，在一个较大的坪子里停了下来。邵绿荫戴着一副宽边墨镜从车内钻了出来，杨四忙上前恭敬地为邵绿荫接下了长风衣。邵绿荫问他："拆迁还有什么难度吗？"

杨四露出狡黠一笑："在林城只要邵总一句话，哪有林园公司摆不平的事？"

杨四领着邵绿荫在拆迁工地上转了一圈，在一间没被推倒的房子里小歇了一会儿。杨四见没有别人跟着，对邵绿荫说，他收到反映说向清泉曾秘密被刑侦支队的人叫去两次，看样子他可能是要反水了。

邵绿荫阴沉着脸，反问杨四："他反水？他反水能说出什么把柄？"

杨四停顿了一会儿，不无担忧地说："顾云飞同周海的失踪他都知道内情！"

邵绿荫急了，朝杨四吼道："你呀就是一个猪脑子，这些事你得自己办，怎么能让他知道？"

杨四很委屈，说："一夜要连弄两人太困难了，所以就动静大了些。"

邵绿荫又问："他在刑侦支队说了？"

杨四说："公安是在调查周海和顾云飞失踪的事，但他保证什么也没说！"

邵绿荫蹲了下来，朝杨四说："把曾峰叫来！"

杨四惊恐地看着邵绿荫："叫他？"

曾峰匆忙来到拆迁工地，邵绿荫将顾云飞、周海失踪，向清泉知情而被公安机关传讯的事告诉了他。

曾峰先是一惊，然后愤然瞪着对方咆哮："你们怎么能这样？怎么能这样？这是把柳市长拉下水！"

邵绿荫也不示弱，冲曾峰道："现在说这些有什么用？说，该怎么办？"

曾峰不假思索地答了句："还能怎么办？最好让他不说话！"

第二天下午，邵绿荫要杨四去了一趟市中心，在市场上购买了一包耗子药，晚饭过后，杨四给向清泉的水杯里放了少许药。那天晚上，刚好王义带走了向清泉，向清泉在接受询问时，向王义提出他难受，过后不久他就死在了被送往医院的途中。

那天晚上，柳斯林、曾峰、邵绿荫都经历了一个不平凡之夜。第二天，向清泉事件就这样悄无声息地平息了下来……

寒风把曾峰拉回到现实，他打了一个寒战，然后慢慢睁开眯着的双眼，望向那条来时的山路，眼前一片迷茫。

曾祥云坚信，梁志华的被害说明他已触动了林园公司的敏感神经。梁志华知道了林园公司的什么内幕？是不是他触及了他们更为深层次的问题？

王义敲门走了进来。王义见曾祥云站在窗前沉思，便自个儿在沙发上坐了下来。

曾祥云没有回头，看着窗外问了一句："来了？"

王义站了起来，他不知曾祥云已经知道他进了办公室，于是答了一声："嗯！"

曾祥云从窗户前回到了办公桌边，给王义沏了一杯茶，然后坐在了办公椅上，问："徐丽艳醒过来了吗？"

王义说："从现在的情况看，徐丽艳愿意配合我们的工作。但邵绿荫对徐丽艳的监视太严了，如果第二次去接近徐丽艳势必引起邵绿荫的怀疑，而暴露了侦查意图。"

曾祥云问："是不是先动一下刘前进，看能不能从刘前进那里弄清梁志华死亡的真正原因。"

王义一笑，试探地问曾祥云："要不试试？"

曾祥云不答，只是点了点头。

时间过了三天，张志杰终于从曾峰原来的一些朋友中了解到了曾峰老婆娘家的地址，并且听说曾峰的岳母现在正病危着，他想曾峰不会不去看他岳母。

早上刚上班，张志杰给单位的副职安排了一下工作后，说他要出一趟差，明后天就回来。然后，张志杰自己驾车前往龙源市医院。

曾峰老婆见是张志杰来了，起初心里一惊，很快平静下来，装着很惊讶的样子问张志杰怎么来这里了。张志杰一笑,他说曾峰的老人就是他的老人,谁要他们是铁哥们儿呢!这老人病了也该来看看,所以就来了。这话说得很轻松,看起来很自然,并且张志杰的态度也非常诚恳,曾峰老婆看不出张志杰有什么破绽,于是给张志杰沏茶让座。

张志杰接过茶杯,抬头问曾峰的老婆:"嫂子,曾峰这么多天都到哪儿去了?我还以为他在服侍老人呢。"

曾峰老婆身子微微颤抖了一下,可怕的事终于来了,张志杰来的目的还是为了曾峰。她一边为老人掖了掖被子,一边责怪曾峰不知是发了什么羊癫风,说要出去散心,现在连手机也打不通,信儿也不捎回一个,还不知道他在天边哪朵云下呢。

张志杰在病房里与曾峰老婆聊了一阵后就走了,临走时他告诉曾峰老婆,假如曾峰回来了,要他回一趟林城,他说柳市长想找他谈谈,兴许柳市长想给他官复原职呢!

曾峰老婆笑眯眯地送走了张志杰,回到病房她的身子却直打哆嗦。

曾峰老婆想给曾峰打一个电话,告诉他张志杰来过了,看来是在追查他的行踪。她摸出了手机,想了想后,又将手机放回了口袋。她知道越是在这个时候,她就越需要冷静。这个电话她还是不打为好,就是告诉了曾峰又能怎样?她在病房里来回焦急走着,思考着如何面对这突如其来的变故。

老胡带着杨婕,在建设局的门口碰到了他们要找的人,这人是建设局的干部,与曾峰曾经是很好的朋友。对方说,曾峰被处理后就断了与他的联系,他去了哪里他也不知道。不过前几天他碰到过他的爱人,说是要去龙源,她母亲牛病住在龙源市医院。

天快暗下来的时候,杨婕同老胡才赶到龙源。

两人将车停在了医院大门处的停车场,下车时,医院墙上的大壁钟整整敲响了七下。

杨婕进了医院,她从住院部大厅的墙壁通告栏内,找到了曾峰岳母所住的病房号,然后上了楼。杨婕从门上的探视窗向病房里看了几眼,房内几名医生正在忙碌,曾峰的老婆站在床头前哭,她的身边站着两位中年妇女。杨婕想,那俩人应该是曾峰老婆的弟媳。病房里没有看到男人。看医生忙碌的样子,应该是在对病人进行抢救,她想,这位老太太可能已经走到了人生的尽头。

杨婕在门口站了一会儿,房内传来了医生的声音:"你们家属还有谁没有来看望她老人家的,快通知他们都来一下,见上最后一面。过了今晚,明天怕是见不着她了。"

房内顿时有了哭声。一个中年妇女说:"姐,姐夫能来吗?妈天天在念叨他呀!"

曾峰老婆对床上的老人哭:"妈,曾峰不孝,他这时来不了,你要走就安心走吧,别挂念他,他现在也是在躲命呢!"

杨婕站在门口眼泪快要掉下来了,她匆忙离开病房,下楼钻进了车内。

第二天中午,老胡与曾祥云通了一次电话,把曾峰岳母去世的消息告诉了他。曾祥云说既然我们能想到曾峰会出现,那么别人也会想到,他要老胡多长几个心眼,到时随机应变,别让曾峰从他的眼皮子底下溜了。

老胡同杨婕在车里猫了整整一天,车内的那点儿空间没有他们伸腰的地方,老胡感到腰酸腿痛。接近下午四点的时候,杨婕发现了两名可疑人员,是两名身穿黑色西装的年轻人,在殡仪馆前不停地走来走去,进出殡仪馆的所有人都没与这两人打过招呼。

盯人的滋味不好受,老胡和杨婕终于挨到了天麻黑。殡仪馆前已经开了大灯,将门前照得如同白天一样亮堂。曾峰的老婆从殡仪馆内走了出来,她看了看四周后,站在那里看着面前的那条水泥路发呆。就在这时,一辆蓝色的士车在殡仪馆前不远处停了下来。曾峰老婆急忙上前,拉开车门,用身子挡住了下车的人,然后跟在下车人身后快速进了殡仪馆。这时,殡仪馆内突然传来一阵夹杂着男声和女声的哭声。

老胡看了一眼杨婕。杨婕一笑说:"他来了!"

老胡点头。他说还是让他看看他的岳母,等他出来时到前面的转弯处拦停他的车。

杨婕启动了车,想把车掉头,向后开二十米,那里是理想的拦车地方。老胡说再看看情况,杨婕不同意,她说曾峰不会在殡仪馆待很久的,她得提前做好准备。

就在杨婕把车掉好头时,前面不远的一辆银灰色轿车也开始掉头,穿黑色西装的年轻人指挥完掉头后迅速上了车,那车向杨婕车的方向驶来。老胡心里猛一阵紧张,他想坏了,这定是冲着曾峰来的。他暗自佩服曾祥云像神仙那样会神机妙算。老胡要杨婕把车靠边,让那辆车往前开。哪知那辆银灰色轿车在离他们不到百米的地方停了下来,两位穿黑色西装的年轻人从车里钻出来,站在了路边,俩人同时注视着殡仪馆方向。

老胡从口袋里摸出了一支烟点上,猛吸了几口,吐出烟雾。杨婕看着老胡,等老胡拿主意。老胡的这个动作本是很有把握的动作,杨婕满以为事情该是收场的时候,可这次恰恰相反。老胡叹了一口气,他看了一眼杨婕,问杨婕这事该怎么办。杨婕也很紧张,她倒不是怕那两位年轻人会做出什么意想不到的事,而是这里根本不适合秘密抓捕曾峰。如果曾峰被前面车上的人截获,事情就更加复杂而难办了。

杨婕说了一句:"要不干脆闯进殡仪馆,告诉曾峰只有同我们走才安全。"

老胡摇头,说:"还是以不变应万变。"

老胡打开了车门,看样子是想下车。正在这个时候,殡仪馆前的的士掉了一个头,曾峰老婆从殡仪馆内走了出来,朝四周看了一遍后,又回到了殡仪馆。

老胡要杨婕做好驾车的准备,说不定曾峰该离开了。杨婕再次发动了车,并把车头微微靠向了路中间位置。

殡仪馆前,曾峰老婆身后跟着一个男人,男人后面跟着一群人,他们同前面的男人打了招呼后重回了殡仪馆内。曾峰的老婆用身子挡住车门,男人上了车,同她招了一下手,她走回了殡仪馆。

老胡看着来车,指挥杨婕把车靠向路中间那个地方。杨婕的车开始向前慢移,的士车很快靠近了那辆银色轿车。就在的士车靠近银色小车的那瞬间,银色小车以风驰电掣般的速度冲向的士车,的士车向左边一把方向,一声巨响,银色小车的车头重重撞向的士车的中间部位。的士车翻了一个跟头后,落向了十米多高的坎下。

银色小车向后倒了一把,接着一把方向,向相反方向加速驶去。

老胡急了,他催杨婕快掉头追!杨婕被突如其来的状况吓了一跳,她还没回过神来,老胡已下了车冲向了出事地点。

杨婕忙掉头,脚踏油门向前追去。前方的车车速很快,对这条山路的路况十分熟悉,不到五分钟银色小车就消失在山间茫茫黑夜中。

杨婕一边追赶前面的车,一边给老胡打电话报告情况。老胡要杨婕快点儿回来,她一人去追他不放心。杨婕问车上是不是曾峰,情况怎样。老胡告诉她是曾峰,可惜当场死亡!

杨婕要老胡向龙源警方请求增援,她沿着这条路继续追。说完她挂了电话,再次提速,路边的树枝擦划着车身发出"啪啪"的响声。

杨婕驾车在坑洼不平的山路上颠簸前行,车行驶了一阵后,只见前面一团火光将整个山林间照得通红。杨婕将车继续往前开,火光离她越来越近,她慢慢看清了,是那辆银色的小车。杨婕停下车,掏出了手枪,下车走近了熊熊燃烧的大火,突然"轰"的一声,一团火焰腾空而起,油箱爆炸的巨浪将杨婕推回到了车边。

警笛声从远方传来,渐渐响彻了整个山谷……

十二

老胡同杨婕从龙源回来后就精神不振,特别是老胡,他说他早应该预料到杨婕发现的那两人是冲着曾峰去的,结果忽视了这个细节,而未对那俩人采取措施,才导致了曾峰死亡的后果,他在这起案件上应该负有不可推卸的责任。因此,老胡感到非常自责,他坐在那儿一声不吭,一根接着一根地抽烟。

王义进门时,老胡头也不抬,王义连叫了几声师父,他才看了一眼王义,冲王义"嗯"了一声又自顾抽烟。

王义知道老胡同杨婕心里难受,曾副局长交代过了,胜败是兵家常事,没有常胜将军,要他见了老胡和杨婕多安慰他们两人一下。王义冲杨婕说,其实曾峰的事我们已经尽了最大的努力,责任在曾峰自己,他有勇气提供举报材料,为什么不能理直气壮地站出来揭发邵绿荫一伙呢?现在不是泄气的时候,我们也没有到山穷水尽的地步,为何我们自己就垂头丧气了?从现在起我们要打起十二分精神,迎接新挑战!

老胡抬头问:"是不是可以抓徐丽艳了?"

王义笑了笑,说:"根据李书记的指示,我们可以把刘前进先控制起来,从刘前进的嘴里突破梁志华案,然后控制徐丽艳,采取各个击破的办法,不相信就找不到邵绿荫的犯罪证据。"

杨婕看了看王义和老胡,不无担忧地说:"这控制刘前进的事还只是一说,我们掌握了多少刘前进的证据?与邵绿荫的通话、现场的烟蒂?这能说明刘前进就是杀害梁志华的凶手吗?我看这也是走了一步险棋!"

王义坚定地说:"与其这样等下去,不如走一步险棋给邵绿荫看。"

老胡激动地拿了公文包,冲杨婕说:"我就不相信他刘前进不开这个口,他还能为邵绿荫死扛到底?"

刘前进进入公安局刑侦支队的那一瞬间,身子不由得哆嗦了一下,说话时也语无伦次。特别是到了询问室后,刘前进老是问老胡,他犯了什么事。老胡只是一笑,不搭理他。老胡这种不理不睬的方法,更使刘前进心里发毛。

杨婕做了一些必要的准备后,来到询问室。王义跟在杨婕后面,把门关上,询问室内的气氛更为紧张了。老胡坐在刘前进的身后,王义同杨婕坐在前面,刘前进左一眼右一眼地看着身边几人,嘴动了动,但没发出声音。

王义翻开了案卷夹,简单问了刘前进的基本情况。刘前进见王义问这些无关紧要的事,回答也很自然。他说,他是龙源市人,今年三十岁,来林城已经五年了。

杨婕看了一眼刘前进,突然问道:"你认识邵绿荫吗?"

老胡看得特别清楚,刘前进身子抖了一下,老胡心想这小子一定有事!刘前进点头,说他认识,并且说胜利小区保安这份工作还是邵绿荫给他谋的。

王义接了一句:"他为什么给你谋这份工作?"

刘前进伸了伸脖子，看了一下王义："这很重要吗？"

杨婕一笑，说："这不重要，不过我们发现你与邵绿荫的关系并不一般。"

刘前进反驳说："邵绿荫是林城最有钱的人，只要能攀上他的人都与他关系不一般，这应该不是什么错吧？"

老胡火了，吼了一句："刘前进，你是不见棺材不落泪，我们问你与邵绿荫的关系自然有我们的道理，你还在那儿咬文嚼字。这次邵绿荫就算有三头六臂，也无法帮你洗清与梁志华的事了。不信你就这样硬撑，看你能撑多久！"

刘前进慌了一阵后，他的声音也开始高了，他反问老胡，梁志华的事与他有什么关系？就是小区的电路问题要追究责任也不该追究他，这是物业的事，事前他跟物业说过，他也尽到了责任，这能把梁志华的死赖在他的身上？

杨婕骂了刘前进一句："你慌什么？你怎么知道梁志华的死就是电路问题造成的呢？"

刘前进突然哑了，没想到自己把电路问题说了出来。他搓着双手低下头，然后抬头看杨婕："我是听别人说的！"

王义"嗯"了一声，反问刘前进："听别人说的？那别人说梁志华死亡原因有好几种，你怎么不说梁志华是被人害死的呢？"

刘前进理直气壮地顶王义："我没听到别人说梁志华是被人害死的。"

老胡突然在桌上拍了一巴掌，"啪"的一声，把刘前进惊得站了起来。老胡再也忍不住了，冲刘前进大声道："别以为你做的那些事别人就不知道，告诉你，现在说还来得及，否则你知道会有什么后果！"

刘前进说："你们总不能冤枉好人吧？"

王义从袋子里取出一枚烟蒂放在桌上，他叫了一声刘前进，问他对这枚烟蒂是否还有印象。刘前进伸头朝前看了一会儿，然后摇头。

杨婕说："这就是你扔在现场地上的烟蒂，烟蒂经过DNA检测，唾液中的基因与你的完全吻合。"

刘前进说："我对这不懂，由你们说，反正我什么事也没干。"

王义收起了烟蒂，说："你不懂DNA鉴定没事，但有一件不用科学鉴定就能明白的事。"

刘前进眨巴眨巴眼睛，等着王义继续往下问。

王义停了一会儿，又从案卷夹里抽出了几页纸，上面是密密麻麻的通话记录。他把那几页纸拿了起来，在刘前进眼前晃了晃，说："对这个你应该不难理解吧？"

刘前进不问那是什么，也不作声。

王义开始围绕手中纸上的内容发问了："梁志华死亡的当天晚上，你去了哪里?"

刘前进一愣,然后想了想,说他没去哪里,那天正是他值夜班,他一直在胜利小区的门卫室值班。

王义说他说得不对,那天晚上他去了长河岸边的河堤上,时间是十一点多点,他还给邵绿荫打了一个电话。王义说完看着刘前进。

接着王义又说:"第二天早上,你又给邵绿荫打了一个电话,这两个打给邵绿荫的电话内容是什么,你自己知道,不用大家说出来,如果非要说出来,那就是五个字,你摊上大事了!"

刘前进这时面部有些失色,不停搓着手,头上也开始冒出了汗珠。

老胡不轻不重地催了刘前进一句:"说吧,你要相信科学,谁也冤枉不了你的。"

刘前进嘴在动,说出的声音很轻,就连坐在他身边的老胡也没听清他在说什么。老胡在他的身上拍了一下,刘前进惊跳了一下,看来他的神经已经紧张到了极限。

王义笑了,他对刘前进说,可以让他想想应该怎么说。

王义说完站起了身,合上了案卷夹,朝老胡喊了声:"他不说没关系,还是让他进了看守所再审吧!"

老胡明白王义的意思,站起来朝杨婕说:"杨婕,你先去办一个刑拘手续吧,先关了然后审,到时他自个儿就会明白的。"

刘前进听老胡和王义说现在就要刑拘他,自知抵赖没用,双膝"扑通"一声跪了下去,直喊让老胡救救他。

老胡的嘴笑得有些合不拢了,他向王义和杨婕挤弄了一下眼睛,告诉他们这事就这样成了,梁志华的死亡原因会很快真相大白……

方刚早上上班收到一封来自保丰的信,是一个律师事务所寄来的。这个地址方刚熟悉,他的同学李大军就在那家律师事务所工作。于是他打开了信,信还没看到一半,他就给王义打了电话,说有重要情况向王义报告。王义说他正在忙着梁志华的案子,有什么事要到晚上他抽时间聊。方刚急了,他说这事就与梁志华有关!

王义终止了审问刘前进,他要老胡和杨婕先把刘前进作案的过程问清楚,刘前进要是不愿说谁是幕后指使,等他回来进行第二次讯问。杨婕知道王义遇到了新的情况,她问了一句,是不是她也去。王义说,她得留下来陪老胡。

王义到报社时,方刚正急得在办公室里来回走,见了王义就像见了救命恩人一样,急忙将信给了王义,说这事很重要,对他破梁志华案子的作用非常大,所以他不敢怠慢。

王义看了信，一拍桌子，抓住方刚说这太好了，说不定那个东西就是梁志华送出去的记录本，真是那个记录本，方刚可立了一大功了！

方刚苦笑一声，说他只要能平平安安就好，不想立什么大功，他现在想想都后怕。

上午九点多钟，李大军来到方刚下榻的旅馆，见面后他们没有在旅馆里逗留，方刚被李大军直接叫上了车，随后驶离了旅馆，向市中心的一个地方驶去。方刚不知这个有名的律师会将他带向哪里，他猜可能是带他去取梁志华寄存的那份材料。

方刚同李大军从银行保险柜中取出一个牛皮纸大信封后，直接回了宾馆。进房后，他急不可待地打开了牛皮纸信封，里面除一些材料和一个记录本外，还有一封留给方刚的信。方刚先将材料搁在一边，打开了那封信，坐下认真地读了起来。

方记者您好！

当您读到这封信时，我可能已带着某种莫须有的罪名离开了这个世界，到了一个没有纷争，没有尘埃，没有巧取豪夺，没有污渍的安宁世外桃源。

您收到这封信应该感到十分意外，其实这是必然所在。因为您在林城的老百姓中有良好的口碑，有一颗为百姓鼓与呼的正义之心，值得人信任和尊重。生前没能与您取得良好的沟通，那是因为我处在一个十分危险的处境中，也是为了您的安全。我想在林城留下一个能敢于与邪恶做斗争的人，这个人非您莫属了……

徐丽艳向我提供了邵绿荫的一个记录本，在我获得这个记录本的同时，我感到了我的人生在不停地加速运行，在快速地接近终点……

梁志华笔

这封信不知梁志华是出于疏忽还是另有目的，最后没署上日期。从信的内容来看，应该是在梁志华被害前的一个月所写。方刚粗略地翻看了几页材料，他的拳头猛地砸在桌子上，震得桌上的茶杯左右摇晃了几下。他愤愤地骂了句："官匪！"

方刚将材料连同记录本上的内容用手机拍了照，然后用微信的方式发给了王义，王义怕方刚万一丢失了材料，事前要方刚这么做的。

王义很快给方刚发来了回复，他说这材料和那个记录本上的内容李书记和曾副局长都看了,他们感到震惊。邵绿荫和柳斯林他们会很快彻底地露出他们的本来面目。他还告诉方刚,李书记有指示,为了安全起见,明天他同杨婕将去保丰,迎接他回林城。

方刚激动得流出了眼泪,他忙给同学李大军打了一个电话,告诉他明天林城的公安来人接他,他不用为他的安全担心了。

王义同杨婕从保丰接回方刚,李锦波随即召开了专案成员会议。他说,林园涉黑案的脉络已基本清楚,现在到了峰回路转的时候,下一步的主要目标是围绕记录本上所反映的问题,进行查证落实,必要时控制邵绿荫。

龙源警方追查曾峰被杀一案也有了初步进展。龙源警方从案发现场一路追踪,在龙源与林城交界处的一个山道间发现了案犯遗弃的两套黑色西装。

十三

徐丽艳自与王义同杨婕那天见面后,她很后悔没有将记录本中所记载的内容告诉他们,后悔没有将柳斯林他们的罪行揭穿。她想,如果王义他们再来时她会毫无顾忌地说个痛快,把林城这块天捅破一个大窟窿。

徐丽艳在等待中装疯,在等待中卖傻,期待着有一天能像天空中任意飞翔的小鸟那样,飞出这个囚禁了她多日的牢笼。

徐丽艳在床上翻转了一下身子,然后盯着门前的那两个年轻人,快速思索该用什么方法向王义求救。门被推开,护士端着托盘走了进来。徐丽艳灵机一动,忙从床上跳了下来,一把抱住护士,轻声对她说让她给警察通个信!护士被徐丽艳突如其来的举止吓得扔掉了手中的托盘,尖叫着跑出了病房。

徐丽艳的动作和护士的尖叫声引来了门前的年轻人,两个年轻人走了进来,各自抓住徐丽艳的手,将徐丽艳又摁回到了床上。

天空中繁星点点。一辆越野车驶进了精神病医院,从车上下来几人,匆忙走向了住院部大楼。一会儿工夫,几人抬着一个被捆绑着的长形物体,装上了小车。随后车驶离了精神病院,朝市中心方向驶去……

柳斯林在曾峰死亡的当天晚上就得到了消息,他悬着的心总算放了下来。但他又有些后怕,他怕事情暴露,他怕邵绿荫做事不当而引火烧身。事情过了几天,对于曾峰的死亡警方没有一点儿动静,柳斯林才从恍惚中清醒过来。他打足了精神从容地吩咐秘书,说去铜江大桥的工地现场。

柳斯林上车时,要秘书给邵绿荫打了一个电话,说他想去看一下那两个上访户,快年底了,别让他们又去北京上访。

看完工地,柳斯林要邵绿荫陪他去看望张吉望同朱自豪,邵绿荫犹豫了。柳斯林见邵绿荫不是很乐意,骂了一句:"真成不了大器!"

邵绿荫忙笑了，随着柳斯林上了车。

回来的路上，柳斯林要秘书坐他的车，他同邵绿荫一个车。他问邵绿荫，为什么要答应给他们两家盖一栋新楼？邵绿荫说他不明白。柳斯林一笑，说盖楼的事要邵绿荫不要担心，他不会花林园公司一分钱的，也不会去给他们盖一栋新楼。等元月的人代会开完，大桥工程完工，他们两家不是喜欢上访吗？那就让他们继续去上访吧。

邵绿荫这才明白柳斯林的用意。

柳斯林问起了曾峰的事，他说他很担心，听说龙源公安的人来了林城，连作案人的画像都出来了，真要是这样查下去，那俩人肯定能被查出来。邵绿荫说，他已经有了安排，人早就去了泰国，就是查出来也与我们无关。柳斯林点头，然后又问邵绿荫，听说他的老婆徐丽艳精神有了问题，这事马虎不得，得抓紧治疗。邵绿荫理解柳斯林要抓紧治疗的意思，告诉他，人已经安全了，正在想办法治疗。说话间他们回了林城，在进城的路口柳斯林换乘了自己的车。

老胡近几天专攻刘前进的审讯，并有了突破性进展，刘前进交代了梁志华死亡的真正原因。据刘前进交代，梁志华死亡的前半月，邵绿荫已经察觉了徐丽艳与梁志华在一起的真正目的。梁志华与徐丽艳要干什么，刘前进不知个中原因，但他接到了邵绿荫交给他的任务，秘密除掉梁志华。于是他通过充分准备后，利用小区的电路问题制造了一起杀人案。

梁志华被害案终于真相大白，可关于推动这起案件的幕后黑手，还有诸多疑点。

杨婕看了看老胡，说老胡带了一个很好的徒弟，王义的判断力确实让她佩服。如果不是王义对梁志华遇害那些细节的推测，他们有可能就忽略了这个案子的本来面目，将案件带到一个误区。老胡"嘿嘿"一笑，他说那是的，强将手下无弱兵嘛！

晚上的时候，方刚接到医院赵医生的电话，赵医生问方刚他朋友的妻子徐丽艳病情毫无好转就被强行出了院，这到底是怎么回事？方刚听了一惊，他问赵医生，徐丽艳出院是什么时候的事。赵医生告诉他已经出院两天了。方刚火了，他冲赵医生吼道，为什么现在才告诉我？赵医生一时语塞，忙问方刚，徐丽艳到底是什么人？方刚不答，在电话里沉默了好一会儿后，再次问赵医生徐丽艳出院时是谁办的手续。老赵说他不清楚，他听医院办公室的人说，前天晚上来了一伙人，先是把徐丽艳从医院里架走，然后有一个年轻人办了出院手续。他是第二天上班时发现徐丽艳出院，才问了院办公室。当时他心里想，精神病人的家属不愿让家人继续住院治疗肯定有各种说不出口的理由，出院是他们的自由，就对这事不是很上心。今天突然想起了这件事就顺便给方刚打了这个电话，不想这事还这么大。

方刚随即给王义打电话，告诉王义徐丽艳两天前被人带出了医院。

王义听说徐丽艳被带走了，立刻给杨婕打了电话，告诉她徐丽艳失踪了！杨婕从床上一蹦跳了起来，反问王义，这是什么时候的事，王义说见了面再说。杨婕说那得把老胡也叫上，这事关系大了。王义"嗯"了一声，匆忙穿好衣服冲出了屋子。

王义从院门前的监控里，发现一辆黑色的本田越野车接走了徐丽艳。然后沿着这辆车的行驶轨迹，将目标锁定在了离市中心不远的一个废弃仓库。

老胡急了，说事不宜迟今晚就动手，否则又要干后悔的事了。

王义看了一下老胡，问："就我们俩人？"

老胡笑了笑，说："让曾局派一些特警把那个地方的外围先控制起来，咱们俩进入仓库，只要确保了徐丽艳的安全，其他的事交给特警去完成。"

王义将情况报告给副局长曾祥云，曾祥云果断命令，凌晨两点准时采取行动，绝不能让徐丽艳有半点儿闪失。

雷鸣、闪电、瓢泼大雨。

邵绿荫睡意正酣时，他放在枕边的手机响了，他迷迷糊糊地抓起手机，看了一下电话，来电显示是杨四。邵绿荫有些气愤地接通电话，他想骂一通杨四。当他接通电话，听到杨四急促的声音时，他预感到发生了不可逆转的大事。杨四说，大雨一直在下，引发了大面积山体滑坡，铜江大桥桥面发现了裂缝，工程监理反映的那段有质量问题的地方很有可能坍塌。

邵绿荫从床上蹦得老高，慌忙下床胡乱地穿了件衣服就冲出房门。他对杨四吼着："杨四你给我听着，马上组织民工全部上桥，对有险情的地方进行抢修。要快！要快！"

邵绿荫的手机里传来杨四的哭声。他喊着杨四的名字，杨四不答。邵绿荫火了，愤怒地吼着："杨四你给我听着，组织民工上桥，上桥你懂吗？"

手机里杨四几乎是绝望地说："上桥太危险，那是在拿人命开玩笑！"

邵绿荫说："不管，就是把全部民工的生命赔上也得保住大桥！"

突然一道闪电撕裂寂静的夜空，随后雷声炸响，将邵绿荫惊倒在沙发上。邵绿荫艰难地从沙发上站起，他再次抓起电话，冲电话里的杨四喊："全部上桥！全部上桥你懂吗？"

电话里杨四几乎是在哀求："邵总，恐怕无济于事了。"

邵绿荫吼着："杨四你给我听好了，大桥出现问题首先掉头的是你！你给我亲自上桥，我马上就到！"

邵绿荫挂上电话，他突然想给柳斯林打一个电话，可发抖的手始终不听他的使唤。邵绿荫绝望地叹了一口气，冲下楼钻进了小车，小车在雨夜中箭一般驶向前方……

王义的车在离废弃的仓库不远处停了下来，他指挥三十多名特警，悄悄靠近那座仓库。老胡叫了一声王义，王义靠近老胡。老胡说，还是先去仓库摸清徐丽艳是否在。王义说他去，要老胡在外边等他的消息。老胡执意要自己上去，他说进了仓库就面临着危险。王义冲老胡一笑，说自己年轻，比他灵活。老胡无奈，要王义小心。

王义矫健的脚步"哗哧哗哧"蹚在雨水中，朝废弃的仓库走去。

仓库内漆黑一片。

一道闪电勾勒出室内身材略显差异的两个男子的轮廓。其中一个青年男子惊恐地看着王义，并发出严厉的质问："谁？"

王义旋风般疾步上前，飞腿朝跟前的青年胸脯猛踹一脚。

青年男子跌跌撞撞向后趔趄了几步，稳住身形，向身后另一名青年喊："快上，揍死他！"

王义再次上前，朝青年人面部猛击一拳。青年人侧身抓住王义的拳头，两人激烈交手。黑暗中，三条黑影在空旷的仓库里追逐打斗。

又一道闪电，划破室内的黑暗，打斗中的三个男子身后扬起一团尘土。

倏忽间，王义一个扫堂腿猛将前面一青年人扫倒在地，然后飞身一跃扑向倒地的青年，并反腕将青年死死地摁在地上。

王义愤怒地抽问："快说，徐丽艳在哪里？"

这时另一青年朝王义的背部猛击一拳，王义松开了摁住地上青年的双手，纵身一跃，向后一个扫堂腿，身后青年"哎哟"一声仰面朝天倒在地上。王义猛将倒地的青年人提起，挥拳朝对方砸去，然后气愤难当地朝对方的腹部猛踢一脚。

地上的青年双手捂住腹部，惨白的脸上冒出豆大的汗珠，痛苦地蜷缩在墙角，声音微弱。另一青年见无法制服面前的男子，撒腿向门前跑去。

王义抓起地上的青年，将他推向墙边，手肘摁住青年的脖子："说！徐丽艳在哪里？"

青年艰难地伸了伸脖子，朝墙边偏头。一道闪电将室内照得通明，墙角处被捆绑的徐丽艳在不停地扭动着身子，嘴里发出含混不清的声音。

仓库外，老胡见王义没有向外发出信号，他向特警们挥手，发出出击的信号。几十只手电齐射仓库，全体特警奔向仓库内。跑到门口的青年见被警察堵住了出路，又退回到了仓库里，手在不停地拨打电话。特警们冲进了仓库内，两名青年束手就擒。

王义从墙角处扶起惊魂未定的徐丽艳，他冲徐丽艳说的第一句话是："你现在安全了！"

徐丽艳"哇"的一声放声大哭。少顷，王义扶着徐丽艳转身走出仓库……

十四

柳斯林在万般不安中，想到了香港盛达集团的雷歆。

夜已经很深了，窗外"哗啦啦"下着大雨，不时伴随着炸耳的雷声。闪电将站在窗前的柳斯林孤零零的身影歪斜地投在地板上，那影子仿佛就是一个极为恐怖的魔影，是那样可怕。

反常的冬季大雨恰似与柳斯林作对一样，一连下了几天也没一丝停下的意思。这天气把柳斯林的心紧紧揪住，闪电像要撕裂他的心脏，让他赤裸裸地站立在大庭广众之下，揭示他的一切罪恶。

柳斯林无力地拿起电话，他想给雷歆去一个电话，这是他应该动用雷歆的时候了。

电话里雷歆的声音仍然是那样美妙动听，仍然让他怦然心动。柳斯林无心与雷歆叙旧，他告诉雷歆可能要出事了。雷歆不解地问，能出什么事？是他投资的那笔钱吗？柳斯林不置可否，只是问她能想办法帮他办好护照，让他尽快离开林城吗？雷歆说这事可能很难，内地对高级干部的国外签证审查很严，如果真要如他说的那样，她要他先去香港，然后再考虑去国外的事。柳斯林说，也只有这个办法了，他这里先辞好职，一旦辞职成功他立即赶往香港。

雷歆答应尽快办理，要他等她的通知。

邵绿荫在雨中把车开得箭一般疯狂，当他停稳车后，眼前的景象让他挪不动半步。

道道闪电照亮山谷，大桥另一端大面积的山体滑坡将大桥桥体挤压得歪歪斜斜。大雨还在不停地下，闪电伴随着雷鸣像愤怒的巨人双手，在不停地推着大桥的桥体。

桥上，几十名民工在慌乱地搬运着抢修材料，雷声和民工的呼喊声混杂在一起，把铜江峡谷震得摇摆不定。突然一声惊雷，前方的山体"轰"的一声巨响，乱石横飞，一股泥石像猛兽般直扑大桥，瞬间大桥与泥石在高空中形成一股巨浪，惊天巨响之后，大桥断裂坠向山谷。

邵绿荫瘫坐在地上。手机在不停地响着，他打开手机，工程指挥部报告说："铜江大桥塌了！几十名民工全部遇险！"

邵绿荫有气无力地回了一句："我看到了！"

邵绿荫颤抖着双手，拨打了柳斯林的电话。柳斯林接到邵绿荫的电话，听说大桥塌了，他倒在了沙发上，眼前一片漆黑，张着嘴说不出话来。邵绿荫对着电话直呼柳斯林，然而电话另一端却一片哑然。他理了理被大雨浇湿的头发，钻进车内，驾车向林城方向驶去。

天刚蒙蒙亮时，陈浩明接到市委办的报告，报告称铜江大桥在五分钟前坍塌，造成二十七名民工被埋在泥石里。陈浩明愤怒地冲电话里的干部吼道："通知柳斯林立即赶往现场，启动一级救援方案，抢救遇难民工！"

警车闪烁着警灯，拉响了警笛，同救援车像一条长龙，风驰电掣般穿过市中心，向铜江方向驶去。

现场救援正在紧张进行，林城市内大规模搜捕邵绿荫的行动也在悄然撒开大网。通往外地的各个路口，已被全副武装的民警设卡堵住，所有过往车辆必须停车接受民警的检查。

救援现场因地势险要，险情地段多等原因工作进展缓慢。上午九点左右，救援人员从泥石中挖出两具遇难民工尸体。经清洗辨认，一人为林园公司副总杨四，另一人为工程的总监理。

陈浩明接到了市委办打来的电话，通知他立即赶回市委，中纪委、国家安全生产监督管理总局、省委主要领导等将于上午十点整进驻林城市，同时从省里派往林城的四十名现场救援专家也将在上午赶往事故现场，开展救援工作。

柳斯林站在陈浩明身边，他听说中纪委来人了，忙向陈浩明申请，主动要求参加会议，他说这个事故他应该负主要责任，他去向领导做深刻检查。

陈浩明看了下柳斯林，骂了一句："柳斯林呀柳斯林，我不知说你什么才好，现在是什么时候，你还顾及那点个人的得失！你不想想泥石下面淹没的那些民工，而首先想到的是怎样去为自己开脱责任？你就在现场好好待着，有你做检查的时候，而不是现在！"

柳斯林在陈浩明面前讨了个没趣，脸色难看地向陈浩明赔不是。

陈浩明走了，柳斯林面对眼前的惨状，万分后悔自己卷进了这万劫不复的深渊，没想到他的一朝交友不慎酿成大错，把自己的人生扔在了这个本来会为他的人生增添光环的桥上。

现场来了一大群记者，摄像机、照相机一齐对准了现场救援忙碌的官兵。记者中不知是谁认出了柳斯林，只听到一人在喊："柳副市长在这里，他是负责这个工程的领导。"

一群记者蜂拥而上围住柳斯林，摄像机、照相机镜头一齐对准了他。柳斯林被这一突如其来的场面弄得非常尴尬。

有记者开始向柳斯林发问："柳副市长，据说铜江大桥工程是您在负责，并且是您亲自主抓才得以立项，现在工程出现严重事故，多名民工遇难，您认为造成这起事故的主要原因是什么?"

"柳副市长,听说铜江大桥早就有人反映在工程质量上存在问题,而您没有引起高度重视,现在工程出现严重事故,这责任应该由谁来承担?"

"大桥坍塌事故死了多少人?"

"承建工程的总负责人是不是被控制起来了?"

"据说您同承建工程的邵绿荫关系很不一般,是因您同邵绿荫的关系才将这个工程交给林园公司承建的吗?"

柳斯林面对众多记者的提问变得哑然,记者提出的问题针针见血。柳斯林此时全然忘记了自己是林城市的主要领导,他对记者们大吼:"是谁告诉你们这些的?请你们不要道听途说歪曲事实,对你们的提问我无可奉告!"

有记者又问:"如此重大的事故,公众有知情权,你不能以一句无可奉告就掩盖事实真相!"

柳斯林拨开人群,匆匆向前走去。众多记者尾随而去,仍不断向柳斯林发问。

柳斯林急了,回转身朝记者们大吼:"现在的首要任务是搜救被泥石淹埋的民工,你们这是妨碍救援!请你们退出现场,我柳斯林有什么问题等回到林城欢迎你们提问行吗?"

柳斯林又朝正在指挥的曾祥云喊道:"请公安把记者们请出现场,划定他们的活动范围,不得影响救援工作,对现场实行临时管制。仍不听招呼的人,采取强制措施带离现场!"

曾祥云停住手,看着大怒的柳斯林。

柳斯林见曾祥云未动,冲曾祥云喊:"还站着干吗?赶快执行!"

曾祥云迟疑地问:"柳副市长这恐怕……"

柳斯林愤怒到了极点,他咬牙道:"怕球!出了问题我负责,执行!"

曾祥云见柳斯林态度坚决,考虑到现场确实危险复杂等多方面的原因,他从救援现场调回了四名民警,把记者疏散到了离现场五百米远的安全区,并在此地设置了隔离带,一再嘱咐记者们不能前往现场。

市委门前,一行小车快速驶进了市委大院内。陈浩明等来车停稳,急忙迎上前与下车的几位领导握手,并将他们迎进了会议室。

首长坐在会议室的前头,阴沉着脸,用沉重的口吻询问了现场的情况,然后站起身,说:"先去现场!"

随行的人全站了起来,跟着首长走出会议室上了车。

陈浩明的车在前头带路,从市中心穿过,奔向铜江大桥事故现场……

夜幕降临,山城寒风习习。铜江大桥两边山顶,四支聚光灯将救援现场照得如同白昼,救援官兵正如火如荼地进行着现场营救。

林城市委会议室内却是一片寂静。首长脸色阴沉,不时用目光来回看着每一位与会者,室内的空气仿佛凝结了,柳斯林感到呼吸极为困难,头上渗出了细细的汗珠。

相关部门领导开始向首长汇报今天一天的工作情况和实地查看的现场综合分析,铜江大桥事故的发生原因是由山体滑坡冲击桥体造成的坍塌。而造成山体滑坡的主要原因,是在大桥建设前,没有对明知可能形成山体滑坡的地段进行保护,即盲目开始大桥修建。这是一起典型的责任事故,损失巨大,是近年来发生的安全责任事故中较为严重的一起。

首长打断了讲话,问:"失踪民工的具体数字统计出来了没有?"

陈浩明站了起来:"报告首长,经查,现已确认有九人死亡,十八人失踪,死亡失踪人数共为二十七人。"

陈浩明刚说完,首长一拍桌子大怒,指着在座的每一个与会人员说:"同志们,六个多亿的国家财产,二十七条鲜活生命啊!就因为我们的一个失误,而成为一座大桥下的冤魂!这样的责任你们能承担得起吗?我想问一问林城市的领导,铜江大桥工程的监督体制在哪里?铜江大桥工程是监督体制的禁区,还是林城市委的盲区?就连一个普通农民都懂先固定山体再行施工,而我们负责工程的主要领导就没有这个辨别能力吗?我看是你们自己人为地把铜江工程变成了无人监管的盲区!这个教训实在让人痛心!"

首长停了停,接着说:"关于铜江大桥的事故问题你们要认真负责地查一查,查一查这个盲区是怎样形成的,要秉着对中央负责,对林城的百姓负责,对死去的生命负责的杰度查清这次事故的主、客观原因。对这次事故负有重大责任的领导、工程技术人员,触犯刑律的要依法追究法律责任,绝不能姑息迁就!"

首长说完坐了下来,会场上谁也没有说话,只听得笔尖划纸的"沙沙"记录声。

柳斯林哭丧着脸站了起来,声音有些沙哑:"我有罪!是我愧对了林城的百姓,我应该深刻反省,我请求组织给我处分,不管是什么样的处分我都接受……"

十五

方刚从现场回到报社时已经晚上九点多了,他刚写完铜江事故救援的稿子,将照片和稿子交给总编,就接到了几家新闻机构的电话,说他们都在林城,想请方刚抽时间与他们见下面……

铜江大桥坍塌事故发生的第二天,全国各大媒体均以大篇幅的版面对事故进行了报道。

王义追查邵绿荫行踪也有了收获。他认为邵绿荫应该就躲藏在林城市内,这两天他们看了当晚邵绿荫从铜江逃离后车辆的行驶轨迹，在林城郊区的十字路口，邵绿荫弃车，然后消失。这说明邵绿荫除了梦幻巴黎，还有另外的隐藏地点，这个地点在哪里？是不是徐丽艳知道？

连夜突审徐丽艳！

王义同杨婕、老胡三人直奔看守所。徐丽艳自从被解救出来后，精神稍有了恢复。看守人员深夜将她带到了审讯室，她不知又发生了什么情况。

三人在审讯桌前坐下，老胡还是在抽烟。杨婕从包里拿出了一沓纸，然后坐在王义身边。王义看了一会儿徐丽艳，接着问她知不知道他们连夜来问她是为什么事。徐丽艳摇头。杨婕问她知不知道这两天林城发生了什么事。徐丽艳还是摇头。

老胡扔掉手中的烟蒂，重重地说了一句："铜江大桥垮啦！死了二十七人！"

徐丽艳惊恐地站了起来，看着王义许久没有说出话来。

杨婕看了一眼王义，又看了一下老胡。老胡给杨婕使了一个眼神，杨婕会意，便开始对徐丽艳发问。

杨婕对徐丽艳说，邵绿荫的犯罪行为已经基本清楚了，从目前现有的证据材料来看，她与林园公司涉黑一案的关联不大，但也在无意中参与了向柳斯林行贿。现在有一个立功赎罪的机会，她问徐丽艳是否想立功。徐丽艳忙点头，她说只要她知道的一定交代。

王义问："邵绿荫除了在林园居住外，在林城还有什么地方可以隐藏？"

徐丽艳看着王义摇了摇头。

过了一阵，徐丽艳像记起了什么，神情木讷地说："几年前我听邵绿荫说过，他要在城郊森林地带建一栋别墅，具体是在什么位置我不知道。当时我懒得去打听邵绿荫给谁修别墅，也就没在意。一年前，我偶然听邵绿荫对电话里的杨四说，他要去别墅，还告诉杨四柳斯林在别墅里等他。从那次后，我认为邵绿荫那次提到的在森林边修建别墅是为柳斯林修的。邵绿荫是否隐藏在那里就说不准了。"

老胡扔掉了烟蒂，站起来说："王义，咱们得马上去！"

邵绿荫刚打开别墅的大门，柳斯林驾着车赶来了。他下车就问邵绿荫事故死了多少人。邵绿荫茫然摇头，然后又说了一句可能有几十人吧！柳斯林手指邵绿荫，你这头蠢猪！此时的邵绿荫六神无主，乞讨般向柳斯林求救。柳斯林瞪了一眼如丧家之犬般的邵绿荫，然后仰天大笑，这笑声如鬼哭狼嚎，使邵绿荫心惊胆战。

柳斯林上车，朝邵绿荫狠狠地甩了一句："你自己去死吧！"

望着绝尘而去的小车，邵绿荫绝望至极。他已经预感到幸运不会像前几次那样再次降临到他的身上。他冲远去的小车高声大叫:"柳斯林你就等着吧!"

邵绿荫关闭了手机,在那栋别墅里惶恐地挨到了天黑。晚上的电视新闻报道了林城铜江大桥的坍塌事故,在电视里他看到了无数救援官兵奋战在救援现场,他看到了道貌岸然的柳斯林还若无其事地在救援现场指挥,看到了上级首长铿锵有力地对大桥事故追查的决心,他感到了自己末日的临近。

夜已经很深,他想给柳斯林去一个电话,但他很快又打消了这个念头。他仰面朝天,脑子里闪现着大桥救援时的那些情景,慢慢进入了梦境。在梦里,他梦到了梁志华、曾峰、周海、向清泉、顾云飞等人瞪着仇恨的目光,一步一步向他逼近。接着空荡的别墅里响起杨四近似幽灵般的喊声:"我们死得好冤啊!"柳斯林从远处走来,手拿绳索套在他的脖子上,绳子一步紧似一步,他喘着粗气,双手慢慢无力地垂下。他试图用双脚去蹬柳斯林,然而柳斯林拉着绳索狞笑着飘向空中。邵绿荫腾起,追向柳斯林。柳斯林哈哈大笑,张开的嘴巴恰似猛虎的血盆大口,仿佛随时会将他吞食一样。柳斯林笑完,松开了绳索,邵绿荫从空中迅速坠落……

他从沙发上猛跳了起来,用手在自己的大腿上一掐,感到了疼痛,才明白自己是做了一个噩梦。

天已经开始放亮,邵绿荫待在这栋别墅里度过了他人生中最漫长、最艰难的一天。他缓慢地起了床,胡乱地用冷水洗了一把脸,然后回到客厅打开了电视机。电视里正在播放公安机关对他的通缉令,他的半身照片呈现在电视画面里,浑厚的男中音正在宣读着通缉他的理由:邵绿荫,男,三十八岁,林城市林园房地产开发公司总经理。经公安机关侦查,邵绿荫涉嫌组织黑恶势力、重大安全事故犯罪……

邵绿荫"啪"的一声关闭了电视,站了起来,在客厅里来回走着……

老胡同王义从建设局出来时已快接近中午,他们从建设局的档案里找到了当年邵绿荫报批的那栋别墅的修建地址。

王义他们的车在一栋豪华别墅的大门口停了下来。王义下车,向车后的特警招了招手,然后对前来的特警做了分工。特警们分散向别墅门前靠拢,王义同杨婕靠近了大门边。老胡拿着铁撬,插进大门缝隙,然后一用力,"砰"的一声,大门锁被打开。

特警蜂拥般冲向别墅院内,楼下别墅的门猛被踢开,二十多名特警同时冲向室内。

王义同杨婕冲进客厅时,眼前的景象让他们感到遗憾。客厅的沙发边,邵绿荫呈大字形仰卧在地板上,身边大块的血迹开始干涸而有些发黑。茶几上放着一沓厚厚的信纸，上面写着密密麻麻的字。王义要特警们保护好现场，他给曾祥云打了一个电话，报告说邵绿荫在别墅里割断颈动脉自杀了！

柳斯林感到风声越来越紧，所有的形势都对他极为不利。昨天省城里的有关朋友打来了电话，询问柳斯林在铜江大桥工程上是否有违规行为，随后就是源源不断地听到市里面的干部对这起事故处理的各种猜疑。秘书说，外面的议论对他非常不利，有的说他被中纪委带到了省城；有的说他就地被纪委进行了双规；还有的说柳斯林同邵绿荫一起逃出了林城，去了境外，等等。

电话铃声响起，吓了柳斯林一跳，他最怕这个时候有人打来电话。他从恍惚中醒来，看了一眼电话，来电显示为境外的电话，他心里一喜，祈望这个电话或许能挽救他的人生。他接通电话，那端传来一个银铃般的声音。柳斯林盼这个电话已经盼了有些日子了。他急忙问对方他托付的事是否办好了。对方告诉他已经办好了，但担心他出不了境了。柳斯林焦急地问为什么。对方一笑，说他心里明白，这几天香港的电视、报纸就像疯了一样，把林城市炒成了一锅粥，他成了林城的一个十足的黑老大！

柳斯林气极了，大骂对方："这事你也相信？"

对方说，她不信不行，他们盛达公司不想搅进这个旋涡中。

柳斯林强压住心中的怒火，叹了长长一口气，然后低沉地说："雷歆，不管怎么说我在你们盛达公司投了一个亿，看在这个份上你应该帮我一把吧？"

对方一笑，然后从鼻子里"哼"了一声，说她已经爱莫能助了。随后她说，让他就别老惦记着他投资的那一个亿了，这个钱她知道是人家邵绿荫给的，说到一定的时候她会向内地的检察机关举报，这个数足够让他人头落地！

柳斯林再也抑制不住心中的怒火，冲电话里的雷歆吼道："老子做鬼也不会放过你！"

电话那头传来银铃般的笑声，但这笑声中掺杂了少许的得意和恐怖。柳斯林绝望地扔下电话，重重地跌坐在了沙发上……

第二天上午刚上班的时候，秘书来到了他的办公室，告诉他去陈浩明办公室开会。柳斯林拿了公文包问秘书，都通知了哪些人参加？秘书说，他不清楚，陈书记的秘书也没告诉他。柳斯林低头离开了办公室，在关上办公室门的那一瞬间，不知怎么，他突然留恋起了这间他只坐了不到三年的办公室。他扫了一眼办公室，然后狠狠地拉上办公室门。

秘书不知柳斯林有什么不顺心的事，跟在柳斯林屁股后面，说这几天铜江大桥事故的事把全市的领导干部搞得人心惶惶，外面的议论对他的压力太大，等过了这一阵他应该去疗养一段时间……

柳斯林突然转过身，朝秘书吼道："你能不能安静！"

秘书被突然愤怒的柳斯林吓了一跳，他向后退了一步，呆呆地看着柳斯林。

柳斯林进入陈浩明办公室时一点儿也没感到意外，他心想这个场面是迟早的事，现在来同迟些时间来并没有多大的区别。从铜江大桥坍塌接到邵绿荫的电话时起，他就想到了这个场景。现在在踏进办公室的那一瞬间，他反而感到自己轻松了许多。

他进门时没有说话，所有在场的人也没有向他打招呼，他呆呆地站在陈浩明面前，给陈浩明鞠了一躬后，把双手伸向了他身后的杨婕。

陈浩明叹了一口气，说了一句："想不到啊，想不到……"

一个月后。

王义同老胡接到曾祥云的命令，要他们同省纪委的杨婕前往香港。临走前曾祥云告诉王义，这次去香港他们会有意想不到的惊喜。老胡说去香港本身就是一个惊喜，工作了几十年，他还从来没有出过境，香港回归祖国这么多年了，他一直想去都没去成，这次终于有了机会，这就是一个惊喜！

曾祥云摇头，骂老胡没有抱负。他对王义说，要王义通知方刚，准备接一个人回家过年！

王义突然想起杨婕上次在电话里说盛达公司里偷渡女子的事，于是他一刻也没等就给方刚打了电话。

方刚在电话里哭了，王义很理解方刚此时的心情，他安慰了方刚几句，便同老胡离开了市局。

在王义同老胡、杨婕去香港的几天时间，国内的各大媒体再次爆出柳斯林除违纪问题外，还涉嫌黑恶势力犯罪被移交司法机关处理的消息。

离除夕夜还有三天，杨婕同王义、老胡他们从泰国抓获谋杀曾峰的两名犯罪嫌疑人后辗转香港，将雷歆一同押回了内地。

生死探案

李正文

杨威,其人其名似乎有点儿不符。

他个头矮小,单单瘦瘦,并不威武;他又眉清目秀,白白嫩嫩,好似书生。

他温煦的笑容,常令人心里舒坦。

他的职业本是"的哥",可他偏要往警营里钻。他说:"警察除暴安良,我喜爱!"县公安局招辅警,他身高有差距,岂知他找他刑警大队的"强哥"吴强死缠蛮绕。吴强见他聪明伶俐,气骨刚强,便作"特殊人才"引进,安排在刑警大队任驾驶员。

杨威入警,上班十天,轮休两天。这两天他惜时如金再过把"的哥"瘾。

天刚麻麻亮,杨威要出门出车,其妻劝他休息。他说:"跑过这两天,再退出'的哥'江湖,专力从警。"

妻子微笑地点点头,目送杨威消失在晨雾里。

夏夜,要说最靓的就是那条富有曲美色彩的穿城而过的长秀河,河里有耀眼的波光和船只,河边有宜人的火树与银花,河的两岸还有那一排排人称"富贵楼"的金光闪烁的私人住宅。

阳刚毅登上自家那栋最不显眼的小屋之顶,望着河边的美色,没有一丝惬意之情,似乎只有憎恨与嫉妒,为什么自己这么窝囊这么寒酸?斗大的问号常常激起他做出发财的美梦,于是他在梦中鲸口大开,他要购豪车、建豪宅、做人上人……

他的美梦一个个破灭,一个个付诸东流。他怨恨自己啊,自己人高马大,还不如那住着洋房、开着宝马的小浪子;自己头脑灵活,还不如那抱着美女、进出别墅的二傻瓜……

常言道,大树底下好乘凉。颇有心机的阳刚毅为了实现那遥远的梦想,他千方百计搭上了兴城富人程方。经过几年的苦打苦磨,他们融合了,而且成了好兄弟。近几天,他们要做一笔大买卖。谁都知晓赚钱之举,对于有钱人和无钱人来说，都有一个共同的欲望，为了这个欲望，程方出钱，阳刚毅出力，由此五十万元现款已落入阳刚毅所设计的圈套之中。听阳刚毅说，不出三五天，便能魔术般地挣来二十万，程方乐了。

这天晚上程方应阳刚毅之邀到长秀河边，打算吃顿清凉的夜宵，然后到雅雅歌厅乐一乐，以开多日劳累之心。他来了，一脚踏进了阳先生的家。

带着一脸笑容的阳刚毅将程方迎进了十分简陋的客厅。程方是个烟鬼，进门头等大事就是抽烟，当他接过阳刚毅递过来的香烟时，一身神经一门心事一个意念都聚焦在那个微弱的火苗上。但当那血红的火苗刚刚靠近嘴唇时，突然"轰"的一声，这响声就似沉闷的炸弹在他头顶上炸响了，他随着那看不见的硝烟栽倒在地板上。就这样，程方被他"兄弟"的一支"暗箭"送上了黄泉之路。此时在阳刚毅身后，走出一个男人，那男人将喷着血液的热尸拖进了卫生间。

接下来阳刚毅家屋里屋外的灯都熄灭了。封闭得如铁桶般的卫生间里传出了沉闷的砍肉剁骨的响声。含冤而去的程方被分尸后装入了两个花色的蛇皮袋，这一切除了天知地知，只有死活他们三人所知。

狡猾的凶手想将尸体抛得远远的，抛到武汉火车站去，那里人山人海，正如海中投针，神仙也不清。谁押运尸体？自然是阳刚毅亲自出马，如此人命关天之事，他不相信任何人，只相信自己那充满智慧细胞的活灵灵的脑子。

翌日，东方亮了，但见不到阳光，只有那昏暗的大雾，大雾如云在空中在地面滚滚而来，又滚滚而去。这能见度极低的恶劣天气对阳刚毅来说，真是天赐良机，因为谁也看不见他和那两个花色袋。

一辆红色的十驶来，阳刚毅在门前招手打车。

开车人是杨威，他喜出望外地从车里探出头来问道："先生，您去哪里？"

"去武汉火车站。"阳刚毅答话后又问车价，"去武汉多少钱？"

杨威热忱而又爽直地说："老规矩 400 元。"

"好吧。"阳刚毅说，"请帮个忙，把货放进车里。"

"好咧。"杨威欣然走出车外。

阳刚毅与杨威从屋里各提出一个沉甸甸的袋子。袋子在杨威的手里显得特别的沉，他无心问道："先生，是什么货这么重？"

"两袋白云矿石粉，去武汉化验。"阳刚毅似乎早已备好了台词，他极为自然地答道。

杨威"嗯"了一声欲关闭后门，此时他好奇地用手触摸两个袋子，谁知一触他心里一怔："怎么一袋软如豆腐，一袋硬如铁？"

"砰"的一声车门关了，此时阳刚毅已稳坐在前排。杨威入座后，熟练地驾车钻入了大雾之中。

小车开着大灯，经过七弯八拐后驶上了107国道。国道雾大车多，所有的车辆都亮着警示灯，缓缓地各行其道，只有杨威那辆显眼的红色小车在车队中左穿右插。他忙碌了一阵甩掉了所有的大车，这时他似乎轻松了许多，但浓雾如云，车速依然难以加快。正在一阵雾云扑来之时，杨威想到了身后的那两个包：

那货不像是石粉。

为何在雾中急于行走？

又为何不在近在咫尺的火车站搭乘火车，而要出重金租车？

别看杨威个子小，可他是个遇事三思的角色。他跑车比同行总是高胜一筹，一天下来赚钱多的是他。有人慕名求师，要他透露其中秘密，他金口难开，只是动手敲了敲头，有时敲得他人上火时，总是围住他一顿乱抓乱捏，捏得他喊天呼地。今天又是他的脑子灵才揽了这么好的业务。一般人见大雾车难行便会缩在被窝里，他则会钻空挡。他想的是物以稀为贵，车以少为优。美差他虽然遇上了，但那个可疑的疙瘩也得有个可信的说法。于是他见云雾渐渐散去，视线恢复正常，便主动与身边一直没有吭声的货主聊了起来。

"云开日出了，今天天气特好。"杨威说着便问道，"先生，您贵姓？是做矿石生意的？"

阳刚毅的身子离开靠背后，挺直了腰杆，似乎腰直眼明，精神抖擞。他爽快地说："我姓阳，太阳的阳，你没猜错，我是干这行当的。"

"姓阳？"杨威对此姓有所好奇说，"您这姓很少，您的大名叫什么？"

阳刚毅挂着笑意答道："这姓不但少，而且也'软'，它与绵羊的羊同音，所以呀，我的名字就硬了点，叫刚毅，阳刚毅好不好？"

"太棒了，"杨威十分来劲地说，"真是刚毅有力，生意兴隆。"

此言说得阳刚毅笑出声来，他立即掏出烟来给杨威递上一支。杨威见烟摇头，阳刚毅点燃烟后，深深地吸了一大口，吐过烟雾又细细地打量着杨威说："你这师傅贵姓啦？说话能出口成章，一定是读了不少书。"

"我是百家姓中第十六位，姓杨，名威。您问我读了多少书，不瞒先生，没进过高中的门，那门难进，进了也不是好事，读书呀，读死人，我觉得还是不钻那玩意儿好，轻轻松松。"

这话又将阳刚毅逗乐了。

话说到此，杨威觉得该言归正传了，因为那疙瘩在他心中还是一个谜。杨威曾与其兄做过矿石生意，跑过四方，对矿石的出产、性质、用途及价格他都了如指掌，他断定是真是伪只要对方开口便知分晓。

杨威故作外行问道："阳先生，这矿石粉是做什么用的？"

"用途可大咧。"

"呵,还可大?"

"什么做化肥、造机器、造飞机,等等。"

杨威顺其自然地接着又问:"这玩意儿多少钱一吨?好卖吗?"

"这也说不准,"阳刚毅蒙着杨威说,"上千元到几千元一吨的都有。"

杨威平静地"啊"了一声,心里却怦怦直跳,接着他暗暗骂道:"胡言,一派胡言。"

杨威确实骂得在理,因为阳刚毅的胡言是牛头不对马嘴。白云矿石粉仅是作制造玻璃和电视显像管之类的材料,其价格每吨不过300至400元。

对于过多的疑点,杨威没有过多地去思考去分析。他只有一个想法,要看看货,也许只有那"软"、"硬"之货才能扫除心中的阴影。于是杨威另找话题与他闲谈,只待时机,再弄个水落石出。

太阳高高挂起,该是早餐时分了。阳刚毅见车前方有块醒目的"早点"牌子,便对杨威说:"吃过早点再赶路吧。"

"好咧。"杨威应声将车靠入小店坪里。

阳刚毅安排店老板做两份早餐后,便直冲小店后院寻找厕所。

杨威见阳刚毅的背影消失,便立即在座板底下抽出一根铁丝,然后翻开后座,将铁丝插入袋里,当铁丝抽出时,他愣住了,铁丝上尽是模模糊糊的血迹。顷刻间,他缓过神来,心里在发问:这矿石有问题?

接着杨威的目光在国道两旁搜寻,他要找电话,打电话到公安局去,看昨天晚上有没有什么大案。小个子眼珠一转,主意来了。他从腰间拔出传呼机,对刚从厕所归来的阳刚毅说:"阳先生,我去对门回个电话。"

阳刚毅说:"你去吧,我没有带手机。"

杨威穿过国道,一路跑向挂有公共电话牌子的小店。他记得吴强的电话。提起吴强,杨威与他还真有一段"恩仇情怨"。三年前的一个月黑风高的夜晚,杨威拉了一街痞子去广场打架,谁知那一架闹出了命案。自然杨威也遭厄运,他被吴强抓进了公安局。虽事后查明此事与他无关,但他仍对亲自抓他的吴强充满怨气。

世事如云翻天覆地,后来杨威对吴强不但不怨恨,反而感激涕零。原来杨威的父亲在一次车祸中受伤,是吴强及时将他送往医院,在其他血源不合的紧急关头,又是吴强慷慨地伸出救死扶伤的人道主义之手。在那一刹,他在心里呼着天喊着地要谢公安要谢吴强。由此他们成为了好朋友、好兄弟。这回他发现可疑之案,他当然要告诉吴强,所以他速速拨打吴强的手机,手机不通又拨刑警大队电话。

"是公安局刑警大队吗?我找吴大队长。啊,你是强哥,我是杨威。我问你,昨天晚上发什么大案没有？我发现了两个包……"话说到此，杨威回过头来，忽见阳刚毅走近，他无言可说了，立即按下电话。

"我来买包烟。"阳刚毅向杨威招呼着。杨威走后，阳刚毅立即寻问那位坐店的老大爷："刚刚这位年轻人打电话说了些什么？"

这莫名其妙的发问，令老大爷有些茫然。他心想："大道朝天各走一边，你管人家的事干啥？"他没有答话反而问道："你问这干啥？"

一张崭新的20元票面放在老大爷面前，阳刚毅说："那是我弟弟，他不听话，我骂了他，不知道他打电话干什么，我担心他出什么事，就问问您，这钱您拿着。"

老大爷接过钞票也就直言道："你弟弟只说了两句话，什么刑警大队长、发现两个包，就说了这两句话，你来了他就没说了。"

"他还说什么了吗？"

"没有。"

"谢谢！"

阳刚毅返身起步，觉得自己的腿仿佛是软的，步履蹒跚时，他明白了他那行恶之举并非是天知地知，还有那多事的人所知。片刻，当阳刚毅的腿由软变硬时，一丝喜悦布在了脸上。他喜自己有个聪明的头脑，一路上杨威问这问那，他不禁想，莫非他发现了什么？打电话是不是去报警？小心驶得万年船，所以他匆匆去了杨威去的地方，一去果真令他出了一身冷汗。好在那张魔鬼面皮还没有被戳穿，叫他怎么不喜，谢自己的聪明与乖巧。

喜色飘过，恶气袭来。阳刚毅即刻定下除掉杨威的计划，他要让杨威消失，消失得无影无踪。望着瘦小的杨威，他觉得自己完全有力量灭了他。

路边小店生意红火，大车小车占满了地坪，一辆跃进小双牌车在杨威的车旁停下，车上下来两个农村模样的青年。他们一下车，两双转得活溜溜的贼眼便盯上了杨威的的士车。他们见车上无人，又见车两边的大卡车遮掩了过早人的视线，真是贼有贼的智商，他们三下五除二地打开了车门，将车里那两个包丢上了跃进车，接着飞驰而去。

这时刚刚从厕所出来还在拉扯裤子的杨威，一眼发现车门被撬，两袋货被盗，同时发现快速逃离的跃进车。他立即招呼阳刚毅上车，而后车"吱"的一声冲上了国道。杨威加速前进，前方跃进车一直在他的视线中。杨威一边紧张地驾车一边望了一眼阳刚毅，并安慰道："阳先生，你别急，我一定把货追回来。"

阳刚毅叮嘱杨威："我不急，你只管开好车。"

"好哩。"杨威说罢稳握方向盘，超越一辆辆大车。

跃进车里一胖一瘦两个小偷，见红色的的士追赶过来，二人都慌了神。驾车的胖子脸上冒出了汗珠,在一旁的瘦子一个劲儿地急催道:"大哥开快点,开快点。"说着他见前方有条岔道,又喊着:"大哥把车开进岔道去,山路路坑多,他们追不上的。"

跃进车一拐弯驶进了一条通向山谷的小路。在山谷小路上,杨威一直紧追不放,路坎坷不平,车颤抖不止。小车追进了大山谷,山谷之路,靠右是巨石峭壁,靠左是百米深渊,小车在岩缝里穿行,在悬崖上奔跑。

"真是天助我也,那鬼东西让他们拖走吧,拖得越远越好,菩萨保佑,这小子追不上它。"阳刚毅这么想着,愈想愈觉得追不上才谢天谢地。于是他故意着急地说:"小杨,这山高路陡,怕出危险,咱们别追了吧?那些货是小事,追出了问题可就不得了哇。"

"没事,您坐好就是。"杨威丢下此言,没有半点儿犹豫便直往前冲。

轰鸣的瀑布流水声在山谷回荡,跃进车爬上了一个陡坡,突然驾驶室里冒出白烟。这时胖子喊着:"小弟不行了,车已开锅,走不动了。"

瘦子急问:"大哥怎么办?怎么办?"

这时胖子下令:"快把那两袋东西扔掉,扔掉。"

瘦子猫一般地爬上车厢将两个袋子扔下,同时跃进车慢慢驶上坡顶。

杨威驾车赶来,他在抛物之地将车停下,双眼瞪着高岭上远去的跃进车骂道:"你娘娘的,算你走运。"

他们俩下车,将未受损的两包货抬上的士车。在他们停车的不远处有两个行步的山农,正离他们远去。

停车之处是个极为险要的地方。阳刚毅站在陡坡的边沿看了眼望不到底的深谷,不寒而栗地收回了目光。可就在那一瞬间,那胆怯的目光又变得凶神恶煞。他心想这绝妙之地又是天赐于他,要是将那小子推下山崖,他眼中的钉、肉中的刺也就烟消云散了。想到这里他缓过神来,四周除了那远去的山农外,再无人的踪影。此时,他将牙齿咬得紧紧的,下定决心:"就在此地动手,送那小子上西天。"

"小杨师傅,我们走吧。"阳刚毅大声地嚷着。

在此特殊的地理环境中,杨威也在三思。打电话时,他为何急急赶去,莫非他看出了自己对他有所疑虑?再说在追赶被盗货物时,他又抱放弃态度,明知道有希望追上窃贼,他为何要就此罢休?那袋里带有血迹的东西是何物?只有一个结论,可能是他干了什么伤天害理的事而要抛弃的东西。

尽管瀑布冲击石崖的声响刺耳,但杨威听清了阳刚毅的呼唤。

"好哩,等一下就来。"杨威尽管答话音雄,但心里有所害怕。毕竟对手在他面前是个巨人。在这荒山野岭之地,他不敢与阳刚毅接近,以防不测。他假装在一有退路的崖石边大便,他要拖些时光,等候大道上来车后再与其同伴相行。山岭上,一辆大巴客车驶来,杨威钻出崖石后又速速钻进车里。无奈,阳刚毅也只得跟随入车。杨威将小车驶在大巴的前头,此时此刻他忽有一种优哉游哉的感受。红色的小的士车在灰红色的崖石间,在绿色的森林中穿行,远远望去,好像一朵美丽的鲜花在山涧里流动。

自从吴强接到杨威莫名其妙的电话后,心里总不安宁。他担心杨威出什么事,可又无法联系,呼他他不回话,打原电话,电话里的声音又没法听明。

正在他焦虑之时,程方的妻子方玲找他报警来了。吴强热情地将方玲请进了办公室。

方玲还未落座,便憔悴地说:"我丈夫程方自从昨天出门后至今未归,现在手机关闭,人无踪影,我怀疑他出事了。他没有关机的习惯,更没有彻夜不归的规律。如有时外出或夜晚不回,他一定要打个电话给我,即使手机没有电了,他也会想办法与我联系。现在他一定出事了……"说着说着她的声音开始颤抖,嘴唇在抽动。她痛哭起来,发亮的泪珠在她的脸颊上成串地往下落。

吴强身边一刑警取出面巾纸递给方玲轻声地说:"大嫂,在这里哭不好,有什么事你就忍着点,慢慢说。"

方玲"嗯"了一声,擦去泪珠,止住了哭声。

吴强递给方玲一杯茶,问:"你最后一次是什么时候见到程大哥的?他说了些什么?"

"是昨天中午,"方玲停顿片刻后继续说:"出门时他只说有事,但没有说去办什么具体的事。"

吴强问:"你知道他近来和一些什么人打交道多一点,或做什么生意之类的事?"

方玲回答:"他和阳刚毅在做一笔什么钢材生意,近来和他好像活动多一些。"接着她又解释道:"阳刚毅是个可靠的人,如果程方和他在一起我是放心的。"

吴强又问:"近来程大哥做生意是否拿过钱?拿了多少?你清楚吗?"

"钱?"一提到钱,方玲愣住了。她说:"程方前几天是拿过五十万,说是付了货款。此款我不知道是付给谁了,也不知道是哪一笔货款。难道他的失踪与这钱有关……"她又哭了起来。

吴强没再问下去了,这些足以使他并不平静的心更加沉重起来。他怕这是真的,假如是真的,他们刑警付出的任何代价不说,可程家的灾难是无法挽回的。他劝走了方玲,又立即召集部下,围绕程方近期所接触的人和事展开调查,以尽快查明程方失踪的真相。

那朵小花般的红色小的士车飘在大巴车的前头，一直飘上了国道。国道，其宽广的空间在杨威眼里显得分外的海阔天空，"马儿呀！你慢些走呃慢些走呃，我要把这美丽的景色看个够……"车里播放着柔美动听的草原之歌。望天空，听歌谣，杨威醉了，醉得心如快车飘飘然。

雅兴即逝，杨威斜视了一眼身边抽着闷烟的阳刚毅。他又陷入了疑惑之中。他有一个天真的想法，只希望有几个警察出现，将他的车子拦住，然后查看货物，是真是假、是善是恶一见分晓。可当他睁大眼睛向前注视时，路上没有一个"大盖帽"。

平时抽烟对阳刚毅来说是一种享受。他的口头禅是"嘴叼一支烟，快乐似神仙"。可是今天的烟衔在嘴唇上却无一丝神仙的情调，反而觉得十分苦涩。一支烟没抽完，他便将长长的烟蒂丢出了窗外。接下来他便闭目养神，然而他有心闭目又无心养神。可以说有他杨威，就没有他阳刚毅的安宁之时。他在苦闷与痛苦之中寻找良策，谋算杀机。只是天不助他，一路无从下手。此时他只得强忍杀气，等待开宰之时。

紧急制动的刹车声将阳刚毅惊醒。阳刚毅睁眼一看，公路上已长龙布阵，无法前行。杨威眼巴巴地注视着那活而又死的、望不到边际的塞车队伍，望着望着，他心里突然一亮，前面出现了交警，那是疏通堵塞车辆的交警。这时没有过多的思考，杨威驾车冲出了右方路面，占着左道向堵车地、向交警扑去。刺眼的红色车一路过关斩将，惹得旁人议论："这是谁吃了豹子胆，敢在交警的眼皮底下横冲直撞？"

身着警服的两名交警已在杨威车前站立等候，小车像没长眼睛一般，既不躲也不避，只一个劲儿地冲向交警。

从"睡梦"中"惊醒"的阳刚毅见车箭一般地驶向交警，他心急如火地拍着车门道："小杨！小杨你怎么搞的，怎么能……"

没等阳刚毅说完，杨威抢着说："没事，不强行插过去，要等到何年何月。"

阳刚毅急着说："哎，前面明明有交警。"

杨威为阳刚毅"壮胆"道："交警怕什么？"

"吱"的一声，车在交警的脚前停下。交警望着杨威，脸色极为严肃。其中一位交警火了，他向杨威发出连珠炮："你长没长眼睛，你真是不知天高地厚，哪有这样胡开车的？"

都说违章的司机见到交警如老鼠见到猫，可杨威不怕，他摇下车窗玻璃探出头来嬉皮笑脸地说："交警大哥，对不起，我有急事。"

交警火气未消，仍是严厉地说："急事就可以横冲直撞？乱弹琴！把车靠边，证件拿来。"

正在这节骨眼上,杨威的呼机响了,他看也没看便乖乖地将车停靠在交警手示的地点。此时圆滑的阳刚毅立即下车用身体挡住了交警伸向杨威的手,急火火地说:"交警同志,实在对不起,我父亲患急病正在武汉医院抢救,我是心急如火才让司机向前闯的,这不关他的事,如果晚了一步,我、我可见不到我的父亲了。"话说到此,阳刚毅突然"哇"的一声痛哭起来,而且一屁股坐在地上,哭得伤心欲绝。

在场观看"把戏"的人听到男人的哭声,无不动心,而且议论纷纷。有人向交警求情,有人嚷着要他们快走。交警看来是个刀子嘴豆腐心的人,即刻脸面变了,挂上了同情之颜。他拉过阳刚毅的手温情地说:"好了,好了,你别哭了,看你是个孝子,快赶路吧。"说完他转过头又以严肃的态度警告杨威:"无论有多急的事,也要按章行驶,不然会急中出错,以小失大,你明白吗?"

"明白。"杨威点头答道。

就这样,阳刚毅自导自演了一场"悲剧"骗过了交警的制裁。车走了,对阳刚毅来说,这不是件顺心的事,他反而觉得杨威更可怕,怕他在某时某刻占了上风,到那时自己将一无所获不说,更重要的是怕自己的生命也将就此断送。他再一次暗中自语:"他让我死,我得让他先亡。"

没达到目的的杨威驾车七弯八拐地走出塞车地段,此时他觉得应该"感谢"阳刚毅才是。于是他情不随意地说了声:"阳先生,多亏你解难。"

阳刚毅一副认认真真的神态,说:"年轻人,办事不要性急,那交警说得好,急中容易出错。"

杨威答道:"阳先生,你还真会演戏,演得像电影似的,让众人及交警都感动了。也好,没有您的那套戏法,我的证件也不知被扣到哪年哪月。"

阳刚毅笑了,说:"这叫急中生智,不这样能行吗?有人说,不说假话,办不成大事,世人谁不说假话,你说是吗?"

杨威极快地顶了一句:"傻子才不说假话。"

二人在斗智的气氛中笑了,笑声随风飘扬。伴着笑声,杨威打开了车上的收音机。收音机里传出了湖南花鼓戏《刘海砍樵》中刘海哥与胡大姐的悠扬悦耳的歌声。然而甜润的歌声,打动不了阳刚毅那硬如铁石之心。此时他无心听取那他认为是乱七八糟的刺耳之音。他那双惴惴不安的眼珠死死地盯着车前方,就像饥饿的狐狸在山道上觅寻羔羊一样。他在寻找时机,但处处无机可乘。

有了!前方国道上空无一人一车,而旁边又是山峰林立,不远处有堵残留的破墙兀立在路旁。阳刚毅故意漫不经心地说:"小杨,到那墙边停一下,方便方便。"

"好咧。"杨威说着将车靠近破墙停下。

阳刚毅下车时对杨威笑着说:"你也方便一下吧,我们好一同轻装上阵。"

说着阳刚毅走到墙背面，这时，他多么希望杨威走出车门，走到自己身边。他想哪怕是与自己擦肩而过，他也完全有力气将他置于死地。杨威虽身小，可心眼儿多，在这前不着村，后不着店的孤山野岭之中，他不离车半步，他知道人在车上就多一重保障，才不会落入阳刚毅的圈套与魔爪中。因此他在车里等候，耐心地等候。这时他的呼机又"滴滴"地响个不停，又是妻子何贵呼他，他虽无法回音，但他特别特别地想念她。此时此刻，他只能在心里呼唤："何贵啊，你不要挂牵，我会平平安安回家的……"

设计调虎离山的阳刚毅，见杨威稳如泰山不动，自己只得上车前行。杨威为了使其带血的货物能真相大白，仍在暗暗地寻找机会，他想，管车管案子的事，是公安的事，只有依靠公安民警，事情才能弄明白，自身才能安全。于是杨威一路上都在企盼着头顶国徽的警察出现。

前方出现了国道收费站，机会来了，只要冲过去，下站出口必定有警察来将他们截住，杨威想着便加速冲卡而过。

阳刚毅急了："你，你怎么冲卡？"

杨威若无其事地说："没关系，干这事我在行，冲过了就胜利了。"接着他笑道："十元钱干什么不好，给孩子可以买包娃哈哈，给老婆可以买个大裤衩。"

阳刚毅摇头说："你呀，还是少惹是生非好。"

杨威说："我呀从小就爱惹是非，不过心不坏，也有打抱不平之心，谁若心中有祸水，我总喜欢捅一捅。"说着他呼机又叫个不停，他看过呼机后道："今天跟您这位老板算是倒点霉，你看家里呼了几百遍，也没有手机回话。"说着他又念念有词："也好，两耳不闻窗外音，一心只管向前行。"

无心听取杨威之言的阳刚毅此时闭上双目，看似闭目养神，其内心却是忐忑不安："这小子，不能走的地方他敢于走向交警的鼻子底下，不能闯的地方他又直往前闯。前方设卡处肯定有警察出现，他是不是想让警察扣车扣物查明真相？"

小车在苍穹下那段林荫覆盖的国道上穿行……

话说程方家里，程方失踪，一家人全乱套了，个个五心不定，六神无主。因为程家人在短短的一夜与次日大半天中，该找的该联系的地方都找了都联系了，均无佳音。

只有方玲心里最为明白，她知道其夫一定出了大事，遭了横祸。她好像眼睁睁地看到了程方的尸首。于是她在家里哭个不停，几乎哭得死去活来。哭声唤来了吴强和他的几名部下。吴强进门，方玲如遇上救星，她一下跪在吴强面前。吴强慌了，忙扶起方玲，谁知方玲死活不起身，反而提高了哭的音量。

大哭过后，她又苦苦求道："吴队长，你要为我找回程方啊，是死是活我都要见到他，要见到他啊！"方玲被刑警们强行挽起，让她坐在沙发上。

吴强被悲切的气氛所感染,他真诚地劝着方玲:"大嫂,哭有什么用,我们是来了解情况的,请你静下心来,多为我们提供一些线索,以便尽快找到程老板。"

方玲用手抹去泪珠,哭声没了,屋里风平浪静了。方玲向吴强说了很多情况,仅有名有姓与程方有生意交往的人就有几十上百人。吴强将所有的情况都记下,一时三刻之后他要出门了。熟料,他一起身方玲又哭声大作,哭声将吴强一行送出大门。吴强心里难受,难受之时,他没有与队友多言一语,他只有一门心思,在纷繁复杂的线索中寻找希望之光,寻找大海之针。

国道上又一庞大的收费处出现在二人的视线中,阳刚毅担心地问杨威:"出口,应该没人拦你吧?"

杨威大话盖天:"没事,谁拦得了我杨威的车,除非他……"牛皮没吹完,他的脚本能地踏上了制动板,小车突然减速行驶,因为小车前方出现了警察和稽查人员的身影,警察向他打出了靠右停车的手势。

此时阳刚毅在一旁急了,急得手搔驾驶台,他火气冲冲地说:"这怎么办,你又惹祸了!"

杨威快语出口:"这回你再演一出儿子……"

"胡扯!"阳刚毅话落车停。

那位身材魁实、个头高大的警察走近杨威,杨威已做好挨骂受批的准备。

"小同志,你为何要冲卡?"警察言语温和。

杨威呆着脸,立刻随着警察的和蔼而露出了松弛的神色。他正想回答警察的提问,却让阳刚毅插上了话:"警察大哥,我这位小兄弟不懂事,再说因车较多,我们有急事,我们……"

"再急的事也不能胡来,"警察收回温和的脸,认真而又严肃地说,"都像你们这样,还要收费站干什么?这路这桥能用空气筑成吗?无法无天,要加重处罚!"

杨威抢过话头:"这位警官……"

警察向杨威摆着手说:"我没时间与你聊,你们老老实实接受稽查人员的处罚吧。"说完,他开车离去。

三名稽查人员将二人请进了收费站旁的办公楼。在一间办公室里,一稽查人员将一沓文件资料甩到杨威的眼前,带有火气地说:"你们好好读一读,读烂背熟了再走。"

阳刚毅故作一脸忧伤,说:"同志,我们确实有急事……"

"咚"的一声,那稽查员手敲桌面,气愤不平,说:"你们就是有死人发火的大事,也得读了再说。"

此时,二人你望我,我望你,无奈只得落座共同学习。

屋外,一名稽查人员将杨威的车开进了花园式的收费站院里,将气瓶、炉盘等用具装入车里,然后驾车离去。小车在一居民区行驶,路线弯弯曲曲。车行至一平房前停下,稽查员一下车就呼喊门前闲着的几个男人,要他们帮着把车上的东西搬到家里去,他则开门去了对面的公共厕所。那几个男人立即帮忙,将车上的东西,连同阳刚毅的那两包货物都搬进了屋里。稽查员从厕所出来,给每个男人甩了一支烟,然后驾车而去。

稽查人员将小车开进院里,正好碰上手持发票的阳刚毅与杨威下楼。阳刚毅边走边带怨气地说:"我今天倒了八辈子的霉,你看这一罚又是200元。"说罢他冲着杨威说:"这钱要从你的车费中扣除。"

杨威心平气和地说:"好说、好说。"说着他从稽查员手中接过钥匙,准备发车。阳刚毅因有气在心,没有与杨威并排而坐,而是一屁股坐进了车后排。人进车里,他一双眼睛没忘记瞧瞧那该死的货物。谁知一瞧,他感到一阵天昏地暗,那货没了!当他拍打着脑袋准备叫屈时,他仿佛又发现了新大陆,不禁暗中自喜,那可怕的东西不翼而飞,正是"妙哉、妙哉"!

小车在车群中流动,一块块车牌在阳光的照射下闪闪发光。望着发光的车牌,突然阳刚毅想到了什么,几乎吓出了冷汗。此时他暗骂自己:"这该死的东西,差点儿一念之差送掉了自己的性命。"原来他想到的是物落他人之手,必定会顺藤摸瓜找到杨威的车,找到了车就找到了他阳刚毅。

阳刚毅立即大呼:"请等一等,小杨师傅,我的货物不见了。"

杨威闻声说:"那稽查员用了我的车,是不是他弄丢了?我们找他去。"

小车迅速掉头,直开回收费站。车到收费站,正好那位驾车的稽查员还没有离开。杨威将车停在他的脚跟前,探出头来问:"这位同志,我们车上的两包货不见了,是怎么回事?"

稽查员"啊"了一声,即刻上车说:"走,货可能在我家。"小车又沿弯弯曲曲之路到了刚才卸货之地。稽查员开门后,只见那两袋货物原封不动地躺在地板上。

"谢天谢地。"阳刚毅见货后心里才松了一口气。

货入小车,小车重返国道,又箭一般地驶进了江城武汉。武汉街道人如潮、车如水,商号密布如万花筒。杨威无心观光城市的美景,他一个劲儿地开车只想将车早早开往目的地,到那时是非曲直必然要见分晓。小车一步一步地逼近火车站,阳刚毅的心跳也在一秒一秒地加快。原计划他将装有程方尸首的袋子运至流动人口最为密集的武汉火车站后,自己随意弃袋而溜。殊不知遇上了爱管闲事的"小萝卜头",现在他颇为犯难的是,既要抛掉货物,又要收拾杨威。在城里除掉杨威又没有下手之机，只好暂不去想那么多，可这货怎么是好？正在他苦苦思索时，小车开进了喧闹而又繁华的火车站广场，广场中心被栏杆隔离，小车只能在边沿流动。无须杨威问他，阳刚毅用手指着前方的书摊，说："就在那里。"

小车在书摊前停下，阳刚毅离车时说："小杨师傅，你在这里等着，我去打个招呼。"他去了店里，杨威目睹他在店里瞎转一通，店里根本就没有什么熟人与他交谈。这时杨威取出笔和纸，匆匆写下几个字后便在车里观望阳刚毅的戏如何演下去。

片刻，阳刚毅兴致勃勃地从书店出来，对杨威说："货放这里，我已跟店主交代了，由他再转交给搞技术的。"杨威立即下来帮他卸货，将两个袋子放在书店前的台阶上。随后阳刚毅乘杨威的车，头也不回地走了。

小车开到广场出口处，杨威问阳刚毅："吃根冰棒吧？"

阳刚毅性情焦急，说："我不吃，快赶路吧。"

"那我吃一根。"他放下车玻璃，将钱塞给路边的一位站店老头，说："给我来一根冰棍。"老头送过冰棍找钱时，小车一溜而去。老头看看钱，钱里有张字条。字条他没管，一根冰棍十元钱，老头乐了。

在城里杨威将车开得慢慢的，他故意对阳刚毅说，武汉是个大城市，他要慢慢地开车，好好地看看这个古老而又美丽的城市。其实他另有其意，他在等待公安人员将他的车在武汉城里截获。因为他将写有"火车站东侧书摊旁有两个袋子可疑，请速打110，并截住X3857红色的士车"的字条递给了卖冰棍的老头。他相信那老头一定会把信息传递给公安机关，谁知老头只见钱不问条。时间流过三四十分钟，杨威见无警察问津，他只好警惕地驾车驶出了城区。

再说那卖冰棍的小店，还是那位老头的孙子眼尖，一进门便盯上了柜台上那张字条。年轻人向老人问明字条的来历后，拔腿就跑向书店，见果真有两包东西。他没看，也不敢看，急忙向110服务台报了警。几分钟后，警车开来了，警察小心翼翼地打开包，包里不是它物，全是人的尸块。

碎尸案惊动了武汉公安机关。不出三分钟，武汉城里的巡警出动了，各出城路口严加控制，上上下下一道令，截获X3857号牌小车。

岂知，因小店老头贻误了战机，杨威驾驶的小车早已出城。杨威出得城后，心里有些发慌，他预感到阳刚毅已看出破绽，对他产生怀疑，甚至要对他下毒手了。于是他驾车时特别谨慎，如到孤山野岭地段，他总是放慢车速，只待同向车出现，然后才一同行进。

一路上阳刚毅因身后一直有车随行，确实无处下手，但当他一见到那堵破墙，似乎又找到了感觉与机遇。他说："小杨师傅，你一上午没方便了，还是方便方便吧，我已忍不住了。"

"您方便吧，我等您。"杨威说着将车停在破墙边。

阳刚毅下车了，他又走到破墙的背面，观望杨威的动静，只待杨威下车，他便猛扑过去，然后除掉他。哪知道杨威不中计，仍然如铁女独守空房。但人非草木，杨威也没有特异功能，他在阳刚毅下车后，找了个塑料袋，在座位上"就地解决"了问题。人就聪明在这里，不过他杨威还有更聪明的，他解完手后，又在纸上划了几个字："请拨打136××××3949，说长秀河路口阳刚毅将两袋带血的货送去武汉火车站，杨威和阳刚毅在回家途中。"然后用二十元钱将字条包着，只待时机再将信息发出。

阳刚毅知道杨威不上他的钩，只得从破墙里露出头来。他走近小车，这时车前车后车挨车，正如用线穿着的珠子一个接一个，他根本无法下手。天不助他，无奈，他只好跨上车。一上车他便掏烟叨在嘴上，也许是心情不佳，也许是情绪过激，点烟时，他用力过猛将打火机打坏。打火机在他手上打了无数遍，但怎么也打不出火来，终于他狠心地将打火机扔出窗外。

杨威边驾车边注意阳刚毅的举动，他即刻想到了为"烟鬼"购买打火机。小车在前方一家路边店停下，杨威下车时对阳刚毅说："我给你买个打火机。"话毕人已离车。他伸手在柜台上取过打火机，然后轻声对站店的女主人说："请你帮忙，给我打个电话，我有急事。"说着他打开手中的钱，钱里露出一张白条。丢下钱和条，杨威回头就跑，并且急匆匆地发车继续前进。

阳刚毅接过杨威的打火机，道谢后，速速点着烟，又狠狠吸了几口，白色烟雾从他嘴里蛇一般地溜出来，又蛇一般地溜出窗外。他急了，再不下手，车到兴城境内也许再没有机会了。然而，在兴城外也无良机，国道上那该死的车总是接二连三，那该死的小子总是不出车外。他想着想着额头冒出了汗珠，汗珠滑落，仿佛连成一个凄恻的问号："我该怎么办呵？"

"嘭！"一声刺耳的爆胎声给阳刚毅带来了意想不到的惊喜：车停了，有机会了，他可了却心愿了。此时的杨威并不惊慌，破胎，对他来说是习以为常之事，要不了几分钟把备用胎换上就是。至于阳刚毅，谅他在这光天化日之下，车水马龙的国道上也不敢怎么样。更何况停车处四周无任何遮掩视线的障碍物，完全是个小平原。国道横穿美丽的田园，田园离车二百米处，还有穿着红红绿绿的姑娘们在那里干农活，自然杨威敢放心大胆地干他的事。这时的阳刚毅坐立不宁，是出手的时候了，可偏偏车不断，还有那些姑娘们的目光也好像在盯着他，他怕暴露自己而下不了手。杨威的轮胎快装好了，眼看极好的机会就要随时消失，凶光四露的阳刚毅见路上一时无车接近，扑向了蹲在地上拧扳手的杨威。他那如扇的大手首先蒙住了杨威的嘴巴，然后像抓小鸡似的将小个子塞进了车里。阳刚毅用早有所备的绳子将杨威手脚捆绑得结结实实，并用手巾将其嘴堵塞。杨威失去了自由，他被扔进了车后的货箱里。为防被人发现，阳刚毅又用车里的油布将其盖上。这一切的发生不过三五分钟，车外谁也不知。

杨威第二个字条上的信息终于被那名妇女传递给了吴强。吴强所做的第一件事是查明火车站的货物，此时武汉市和武汉铁路两地公安正在忙于查找尸源。当武汉市公安指挥中心接到吴强的查询电话后，其弃尸之谜才终于拨云见日。

至此，吴强认为事关重大，他立即报告局长，并将下一步工作做了简要汇报。局长当即拍板按吴强部署的工作落实到位，并强调："所有工作火速进行，以快制胜。"接着，吴强带兵秘密进入阳刚毅的住处，经查，其住处有两部手机，并在卫生间的墙壁上发现了新鲜血迹。血迹经化验，和武汉警方报来的结果相吻合。

睹物如见人，其中一部手机正是程方的手机，当即方玲哭得差点儿一命归西。通过物证以及杨威发来的信息分析，可以断定阳刚毅谋财害命后，将程方分尸后运至武汉灭迹。刑警大队火速将情况报告省公安厅，请求指挥中心与湖北警方联系，由公安巡警在107国道将X3857号牌的士车截住，抓获阳刚毅，保护驾驶员杨威。很快求援的信息发向了湘鄂107国道沿线各公路巡警中队。公路巡警出动了，警车在国道上呼啸，巡警在国道上搜寻……

换了主人的的士车在107国道上没行驶多久，便驶进了原来追击小偷的那条岔道。离开国道，阳刚毅似乎尝到了喜从天降的滋味，他想除掉心病，将杨威送到那百米深渊中去，只有这样才神不知鬼不觉，才能安安稳稳地过上他的天堂般荣华富贵的日子。喜上眉梢时他又叨起了烟，这烟在这时显得特别有味，甚至比抽大烟还过瘾，那烟雾这时这刻也并非蛇状，而似一团一团的蘑菇云飘出窗外，车随烟雾飘飘然。

阳刚毅表面的确冠冕堂皇，但内心深处阴险毒辣，可谓是个五毒俱全的小人。他自小随父从商，其父对他要求特严，"生财有道"已成为阳家的家训，但阳刚毅看不惯父亲的那一套，他总认为商人应是"无奸不商"。当阳刚毅毛干翅硬时，便将其父的"家训"抛到九霄云外，从此他自立门户，自闯江湖。古言道："多行不义必自毙"，他因连连诈骗，将自己"骗"进了大牢。七年的狱中生活结束后，阳刚毅本应该金盆洗手，重新做人。然而他贼心不死，决心再创"大业"。当他在广州诈骗某公司一笔价值50万元的货物时，又露了马脚，遭到公安人员的追捕。他知道一旦落网，又要去过那失去自由的狱中生活，三十六计，走为上计，他逃到了长江南岸的兴城。在兴城他有两名原狱中的难兄难弟，在其中之一聂桂伟的帮助下，他落了脚，扎了根，并且成了亲。小日子本该平静，而阳刚毅总不满足于现状。于是他与聂桂伟合谋杀程方，劫巨款。50万元已收入囊中，眼下又可以除掉绊脚石杨威，叫他怎能不得意扬扬？

一方欢乐，一方愁。杨威被塞进车厢后，因手脚被捆死，他明显地感觉到所捆之处的血液循环受阻，甚至感觉到血管在破裂，肌肉在红肿，因为那些部位如针扎般地难受。人都有求生、自救的欲望与本能，杨威虽然被绳绑索捆，但他小巧灵活，他先将身体缩成一团，然后将反绑的双手从背后移过下半身，使双手复原胸前。接着他用双手挟出口中所堵的毛巾，再用牙齿咬开手上的绳子，有了自由的手，解开脚上的绳子就不费吹灰之力了。杨威完成这一步，前后不过几分钟，且都是悄悄完成的，阳刚毅什么也不知道，他只听到了杨威的呼机声。当"滴滴滴"的呼机声响起，他冷冷地一笑：这分明是送人归西的丧钟声。杨威听过无数次这样习以为常的呼机声，但没有一次像今天这样伤心动情。他知道妻子何贵呼他很多回，那是她在惦记着他，思念着他。他偷偷地看着正在叫个不停的呼机，又是何贵！此时此刻，他在黑暗的小世界里发出了心灵的呼唤："何贵啊何贵！我不能离开你，我们彼此都不能分离啊……"

何贵与杨威间有离奇的故事，更有恩爱的情感。何贵可以说是一位身价不凡的女子，其父是兴城的县委副书记，其母是掌管教育大权的局长，她本人长相又颇为出众，最令人喜爱的是她那对挂在脸上的小酒窝，无论是她启齿言谈，还是扬脸微笑，那对酒窝总是给人亲亲的甜甜的感觉。在她的小圈子里，众人干脆叫她"何美人"。称她"何美人"的那帮男人们，当何贵大学毕业后无不向她发出"进攻"，还有政界的不少秀才们对她也搭起了"歌台"。然而，人各有志，谁都没有想到，何贵竟嫁给了一个平民百姓之子杨威。杨威虽有英俊之貌，但身材矮、文凭低、家境差。杨威到底有何魔法让"仙女"下凡嫁给"樵夫"？

杨威就是杨威，他与何贵从相识到相亲可以说是平凡得极为平凡。头一次何贵在大街上招手打车，那时正下着倾盆大雨，因她躲雨处与大街还有十来米的距离，她一连招了十几辆车，那些"的哥"们连看也不看她一眼。她终于招到了有眼"的哥"杨威，杨威停车后以极快的速度开门、撑伞迎顾客。何贵有雨伞遮身，她那漂亮的衣衫没有受到雨水的侵袭。上车后她谢道："师傅，谢谢你的帮助。"

杨威心直嘴快："不用谢我，我得谢你呢！我这饭碗靠的是你们的支持。"

何贵觉得此人挺有意思，说话既有客气之情又有哲学之意，她想继续与他聊一聊，可是三五分钟目的地就到了，她要下车了。

车停了，雨仍凶猛地下着，杨威向何贵递过雨伞说："小姐，这把雨伞送给你，虽然有点破旧，但可应急用用。"

何贵不好意思要陌生人的东西，她没有伸手，并回话说："这是你的伞，我怎么能要？"

"拿着吧，行个方便，这值不了什么。"杨威说着将伞塞到了何贵的手里。

何贵下车了，她撑着伞站在雨中望着陌生人和陌生车走了才启步。当她回到自己的"小窝"里，才觉得自己傻，傻得没问一下人家的姓名，没记下那车牌号码。不过她对那把雨伞却认真起来。她要将此伞保存好，而且要挂在醒目处，她的用意是以物时刻提醒自己：为人施善，最为普通的老百姓能做好事，自己和家里人更要多做好事。

从此以后，何贵在大街上常注意的士车，可的士太多，她无缘与杨威再会。没想到在一个特殊的环境中，她又见到了不知名姓的他。那天大雨过后山洪暴发，何贵乘坐同学的小车从乡下访友回城，车在城郊一低洼路段遇上洪水，小车冲过水路时因水过深车熄火而被困水中。岸上有人，但无人下水帮他们推车。司机急了，何贵也急了，何贵只好自己下水推，但女人力气太小，无法推动。这时她身后驶来一辆的士车，的士司机停车后立即涉入水中帮助推车，车推动了，并且被推出了水坑。当何贵抬头时，她见到的推车人竟是那个送伞人，一时她感激无言，仿佛要落泪。谁知她想开口时，杨威走了，带着他透湿的白色休闲裤走向了他的的士车。的士车冲过水路，溅起的浪花虽一瞬间就消失了，但留在何贵心中的浪花却永远也不会消失。从此她无时无刻不想起那位陌生人，不！是无时无刻不思念那位意中人。在何贵的心中，那样的人才高大、才让人可敬可爱。

何贵第三次见到杨威是在市一医院，那次是何贵去医院探望一位病人，正巧遇上正在伤心流泪的她想见的那位"的哥"。此次她才有机会问明"的哥"姓甚名谁以及他为什么流泪。杨威全告诉了她，何贵听后觉得心都碎了，她也偷偷地流着泪水。原来杨威就如电视剧《大哥》中的大哥一样，不但是家里的精神和经济支柱，还是出名的孝子。其母住院他心情难受，总想流泪，他觉得流尽了泪水心里才舒畅些。

"流泪更是好男人"，何贵这样想着，从此她爱上了他，从此杨威的呼机里便不停地出现这个女人的呼叫。当他们的爱情公布于众时，众人无不惊讶，最惊讶的是何贵的父母亲，可女儿嫁人是女儿的事，谁也阻拦不了。她嫁给了杨威，住进了小胡同。在小胡同里，她办起了一所幼儿园，从此他们过起了与胡同百姓同等的生活。杨威依然跑他的的士，依然行使他的"大哥"的权利。但他一旦离开妻子，心里总是惦记着妻子，最惦记的是怕她只要工作不要身体，因此每每外出时，只要何贵呼他，他总是会立马回话，而且总少不了叮嘱一声："不要太累了，要保重身体。"

可这回何贵呼他，他却无法及时回话了，这可急坏了他的爱妻。现在外头打劫的常有，她怕杨威遇上厄运，于是情急之下，她跑到了刑警大队，把吴强大队长当成了救星。

此时的吴强已知道杨威与他通过"半个"电话，从电话内容分析，杨威可能遇上了什么麻烦，不然他不会丢下让人琢磨不透的半截话。但吴强这时不便将其模糊不清的情况告诉何贵，他怕女人心弱难受。于是他一个劲儿地劝何贵，劝她不要胡思乱想，并且向她解释，如果杨威跑远途，其呼机不会漫游出省，也可能是他本人的呼机出了毛病。何贵听了吴强的安慰之言，心情平静多了。她回到幼儿园，用期盼的目光时不时地望望天日，她只希望太阳快点儿落下山头，她便能在胡同里听到那熟悉的喇叭声了。

瀑布冲击深峡的"轰轰轰"的巨响，震得山鸣谷应。杨威在漆黑的车厢油布中听到了瀑布声。他知道这是刚来过不久的险要地段，他更知道的是，阳刚毅要将自己置于死地，置于会让他粉身碎骨的深渊中。面临绝境，他没有慌乱，他在深思逃离魔爪的办法。办法有二：其一是开后门溜，其二是从前门跑。从前门易于被发现，他怕再次被擒，于是决定开后门。他掏出钥匙摸索着试拨锁卡，但锁卡特别小，很难摸准，即使摸准了，高度摇晃的车又会将套上的钥匙冲击离位，于是他一遍又一遍地摸着套着。终于拨开了锁，推开了后门，一线光亮露在他的眼前，他要救回自己的性命，心中一股热浪涌出，他不禁感慨，世上还真有绝处逢生之路。此时他已做好准备，只待车速减慢，他便跳出车外，爬向山顶。他想只要不是近距离，阳刚毅是追不上他的。

"吱——"一个急刹，车停了。阳刚毅一阵大骂："你找死，你怎么开的车！"真是吉人自有天相，杨威趁机轻轻地开门从车上溜下，离开时他又将传呼机扔进了车里。接着他闪身钻进了路边的柴草中。他在柴草里向前望去，原来那辆遭骂的小货车横在路中央，司机弄了半天才让出一条道来。之后两车各行其道，各奔东西。随后，阳刚毅见四下再无人车经过，将车停靠在一处险要的悬崖边。他用那充满凶气的目光看看车前车后，又看看山上山下，他还想再看杨威一眼，但当他将头伸进车里时，"滴滴滴"，杨威那叫过无数遍的传呼机又响了，这响声如一根绳索将阳刚毅的头从车里牵到了车外。他冷冷地一笑，说："你小子爱管闲事，就到阴曹地府中去管吧。"小车被他用尽全力推下了悬崖。一声沉闷的响声过后，阳刚毅伸头俯望山谷。山谷里云雾浓浓什么也看不见，仿佛什么也没有发生。

杨威远远目睹了阳刚毅推车的一幕，他真想大骂一声，可是他不能，他只有忍气吞声，只有默默地落泪。这车是杨威全家的希望，也可以说是全家的命根子。他们兄弟五人是靠他这个老大，也靠这部车才得以生存的。那时杨威家里，由于其父母体弱多病，加之人口较多，生活自然极为困难。懂事的杨威瞒着父母借款学了驾驶技术，又找了朋友关系到银行贷了款，然后他"自作主张"，从车市里开回了一辆小的士。当的士车停在家门前时，他的母亲并没有笑，而是哭了，哭懂事的杨威"胆大包天"为家着想，哭不懂事的杨威不知天高地厚让家里负债累累。

杨威只得耐心地劝说母亲："妈，没有本钱做不了生意，发不了财，就像钓鱼没有诱饵，鱼从何来？做生意要舍得投资……"一席话说得其母明白了是非，辩明了道理。

他的母亲没有再哭，用伤心的口气说："杨威啊，你做了主，妈支持你，可你要小心哩，不能出半点儿差错，我们家只能吃补药，可不能吃泻药。"杨威含泪点头。

日月如梭，转眼过了三年。三年里真是福人天相。他杨威没有出过什么令人担心的事，在平平安安的经营中，家里的生活有了保障，很明显是杨威的车轮滚出了全家的希望，也滚出了自身的幸福。可是万万没有想到，当日子过得顺心顺意时，他却碰上了阳刚毅，碰上了那两袋见不得人的"货物"，由此他差点儿一命归天。时下，尽管保住了小命，可那心爱的车已经粉身碎骨了。现在杨威什么都不想了，只想抓住这杀人不眨眼的东西，将他送上法庭，送上刑场。

杨威不敢从隐蔽处站出来，他远远看见阳刚毅走到大路边，等了一阵，然后上了一辆中巴客车。车走了，杨威急了，毕竟他眼中的目标已消失，于是他立刻上路，想飞腿向山外追击，可那是愚蠢之举，人腿怎么能跑过车轮？跑了一段距离，一辆两轮摩托车疾驰而来，这是辆载客摩托。山里人，特别是山里的年轻人都习惯于以车代步，同时他们又利用空闲时光跑出租，所以公路上这类摩托车时常出现。杨威挥手叫车，车主问他去哪里，杨威说："追上前面那辆中巴车。"摩托车向山外飞驰而去。很快中巴车出现在杨威的视线中。当摩托车即将接近中巴车时，路边出现了一个小店，小店门外放着电话。

杨威叫车停下后，他迅速跳下车，抓过电话筒，拨通了吴强的电话："喂，我是杨威，强哥，我差点儿丢了命。那个叫阳刚毅的要杀我，他将我的车推到山谷里去了，现在我正在跟踪他，我不会放过他的，请你等待我的消息。他有可能乘客车回家，你们到车站接应就是，我现在要走，不能和你说话了，再见。"杨威丢下电话筒，付过话费，抬头见屋檐下挂着一顶破草帽，他随即取走，然后跨上摩托车，摩托车继续飞速前进。

这时吴强已经完全明白了案件的底细，他速速组织人马，布控市城汽车站。同时他将电话打到了杨威的家里。何贵接过电话，如喜从天降。此消息她又告诉了杨威的母亲，难事不知不伤心，婆媳二人哭了，她们是抱成一团哭的。哭他们的杨威还活着，哭他们被视为命根子的车没了。还是何贵坚强，哭过三声之后，她不哭了。她劝说母亲："妈，不哭了，留得青山在，不怕没柴烧。只要咱们的杨威在，什么都好说。"其母擦泪点头说："我不哭了，我等着威儿回来，只要他平平安安，我还哭什么，我只有笑。"说着说着，她真的破涕一笑。

那辆载着阳刚毅的中巴车驶出了群山峡谷，驶向了宽广开阔的小平原，在与

107 国道衔接的三角地带停下,那里周围布满了路边小店。阳刚毅下车,去了一家南货店,他买了一包烟,接着拿起了电话筒。

坐在阳刚毅对面树荫下的杨威,草帽歪戴在头上,他那双机灵的眼睛透过草帽空隙把阳刚毅的一举一动都盯了个明明白白。当阳刚毅拿起电话筒时,他脱掉身上的衬衫,光着膀子靠近了阳刚毅,并一屁股坐在阳刚毅脚下的木凳上看报。阳刚毅一心拨电话,对杨威这位不速之客的来临,他一点儿也未察觉到。他拨通了对方的电话:"喂,是伟哥吗?我是高山,任务完成了,不过出了一点麻烦,害得我好苦。好啦,这些不说,你将我的那一半准备好,一个小时后在你家里见。好,晚上一同吃饭,是应该庆贺一番,就这么定啦,好,再见!"阳刚毅放下电话筒,用手拍了一下脑门,脸上透出了笑颜。他付款后,又进了一家餐馆。

杨威见阳刚毅离去,起身按了一下电话的重拨键,阳刚毅打出的手机号码立即显现出来。他又拨通了吴强的电话,压低音量说:"强哥,我在国道 1299 公里处,刚才那家伙给一个叫伟哥的人打了电话,对方的手机号码是 139×××××××××,你把这号码记下,这个人是他的同伙,他们一个小时后,在那人家里分赃。强哥,你放心,有我跟踪,他就是泥鳅也溜不掉。啊,客车来了,要上车了,你等着吧,再见!"

放下电话时,阳刚毅已出门上了一辆大客车。他付过话费后也匆匆上了车,依然光着膀子,戴着草帽。在车厢里他与阳刚毅碰到了一块儿,但阳刚毅没在意,也没有看清他的面目,自然什么也不知道。杨威坐在阳刚毅后两排。车窗外的景色似乎在阳刚毅的眼里显得十分的斑斓与美妙。他探出头尽情地欣赏,一脸得意的微笑。许久、许久,他没有回头,把微笑带进了梦境之中:

他将手提箱打开,箱里全是崭新的钞票,钞票雪花般地向他飞来。

他坐在一辆高级豪华轿车里,轻松地驾驶轿车,轿车飘飘然地驶入大街,大街上的人都向他投来钦佩、羡慕的目光。

他走向青山绿水,百花丛中的那栋别墅,似金屋,如天堂,他的笑声在天地间回荡。

笑声迎来了乌鸦、迎来了洪水、迎来了猛兽、迎来了刀枪、迎来了魔鬼,魔鬼一手遮天,将他抓住,扔在天空,摔落地下……他醒来了,出了一身冷汗。

阳刚毅不敢闭目了,他把双眼对着车窗外睁得大大的。

杨威在车后不声不响地啃着饼干,客车飞快地在国道上行进。

那辆载着善与恶、美与丑的灵魂的客车驶进了兴城汽车站。杨威跟在阳刚毅身后,他们一前一后缓缓下车。杨威透过玻璃窗看见了吴强,吴强也看见了他,他们没有出声,只交换了下眼神,一种特别特别亲近的眼神。

阳刚毅一只脚刚刚踏上兴城之土,吴强一行便盯上了他。阳刚毅一出站门,便打的向城里而去。

紧接着，吴强和杨威及两名同伴上了一辆民用小中巴车。车里，吴强紧紧地握着杨威的手，两只手交握，仿佛有千钧之力。借助力的分量，吴强有力地说："辛苦了，生死断案，难能可贵！"

中巴车紧跟在阳刚毅乘坐的车后。一路上杨威放心不下，说："强哥，你这样跟他，要是他溜了怎么办？"

"你放心，他就是长了24条腿也溜不了，阳刚毅坐的那辆的士车的驾驶员就是我们新来的刑警，你说他能溜得掉吗？"

听此言，杨威这才舒了口气，仿佛他那千斤重的担子随着这口轻松之气全部交给了身边的警察。此时，他那机灵的目光也随同警察"走"大街"窜"小巷，一直"窜"到了聂桂伟的家门前。聂桂伟家没有什么特别的地方，三间平房，与众人之房并排在一起，一眼看去，就是个普通百姓的居住之地。

阳刚毅一下车，双目直盯聂家的门，大门没有上锁，他也没有敲门便一声不响地走进了屋里。聂桂伟早在家里等候，他见阳刚毅进门，便将装有25万元钞票的黑皮袋丢在桌上，说："你点个数吧。"阳刚毅见到钱什么也没提，三下五除二地点完成捆的钞票后，笑着说："兄弟，我们发财了，那事我处理得很好，以后再细谈。"说着他便抬步欲走。

"慢，"聂桂伟凶相毕露道，"如果你嘴不稳走漏了风声，我会让你像程方一样死无全尸。"

"好、好。"阳刚毅说着背起钱就走，钱如宝山压身，他不觉得累，只觉得飘飘然。

"不许动！"如雷贯耳之声，将阳刚毅、聂桂伟吓得魂不附体，当他们缓过神来的时候，已双双被戴上了闪光发亮的手铐。警察破门而入，前后不过两分钟，阳刚毅、聂桂伟被押出了门外。

阳刚毅仰头望着天空，内心悲怆地呼着："天啊！你真是长了眼睛，知道我们干了那个事啊！"

他呼过天后，低头见到杨威："你……你……"他的喉咙里像插进了他曾挥起的那根闷棍，什么也说不出口了。

歹毒的孽种被警察带走后，吴强才痛痛快快地与杨威拥抱在一起。

恶有恶报，不久，阳刚毅和聂桂伟被送上了刑场。

辅警杨威断案功高，上级公安机关为他荣记一等功。兴城政府为他召开表彰大会，并奖给他一辆崭新的富康轿车。

杨威登台。

何贵在台下向他挥手，何贵的父亲在台上给他颁奖。

大案追踪

溺水羔羊

陆中刚

高山死角现命案

炎热的七月，清晨往往是一天中感觉最凉爽的时分，家居团湾水库脚下的李老儿惯例五点钟出门放牧。他在水库堤坡上拣选草最嫩的一片场地，丢了牛绳，然后自己到水库坝上悠闲溜达。

微风从水库的南面吹来，周边树林里的鸟儿纷纷出巢，欢快地唱着只有它们相互能听懂的"吉吉吉"的音符；红红火火的太阳也从东方冉冉升起，阳光洒在才修建十年左右的团湾水库之上，轻烟袅袅，碧波荡漾。李老儿每天最好的时光就是在这堤坝上度过的，他像往日一样，乐滋滋地朝水边走去。

这时，他看见在微波细浪中，有一个物体在水上漂浮，像一条大的鱼，又像一只羊羔，黑色的绒毛在凉风中晃悠，离岸边大概两米多远。他就地找了根竹棍，将那个明物体往岸边拨。当他的目光再次看到漂浮物时，不禁感到毛骨悚然，那是一具尸体！长长的头发，凌乱的薄衫，应该是年龄不大的女性尸体。李老儿是见过世面而且算村子里胆子大的老人，他第一时间想到，必须马上报警并报告村支书。

临湘市公安局的刑警们个个忙得不可开交，但是突发凶案时，其他的案子必须让路。分管领导陆副局长接到报警，旋即派出从警校毕业后参加过无数次命案侦破的李副大队长、法医小熊，以及三名侦查员先期赶赴现场。

团湾水库属于占桥镇辖区，尽管修好的 S301 道路非常宽阔，但毕竟有四十多公里的路程，况且水库在离主干道还有七华里的村间便道，确切的位置地势高峻。非本地人根本不可能知道在崇山峻岭之中还藏着偌大一个水库，蓄水量在一亿立方以上，水库上游以及周边的几个村的老百姓全部搬迁，所以堤坝以上的范围内杳无人烟，连钓鱼都是被禁忌的。

当李副大队长率侦查员赶到水库坝顶时，占桥派出所的所长和两个民警已经在现场周围拉起了警戒线。居住在堤坝以下的老百姓出于好奇，三三两两聚到堤上看热闹。清澈的水库，美轮美奂，十几年来连牛都未淹死过一头，怎会突然淹死一个人呢？方圆九湾十汊也没有听说有失踪的女孩。

熊法医用镊子拨弄着死者的头部，很快便发现了其右额角的创口，既深又大，稍微一动还渗着血；女孩体态娇小，年龄大概十六七岁，衣着打扮时髦，不像在穷乡僻壤中长大的，起早贪黑、辛辛苦苦为家庭劳动谋生的人。

尸体表面积的检查相对简单，死因也较为明显，然而破案是极其复杂的事情。虽然已身经百战，但李副大队长一点儿都乐观不起来。凶案形形色色，绝不会是千案一面，而是疑幻莫测、玄机纵横的，最难对付的就是人啦！这孤水野山到哪里核实受害人身份？就算是确认了死者的真实身份，又到哪里去查获犯罪嫌疑人？

负责现场照相的刑警还在咔嚓咔嚓地按着快门，生怕漏掉了任何一个部位。死者是生前入水还是死后被扔入水中，需要解剖才能确定；是否遭遇性侵，除表面检查，还要作人体组织化验，任何一个细节都不可以忽略。疑难案件要经过初检、复检、再检，有的甚至葬入坟墓后仍需开棺验尸。

李副大队长吩咐法医先将尸体运回法医陈尸库。

广辟途径觅尸源

团湾水库地理位置在城市东南一隅的大山之上，那里是典型的边远山区，比邻岳阳县毛田相思铁山水库，平江县南江镇幕阜山脉，其间的 S301 公路是通往湖北省的唯一一条主干道，紧靠通城县。

李副大队长将现场的基本情况报告给陆副局长，并在案发的第二天与刑警大队大队长一同赶往占桥派出所，主持破案。

熊法医是从乡镇卫生院调来县局任职的，因老法医到了退休年龄不再上案，他面临的压力很大，但他勤奋好学，刻苦钻研，之前多次到法医学校培训，又通过参与多起凶案磨炼，基本上达到了单独上案的水准。在排除死者失足落水和自己轻生跳水溺亡之后，案件性质基本明朗，受害人应该是遭到外力打击致昏后被抛入水库之中溺死的，根据其胃内融物判断，死亡时间在头一天晚上九点左右。属他杀无疑。

受害人姓甚名谁？从哪里来？答案总不可能从天而降，一连串的问题在到达现场的侦查员心里打转转。李副大队长纵然久经沙场，一时也像钻进刺蓬蒙了头绪，找不到便捷答案。

通过对周边的村子排查，附近没有近期失踪的女子，推断受害人来自外地，被熟悉或者是偶然知道团湾水库位置的犯罪嫌疑人挟持或者借口带着游玩带到这里来的，因此犯罪嫌疑人应具备应有的交通工具。不排除本地青年人将外地青年女子带回乡下，因产生矛盾而导致伤害后抛尸水库。一道数学题可能有多种解法，而一起凶案从来不会有两种结果。错误的途径无法还原事情的真相。

新任刑侦大队长积极性很高，但经验不足，殊不知这块硬骨头是难啃的。他表面上看着风风火火，且显而易见求胜心切。没想到初来乍到就获得了一条"重要"线索，有目击者称本地一年轻人正好于发案期间带了一外地女子回来，且该女子的模样与死者十分相似。案发后，两个人都不见了踪影。大队长闻讯后喜出望外，恨不得马上逮住那年轻人，所以在案件分析会上，侦查员还没有谈完各自掌握的情况与看法，也没有全盘的部署，便匆忙将网撒了出去。结果花了一个星期，派出十名侦查员，大队长亲自披挂上阵转战千里，查到的却是二人均健在。

老练的李副大队长有苦难言。兼听则明，偏信则暗，在侦查各类刑事犯罪案件中，这句话是最有道理的。谁都希望尽快破案，然而世界上哪来的如此便宜之事？设想一下连尸源都没找到，想逮住犯罪嫌疑人，谈何容易？陆副局长曾经听一位大夫谈辨证施治，觉得很有道理，正确的方法通常在错误的反面。破案亦是如此，只是它的选择性会更多、更复杂，缺乏沙里淘金的执着，即使可以破一两个案子也纯属意外。

尸体是能够"说话"的，凡是经验丰富的老侦查员都确信无疑，只有先找到尸源，查到其姓甚名谁，家住何方，一步步探寻她的人生轨迹，才能了解她的生活圈里圈外所接触的每个可能与案件有关联的对象。大海捞针也得捞，万里挑一也得挑，人命关天，不能鲁莽行事！

认尸启事附上照片，打印数千份，先是在本市范围内张贴，一连几个月没有任何回应。再印上万份继续张贴，覆盖周边所有的地区街道居委会和乡村组。与此同时，大面积派员摸排失踪女青年，动用各地特勤耳目玩起猴把戏，以及对提供线索者奖励等措施，充分发动群众，充分利用公安的专业化工作与人民群众相结合这一锐利武器，展开一场持久战。

求助途中识女儿

又一个春节即将到来，临湘市五里牌乡黄木村谌一组村民大都在家张灯结彩准备过年了。只有村民谌奇和老婆闷闷不乐，才十六岁的女儿倩倩离家一年多了，电话都未打一个回家，去年春节也没见人影，与女儿相熟的两个女孩传话，倩倩到湖北省通城县学缝纫，这个春节会回家。谌奇夫妻俩在家耕种着五亩多田地，一天到晚干不完的事，哪里有时间找女儿？可离过年只有三天了，女儿却还是音信全无，夫妻俩这才着急起来，但一时半刻又不知往哪里找，女儿两个闺蜜的电话也没留下。印象中说女儿在湖北的通城县学缝纫，于是他们走十里山路后搭上了开往通城县的汽车。可到了通城，哪有什么缝纫学校？找了整整一天，女儿仍杳如黄鹤，他们只好回家耐心等待。也许到大年三十女儿就回家了，他们互相安慰着。可是直至跨年的钟声再次敲响，他们也没能等到与女儿的团圆。

倩倩虽然是出生在农村人家的女孩，但她没受过半点儿苦，爸爸妈妈从不舍得女儿干农活。身为谌家长女，她被爷爷奶奶宠爱着，从小便爱打扮，唱歌跳舞样样行，就是念书不用功，读完初中便辍学了。

无奈之下，家人将她送到县城附近一所缝纫学校学裁缝，心想有一门手艺今后也能在社会上混碗饭吃。开始她还蛮认真刻苦，慢慢地混熟了两个姐妹，一个叫佳佳，一个叫玉玉。三人是同时学艺的，年龄不相上下，既活泼好玩，又不懂社会复杂、人心险恶，一有空余时间就搭上公交车到城里的大街小巷闲逛，久而久之便被街上的小混混盯上了，不出几天时间三人便与他们打得火热，后来更是成了夜店歌舞厅里的常客。

能耐得住寂寞挡得住诱惑的人非常少，姐妹三人不用学艺、不用打工就能天天吃喝玩乐，潇潇洒洒，于是她们干脆离开了缝纫学校。

倩倩进出歌舞厅作三陪女的事很快被谌奇夫妇知道了，他们到城里找到了女儿，苦口婆心地劝女儿不能做这样的事，要好好学裁缝技术。倩倩表面答应不再在街上混，把爸爸妈妈打发走了。但生存是大问题，如果要混出个人样更是不容易啊。打工吧，做生意吧，她想了许多，却没有让她称心如意的事。又看到姐妹们年纪轻轻，一个个穿金戴银，挎着名牌包包，手拿高档手机，出入豪华宾馆，再想想自己，论容貌，她是几个小姐妹中长得最好看的，她就又犹豫起来。但她从内心里警告自己，玩归玩，吃归吃，但不能失身，否则今后嫁不出去怎么办？所以在三姐妹中，倩倩尽量克制，决不越雷池半步。

谌奇夫妇过于相信了女儿的表态，之后的一年多时间，女儿虽未回家，他们也没出去寻找。转眼间过完了年，夫妻俩时常做噩梦，冥冥之中仿佛看见女儿衣衫褴褛、人鬼莫辨的样子。在打听无果的情急之下，他们决定到公安机关求助。谌父从羊木冲老家出发，步行到交通主干道乘车，足足花了一个小时。他在路边小卖部候车，因为要求人，他在小卖部买了一盒好一点儿的烟装在兜里。就在他出小卖部时，突然发现那墙壁上贴着一张认尸启事。当他的目光触及启事上的照片的瞬间，立即像被电打了一样，头脑一片空白，整个身体瑟瑟发抖。由于尸体发现及时，死者面部轮廓线条非常清晰，他一眼便认出来了，照片上的女子就是他的心肝宝贝倩倩！

峰回路转又一春

一旦找到了尸源，破案的线索就慢慢浮出了水面，侦查方向由此明确，既然找到了藤儿，摸到瓜就指日可待。实际上警方通过各种途径也找到了一些蛛丝马迹。重案中队中队长小刘做完谌奇的询问笔录后，李副大队长再次向专案组通报了案情进展。

但是知道了死者姓甚名谁，也不一定就能找到凶手，就破案的整个程序而言，它仅仅是冰山一角。倩倩的活动区域主要是城市闹市区，但尸体为何出现在离城区五十公里外的团湾水库？是一人所为还是团伙作案？是否有知情人？倩倩昔日的姐妹目前身处何方？一连串的问题需要警方一点一滴地查证。

几家大型豪华娱乐场所的老板非常熟悉倩倩，他们说"倩倩是一个十分漂亮的女孩，惹人喜爱，往往是客人们的首选目标"。虽是红尘女子，他们也说不明道不清她们的生活细节，特别是娱乐场所之外的生活轨迹。

她的姐妹佳佳和玉玉早已离开了临湘，在外地"上班"，但警方花费了许多的时间、人力和财力也没有找到。从而可基本断定，她们姐妹之间一定有诸多的牵扯，找到她们也许就会找到新的线索。

熊法医的法检报告早就出来了，上面明明白白记录着："死者体内检测出微量硅藻，处女膜陈旧性破裂……"死亡结论是："被害人遭受多处外力击打，头颅被石块重击，为生前入水窒息死亡。"

死者被害时没有遭受性侵，据悉在娱乐场所倩倩也只坐"平台"，从未见过她出台……但"处女膜陈旧性破裂"说明其还是有比较固定的性伙伴，如果这个人是凶手，他的目的何在？为什么将小小年纪、漂漂亮亮的倩倩害死？

李副大队长初进刑侦队的第一份工作是负责全市范围内的321，在没有监控网络的年代，警察只能依靠社会上的混混儿充当各类线人和耳目，破案也靠人民协助。混混儿活跃度非常强大，他们会作为污点证人指控各种犯罪，即使没有直接参与犯罪，但他们所接触的人和事非常多，常常能起到关键作用。

团湾水库命案尸源找到之后，李副大队长确信死者倩倩在城市浪荡江湖将近一年的时间，肯定会有不少混混儿知情，他决定重操旧业，带上倩倩的照片分别与联络过的线人会面。功夫不负有心人，17号线人仔细看了死者的照片后，马上回忆起与倩倩的点滴过往，使案件顷刻峰回路转。

天道自有惩恶剑

临湘市里的大型国营企业氮肥厂2014年开始破产重组，工厂基本倒闭，工人下岗后如八仙过海各显神通。设备检修科科长周某一夜之间由厂里面的基层骨干跌落为无业游民，心有不甘，但他头脑灵泛，认为第三产业做好了来钱快，于是在厂生活区租了门面，办起发廊兼容按摩。

周某，年龄三十出头，长相帅气，油嘴滑舌，毕竟做过企业基层领导，有自己一套处事方法，在那年头他认定只有踩着红线才能赚到大钱。

发廊按摩想快速挣大钱只有找到更多的漂亮女郎才能支撑。于是乎，他使尽全身解数到处物色，很快，三个学缝纫的年轻女孩儿走进他的视野。为了讨好她们，他专门租房供她们住宿，带她们消夜、买衣服，陪着逛街，不惜一切代价。首先是佳佳和玉玉落入了圈套，做了周某的情人，同时也成了发廊按摩的应召女郎。倩倩本来就是较为传统的女孩，尽管她也强烈地感觉到了异性的吸引，但还是认为卖身赚钱绝非正道，因此一次次拒绝了周某的"安排"。此时的周某并未急于求成，他使尽各种温柔的手段对付倩倩，终使涉世未深、思想单纯的倩倩挡不住诱惑上了周某的床供他取乐。

周某从此得意洋洋，还请了以前的同事冯某协助打理生意，积极地拓展"业务"，以谋取更大利益。他用赚来的钱买了小车，经常把佳佳、玉玉送到各种宾馆供嫖客们"享用"。

那是7月3日，湖南省通城县通城大酒店某客户经理打电话给周某，声称需要三位小姐"接客"，对方出价很高，周某立即安排佳佳、玉玉准备前往，可是还差一个小姐，他只好动员倩倩。倩倩再次声明绝不卖身，周某嘴上应了，心想到了宾馆就由不得你了！

周某、冯某，车载佳佳、玉玉、倩倩出发了，一行人穿过桃林占桥到达通城大酒店，她们被安排在午饭后"接客"。

下午两点钟左右，通城大酒店客户经理将倩倩送到周某房间，因倩倩拒绝了交易，客户经理说不能强迫，于是退货。周某听此说法，顿时气急败坏，鉴于公共场所不便发作，只好忍气吞声，只等佳佳、玉玉交易后回临湘再作计较。

下午三点差一刻，佳佳、玉玉出了客房，周某迫不及待地打道回府，因为他要重重惩罚不听话的倩倩。一路上佳佳和玉玉轮番做倩倩的思想工作，既然这样了，还顾虑什么，人生一辈子不就图个快活？而且挣钱也多。二人力劝倩倩下不为例，可倩倩就是一声不吭。周某越想越气，看来不亲自出马下死手整，今后还会出乱子。他在脑子里思考立即找一个偏僻之地整死倩倩。

小车离开通城进入占桥范围，跨过公鸡山，靠右边道路旁竖着一块硕大的路标牌，远远望去，"团湾水库由此进"七个大字非常醒目。他立即吩咐冯某右拐，小车飞快地往团湾水库方向驶去。

一票红单，周某至少少赚了3000元，利令智昏，这个披着羊皮的狼在车行到水库半山腰时，要冯某将车停下。此时西边的太阳光非常刺眼。他一把拖出车后座上的倩倩，猛击一掌将倩倩打倒在地。此时倩倩已清楚自己凶多吉少，四周空无一人，呼救是没有用的。她立即跪下求饶，也指望佳佳、玉玉下车救她，但得到的是其余三人冷漠的回应。周某拳打脚踢仍不解恨，捡起一块锋利的尖石朝倩倩的额角砸去，倩倩的头部顿时血流如注，她支撑不住，昏倒在地。

　　光天化日之下，弱女子被折磨得完全失去了意识，佳佳、玉玉被吓得躲在车里魂不附体，生怕惹火烧身！周某发泄完毕，用指头试试倩倩的鼻息，知道她不死也难活，这个禽兽不如的恶魔一把背起奄奄一息的倩倩爬上堤坝，直接将她扔在水库之中。可怜的倩倩年方十六就离开了她还未好好感受的美好的世界。

　　为了逃避法律制裁，周某等人在小车里商量对策，统一了口径。但他们做梦也没想到，天网恢恢疏而不漏，他们的恶行终将暴露。

　　警方在广东省东莞市抓获主犯周某，在临湘本地抓获从犯冯某，又在杭州抓获同案犯佳佳和玉玉。

　　最终，周某被判死刑，立即执行，其他人分别被判处了有期徒刑。

湘警先锋

反诈尖兵

易卓奇

引 子

那是一个阳光灿烂的下午，刑警王博带着他的几个战友从长沙赶往湘潭，抓捕一名抢劫杀人的犯罪嫌疑人。

行动组刚刚获得消息，那名待捕的对象此时正在出租屋里睡觉，这是实施抓捕的极好机会，王博和队友们立即将那间出租屋包围起来。

"啪！"门被踹开。

"不许动！警察！"王博和战友们迅速冲进房间，大声喝道。

房间里有两张单人床，一张床上睡着一个人，谁是警方要抓捕的对象，最初王博和他的战友也不知道，只能逐个核实。

其实，那两个人此时谁都没有睡着，听到踢门声，靠近门口的那个人立即坐了起来，另一个则把手伸到了枕头底下。

王博第一个冲进房间，却没有抓门口那个睡眼惺忪的年轻人，他一眼看见远处的年轻人把手伸到枕头下，立即意识到了枕头底下有东西，来不及犹豫，二话没说，一个箭步冲上去，一把按住了那只伸到枕头下的手。

那只手就像一根钢筋，使劲儿往上弹，企图挣脱王博的双手。王博使劲儿压住那只手，按住，挣扎，再按住，再挣扎，眼看那只手就要从王博的手里挣脱出来，身后的战友迅速冲了过来，帮助王博按住了那只顽固的手，然后揭开了那个枕头。

一支枪！

枕头底下是一支五四式手枪，嫌疑人的右手已经触到了手枪的底座，却还没有拿到。

弹夹里有五颗子弹，子弹已经上膛，保险已经上好，只要那只手握住了那把手枪，一切将不堪设想。

此人正是警方要抓捕的抢劫杀人犯罪嫌疑人,十九岁,已经五次坐牢,典型的亡命之徒。

王博给他戴上手铐的时候,那人指着王博的鼻子说道:"你再慢一秒我就把你干掉了,我杀一个也是杀,杀两个也是杀,不在乎多一两条人命!"

好险!

就差一秒,死神擦肩而过!

这是王博离死神最近的一次。正是凭借这种敏捷和勇敢,王博才成了后来中国打击电信诈骗领域的领军人物,成为一名名副其实的反诈尖兵。

一、从看守到刑警

王博,男,汉族,80后,大学本科学历,2002年加入警队,四年看守生涯,2006年考入长沙市刑侦支队,现任长沙市公安局刑事侦查支队三大队副大队长。曾获"湖南省爱民标兵"、"湖南省深挖犯罪先进个人"、"优秀公务员"、"优秀人民警察"、"破案能手"等诸多荣誉称号,荣立个人一等功一次,二等功一次,三等功、嘉奖多次;2015年被公安部聘任为公安部特邀刑侦专家(电信诈骗犯罪侦查专家),曾多次被公安部派往境外开展跨境打击行动,在打击电信诈骗犯罪领域做出了杰出贡献。

王博成为公安部打击电信诈骗案件最年轻的特聘专家不是一蹴而就之事,有一个艰难的过程。

还在很小的时候,王博就有一个理想,长大以后当警察。在他幼小的心灵里,警察这个职业神圣而伟大,惩恶扬善,除暴安良,匡扶正义,他喜欢,也是他做梦都向往的职业。他很早很早就暗下决心,长大以后一定要当警察,而且是那种破案的警察,如同柯南道尔笔下的福尔摩斯,那是他的最爱。

王博的父母都是名牌学校的老师,几乎所有的亲戚都是知识分子,不是教授就是医生,或者是科研院所的研究员,父母从小就给他灌输的是长大之后当科学家、当医生、当老师,可王博给大人的回答一开始就特别坚定——我要当警察!崇拜警察可以,但以此作为职业就不行,父母并不赞成。可王博却是一根筋,态度十分明确,长大之后就要当警察。初中快毕业的时候他偷偷报考警校,被父母知道了,父母把他拦住了,叫他无论如何要读了高中再说。胳膊拧不过大腿,王博只好暂时放弃,继续读高中。

一晃高中要毕业了,他参加高考,成绩上了重点本科线,父母、亲朋好友都来给王博出主意,读什么学校好,读什么专业好,帮他设计未来。王博却一句也没听进去,他还是坚持那个梦想,当警察!

父母依然不同意,可王博执意如此,其他人说什么也是多余。最终,他按照自己的意愿，就读了湖南公安专科学校（即后来的湖南警察学院），学的是治安管理专业。

王博的理想是明确的，就是做个好警察，并且要做刑警。梦想可以照进现实，可梦想与现实之间常常还是有距离的，有时甚至还很遥远。王博想当警察就报考公安专科学校，毕业了就能当警察，可他要当刑警，这却不是他想当就能当的，他可以选择职业，但他不能选择岗位，不可能他想去什么岗位就能去什么岗位。大学毕业之后他被分配到了长沙市公安局监管支队，具体的工作就是看守犯罪嫌疑人。

他为此失望过、伤心过，甚至痛苦过，但冷静地想想，受了这么多年教育，尤其对于警察来说，就像军人，服从是天职。虽然看守离刑警的梦还很远，虽然他不情愿，但他是警察，是共产党员，他必须服从，于是他在看守的岗位上一干就是四年。

四年之后王博的人生终于有了转机。2006年，长沙市公安局要选调一批有意从事刑事侦查工作的民警充实刑侦队伍，这种选调有别于普通招干录警，选调的对象必须是民警，又要热爱刑侦工作，还要求法律、文化素质要高，且公开报名，公开考试。这一切好像就是冲着王博来的，给他拉开了一扇门——一扇走向刑警的门。

王博立即报了名，最终通过全市选调考试，以第一名的成绩进入刑侦支队，正式成为一名刑警，他的梦想终于得以实现。

王博调入市刑侦支队，有如鱼儿入了水。他先后从事扫黑除恶、打击侵财犯罪侦查工作，无论是扫黑除恶还是打击侵财犯罪侦查，他始终都坚持刻苦钻研业务知识，踏实认真而又有创造性地开展工作，很快成为队里的骨干、中坚。

有一起案子，王博始终没有忘记。曾经有一个特大盗窃团伙，专盗高档汽车，什么宝马、奥迪、雅阁、丰田，作案五六十起，有案件记录的就有三十多辆，当时，此案在长沙引起很大关注。经过不懈的努力，当时的三大队成功将此案侦破，抓获了二号人物、三号人物等一批犯罪嫌疑人，其中二号人物、三号人物分别被判处无期徒刑和十五年有期徒刑。然而，一号对象始终没有归案。此人号称贼王，反侦查能力极强，警方几次抓捕他都逃之夭夭。

一次，专案组经过缜密侦查，得知此人在岳阳出现。此人叫杨某典，当时正住在岳阳的杨林寨。大队领导命令王博带队前往岳阳杨林寨实施抓捕。

王博受命前往。

当时，整个大队只有一位民警见过杨某典一面，其余参战民警谁都没有见过此人。要实施抓捕，参战民警就必须熟悉此人。出发前，王博让见过杨某典的队友详细介绍了抓捕对象的特征。实际上，这有点儿像瞎子抓象，靠摸。

进村的道路是一条小路。

在一个拐角的地方，王博和队友发现前面有一辆奥迪车正朝他们开过来，速度比较快。王博的眼力很好，远远看去车里的司机很像他们要抓的对象，再说在这么一个村庄，谁有奥迪车？肯定是他，嫌疑人！

当时是王博开车，他立即把车斜停在前面，拦住了对方。

对方踩了一下刹车，却没有停下，"啪"的一声，对方的奥迪车把王博的小车撞到了一边，随即加速飞奔而去。

后面的队友发现前面有人撞车逃跑，也敏感地意识到此人就是嫌疑人，干脆把车横拦在路上，喝令对方："停车！停车！"

对方就像一个疯子，加大油门，继续撞车，"啪"！又是一声巨响，抓捕组的又一辆车被撞到一边。抓捕组的第三辆车刚好在左拐处阻拦对方，却再次被嫌疑人的奥迪撞到路边的沟里。

嫌疑人驾车飞驰而去。

战友准备再追，车子却无法启动，为了安全起见，王博只得放弃了继续追捕。

此次抓逃以失败而告终，嫌疑人从此如石沉大海，再也没有消息。

回到队里，面对队长、教导员，王博第一次哭了，一再后悔没有抓到重大犯罪嫌疑人杨某典，错过了一次极好的抓捕机会。

队长没有责怪他，还安慰他别太难过，以后还有机会，"三天不撒网，鱼在塘里长。"意思是嫌疑人迟早会被抓到的。

还能不能抓到那个盗窃团伙的首犯？

王博自己也不知道。

对于贼，人们常说，不怕贼偷，就怕贼惦记。如果贼老惦记某样东西，这样东西很可能迟早会落到贼的手中。而对于认真、执着的警察，贼也特别害怕，那是因为他们是天敌。真正的老贼也深知一个道理，不怕警察抓，就怕警察惦记。

王博是个特别认真而又执着的警察，如果他要惦记某个工作对象，那个人迟早会成为他的"猎物"。很多年之后，王博仍一直惦记着一个人，那人就是贼王杨某典，外号"罗哥"。

"罗哥"就像一根刺，始终扎在王博的心头！

王博一直"惦记"着这个罗哥，整整"惦记"了八年。突然有一天，王博得到消息，杨某典在岳阳露面了，不过，他早不叫杨某典了，改了别的名字，有了别的身份，身份完全被洗白。王博得到消息后立即向领导报告，请求重新启动抓捕杨某典行动，得到批准，该行动仍由王博牵头。

王博随即开始了深入而又细致的外围调查，把杨某典的家里及周围摸得十分透彻，一切都在悄悄进行，没有惊动任何人。

摸清情况后，王博做了一个星期的准备，制订行动方案，布置警力，随后将杨某典的住所包围起来。

王博站在杨某典的门外喊话："杨总，我是长沙市公安局刑侦队的，我姓王，你知不知道我找你来干什么？"

王博估计对方会回答找错人了，王博想，只要对方否认，三秒钟之内他就撞门冲进去。

可杨某典没有否认。

"我知道。"杨某典在屋里回答。

这很好，他没否认，王博也没立即撞门。

"我只给你一次机会，我在你门口，你把门打开！"王博说。

"好！"里面的杨某典回答。

门开了，出来的却不是杨某典，而是杨某典的老婆。

"看在孩子的分儿上，不要在家里给老杨上铐好吗？"杨某典的老婆乞求。

"可以，警察也不是不近人情，只要杨总配合。"王博说道。

"我配合，我配合。"杨某典已经走了出来，说道。

"很好，放心，在孩子面前我们什么都不说。"等杨某典出门，王博就一把搂住杨某典，像多年的老朋友一样，"亲密无间"。

对方没有任何反抗，行动比料想的还要顺利。

为了这个人，王博跟踪了八年。他身上有着一股强烈的韧劲，对于罪犯，绝不放过，直到最终将其绳之以法。

二、初试牛刀

2009年年初，王博从扫黑大队调入三大队工作。三大队的主要工作职能就是打击侵财犯罪。在此之前，各类侵财案件三大队都负责侦破，唯独没有侦破过电信诈骗案件。2008年之前，湖南公安从来没有涉足这一领域，没有正儿八经侦破过一起电信诈骗案件。

2009年农历新年过后，长沙市突然出现多起电信诈骗案件，众多受害群众报案，声称有人冒充公检法人员，以自己涉嫌洗钱等多种罪名需缴罚款，以及电话欠费等为由，对自己实施了诈骗。群众被骗金额巨大，一时间人心惶惶。

接连接到报案，引起了市局领导高度重视。其时，市局副局长欧益科刚好接手分管刑侦，电信诈骗案件就像一只烫手的芋头，丢也不能丢，办又没有经验。可群众的利益至高无上，公安机关总不能视而不见，置若罔闻，必须积极应对。欧益科副局长立即召集刑侦、网技、内保等多警种参加专题会议，专门研究如何侦办此类案件，尽一切可能遏制此类案件的蔓延。

王博当时只是队里一个侦查组的组长，有幸参加了此次会议。

会议之后，市局把侦破任务下达给了刑侦支队，支队又把此项任务交给了三大队。

"这起案子你来主办。"大队长老邹把这一光荣而又艰巨的任务交给了新来的王博。

怎么办理？

受害人就只知道有人打电话给他，说是公检法的，要他把钱转到公检法的专门账号上，结果钱转了，人跑了，什么都没留下。长沙公安机关还从来没有受理过这样的案子，王博接手这些案子的时候更是不知道这究竟是怎么回事，只知道受害人的钱被骗了，可钱被谁拿走了不知道，谁是骗子也不知道，上哪儿去找人？

可总不能眼睁睁看着受害者钱被骗了无动于衷吧？作为有着强烈责任感的警察，王博发誓要一查到底。

王博是个善于动脑筋的警察，接受任务之后就对长沙此类案件进行了认真的分析研究，很快总结出了此类案件的一些共同特征：1. 犯罪嫌疑人冒充电信、公检法等部门工作人员实施诈骗；2. 诈骗的目标以老年人为主；3. 骗子通常会利用受害者信任政府职能部门以及急于证明自己清白的心理实施诈骗；4. 通常受害人都会被骗到倾家荡产。

立即着手调查！

王博决定，先将各分县局抽调上来的侦查员分为五个小组，负责收集城区各个派出所接到的该类案件的报案材料。三天之后，一百多份报案材料放到了王博的办公桌上，王博花了一天一夜的时间仔细研究报案笔录。看完笔录之后，王博又带着他的两个外号叫"拖鞋"和"科文"的徒弟（当年刚刚大学毕业分配到三大队工作，从参加工作的第一天起这俩徒弟就跟着王博侦办电信诈骗类案子）花了一个星期的时间对重点受害人进行逐一回访，发现了此类案件的一些作案规律。

至此，专案组总算摸清了该类案件的一点点门道：

1. 受害人都是被骗子"洗脑"之后主动将自己名下的钱转入所谓的"公检法"机关工作人员的"安全账户"（这些全都是骗子从网上买来的虚假"人头"账户）。

2. 有五十来起案件中的犯罪嫌疑人使用的虚假"人头"账户的开户地在广东省。

此时，王博脑子里对于银行的业务知识还是一片空白，完全没有接触过，怎么办？学！什么事情都是这样，开始不会，沉到里面琢磨就能看出门道。王博带着自己的两个徒弟跑遍了全长沙的大小银行，得到了一个答案：受害人汇款的银行卡均为广东户头，要调取广东开户的银行卡的资料必须前去广东！

王博带着他的一个徒弟踏上了南下出差之旅。第一天晚上 10 点多上火车，第二天早上 4 点多才到广州火车站。凌晨 4 点多，两人随着南下打工的人流走出火车站，在旁边找了一家 24 小时营业的小吃店吃早餐，然后泡一壶茶坐到早上 8 点上班的时候去找当地警方协助。

在广州市公安局刑侦支队的大力协助下，王博他们在广州查了四天的账，把广州市东风中路（广东省分行大多数都在这条路上）跑了个遍，饿了就在路边的快餐店买一个"碟头饭"吃，困了就咬牙硬挺过去，全身心投入，总算功夫不负有心人，查清了被骗资金的去向。

无独有偶，就在王博查清被骗资金去向的当晚 7 点多，王博接到广州刑侦支队负责配合的刑警阿桃的电话，阿桃告诉王博，广州海珠刑侦大队刚刚破获一起案件，抓了七八个犯罪嫌疑人，这几个犯罪嫌疑人随身携带的作案银行卡中有三十多张与长沙的案件对上了号。

太好了！很可能那些人中就有长沙案子要抓的对象，王博和队友在广州同行的带领下马上赶到了海珠刑侦大队。在海珠刑侦大队的办公室里，王博第一次见到如此多的银行卡，大约有三百多张，也是第一次见到台湾籍的犯罪嫌疑人（海珠抓的人中有五六个都是台湾籍的犯罪嫌疑人）。经过依法审讯，这些人全部如实供述了自己替台湾诈骗集团来大陆提取诈骗赃款的事实。至此，长沙的五十多起电信诈骗案件相继被广州海珠警方带破，王博也第一次摸到了侦办该类案件的一些"套路"。

这是一次非常难得的办案历程，经过与广东的同行一同办理此类案件，王博学到了许多此类案件的办理经验，就像原始的财富积累一样，为他日后办理此类案件奠定了坚实的基础。他挖到了第一桶"金"，这桶"金"远非物质可比，对他来说，是任何金钱都无法换来的。

回到长沙以后，王博开始用自己刚刚学到的一些经验来侦破剩下的电信诈骗案件。由于刚刚起步，很多东西不懂也不熟练，所以整整一个半月，王博除了拿换洗衣服几乎没有回过家，每天带着他的两个徒弟白天跑银行查账和咨询，晚上分析资料制图制表，累了就睡在办公室里的一张行军床上。用徒弟们的原话说："跟着'师父'一起干活实在太累了，我们都快崩溃了。可是他是我们的师父，他自己不回去休息，我们作为新同志哪里好意思回去休息？"

一点儿不错，什么师父带什么徒弟，自古严师出高徒，王博自己吃得苦，哪个徒弟敢偷懒？

不过王博自己当时根本没有留意这些细节。很多年以后，他的徒弟回忆起这段经历的时候说:"那段日子是很难过,但是我们依然感谢师父教会我们怎样去当一名刑警!"

通过专案组全体同志的努力,王博终于发现2009年5月6日发生的一起电信诈骗案件的重要线索,他立即将情况报告专案组领导。领导通过核实线索以及商议之后决定选择这起案件重点突破,该案正式定名为"5·6"专案!

事实上,这是长沙侦破电信诈骗的第一案。

专案组兵分两路,一组由王博带队南下广东,另一组由他的徒弟带队北上武汉,根据获取的线索寻找犯罪嫌疑人。

三天后,专案取得关键性突破,为了确认真实性,王博组的一名队员"洋洋坨"从广州飞往武汉与王博的另一徒弟"猴子"会合,一块儿展开武汉的侦破工作。

十多个小时过去了,王博组通过工作发现线索指向武汉,而与此同时,"猴子"和"洋洋坨"已经在武汉发现了犯罪嫌疑人的行踪!

2009年夏天的一个下午,王博带着徒弟"科文"从东莞驱车三个多小时赶到广州白云机场,坐飞机直飞武汉。当晚9点多,中国南航的航班降落在天河国际机场,王博和队友打的直奔抓捕现场。

晚上10点45分,武汉市解放大道,两组人马会合,一共六人,加上武汉市局配合工作的两名同志,立即对嫌疑人展开跟踪,并发现其他涉案人员。

在跟踪过程中,武汉市局的同志听见此案的3号对象与同伙聊天说今天有人过生日,他们准备去KTV唱歌。

王博分析,这些人应该就在附近。一个小时前,队友跟踪嫌疑人正是在此处附近跟丢,王博跟队友短暂商量之后,决定立即分散找人,重点就是附近的KTV。

晚上11点15分,王博发现路边有一个大型KTV,一共有五层楼,大约几十个包厢。要抓的人会不会就在这个KTV里面呢?王博抱着试一试的心态进入这家KTV。这家KTV的每一个包厢都只有一个门出入,而包厢里面灯光昏暗,且门上只有一个小圆窗,从外面根本无法看清楚里面的情况。王博灵机一动,装成醉汉,这世界什么人都不可怕,唯独醉鬼可怕。王博手拿一瓶啤酒,东倒西歪,一个一个包厢排查,终于在三楼的888包厢,王博看到一张熟悉的面孔——此人正是他们要抓捕的对象,外号"秃头",王博见过此人照片,是他!

王博又装疯卖傻地离开了这间包厢,随后马上下楼通知所有人员到KTV门口集合。

三分钟后,所有人在KTV门口集合完毕,王博介绍了一下情况:包厢里面大约有十来人,男女都有。大家正在商量如何抓捕,突然侦查员"科文"说:

"人出来了!"

行动!再耽误一秒机会就会错过。

王博向队友做了一个手势,侦查员们立即分散而去,就像一帮朋友聚会完准备各自回家,其实每个人都在偷瞄刚刚从 KTV 走出来的人。

从 KTV 大门口一共走出来九个人,七男二女,"秃头"就在人群中间。王博等人好像在告别,实际在快速实施抓捕方案。九个人离王博他们越来越近,只有五步之遥。这时武汉组组长"猴子"低声说了一句:"动手!"抓捕组的七个男侦查员一齐扑了上去,直接一对一单挑七名男性犯罪嫌疑人。三秒钟之内,七名男性犯罪嫌疑人被扑倒在地。

"不许动!警察!"

抓捕人员边给犯罪嫌疑人上铐,边出示警官证表明身份。

队友"梅子"一个人控制两名女性犯罪嫌疑人,并口头警告她们:"不许动!"

王博和"猴子"给各自负责的犯罪嫌疑人上好手铐之后,又协助"梅子"给两名女性犯罪嫌疑人戴上手铐。

抓捕成功!

凌晨1点,抓捕组押解九名犯罪嫌疑人到了武汉市公安局刑侦局的执法办案区。由于武汉市局的同志第二天有其他任务,无法继续配合工作,所以长沙"5·6"专案组的六名同志一通晚依法完成了对九名涉案对象的看守和审讯,中间还分两次押解对象出去开展了搜查。

第二天下午,当前来增援的长沙同事赶到武汉,出现在武汉市局刑侦局执法办案区的时候,"5·6"专案抓捕组的所有人都像见到了久别的亲人!

"5·6"特大跨境电信诈骗专案至此成功告破,该案一共抓获"车手"(专门替台湾地区诈骗集团提取赃款的人员)九名,依法收缴作案银行卡一百余张,依法扣押赃款十余万元,侦破湖南、福建、宁夏的电信诈骗案件二十一起。该案的"车手组"几乎被一网打尽,只有一名2号对象在逃。

"5·6"特大跨境电信诈骗专案是三大队打击电信诈骗的开山之作,从此,三大队和王博就走上了打击电信诈骗之路……

然而,长沙"5·6"特大跨境电信诈骗案件中有一名主要犯罪嫌疑人一直未能归案,此人即本案2号对象,外号"昊子"。

"昊子"姓甚名谁?躲藏在哪儿?

王博一直在关注此人,这个人不到案,铁血三大队的"开山之作"总显得美中不足。再说这类案子只要留一个人,以后就有可能会死灰复燃,又会拉起旗杆坑害他人,这就如同医生给癌症病人做手术没有做到位,留下一块毒瘤,其有可能还会发作。一向办事认真的王博怎么也不会放过这个人。

一定要抓到他！

王博和队友历尽艰辛，花了六天时间，兵分两路，赴广西、湖北等地开展调查取证工作，获取了重要的证据，补充、完善了一系列案卷材料，为依法惩处嫌疑人提供了充分的证据材料。

与此同时，追逃组传来了一个振奋人心的好消息，已经明确了2号对象"昊子"的真实身份，并已依法办理网上追逃。原来，"昊子"在"阿郎"的指挥下替台湾地区电信诈骗集团取款的过程中，突然心生歪念，搞了一个"黑吃黑"，在武汉取了十六万元（赃款）后直接跑了。

寻找"昊子"。警方要寻找此人，台湾地区的犯罪集团也在寻找此人。一个在明，一个在暗。

警方发布网上追逃，向全国同行发出协查通报，发现此人立即拘捕。

后来的几个月时间里，专案组边办理该案的结案工作，边派人开展对2号对象"昊子"的追逃工作，可是"昊子"就像人间蒸发了，始终不见踪影。

"昊子"会去哪里？

2010年1月底的一天上午，冬天的长沙已经很冷了，岁暮年初，人们都在忙着过年前的准备，王博和他的队友却还沉在案子里面。他带着队友"拖鞋"在湖南省建设银行分理处的大厅找他银行业务的启蒙老师学习银行业务，因为"5·6"专案的侦破使得王博意识到必须补学这方面的专业知识。

正在学习银行业务的时候，王博的手机突然响了，电话的那一头传来一口东北话："你是长沙市公安局刑侦支队的吗？我是开原市刑侦大队的老杜，你们有一个逃犯'昊子'被我们抓获了，请你们马上派人来我们这儿办理移交接逃的手续吧！"

"昊子"被抓了？

振奋人心！

2010年2月（农历除夕的前九天），王博等人押解"5·6"特大跨境电信诈骗专案中的最后一名犯罪嫌疑人"昊子"终于回到长沙。当来接站的同事把嫌疑人押解上警车的时候，王博终于松了一口气，此案总算可以结案了，终于可以对那些受害的群众有个交代了。

上帝为王博打开了另一扇门，一扇专门办理电信诈骗案件的大门，从此一发而不可收。从2009年开始，王博主攻电信诈骗犯罪侦查，属于中国第一批反电信诈骗专家。怀着对刑侦事业的执着和热情，王博潜心学习，认真研究网络电信诈骗犯罪新规律和新特点，刻苦钻研通信技术和金融、网络知识，坚持边干边学，在打击网络电信诈骗犯罪领域有了独到的见解。经过不断学习探索各种网上作战技法，运用信息导侦理念，他摸索出了一套侦破该类案件的网上作战经验，有效运用信号追溯、账号关联、信息碰撞、串并侦查、境外协作等技战法，并在实践中不断总结和更新，先后在侦破一大批高科技高智能跨境特大电信诈骗案件中立下了汗马功劳。

三、远征

由于王博在打击电信诈骗犯罪领域屡建奇功，2015年，王博被公安部聘任为特邀刑侦专家（电信诈骗犯罪侦查专家）。自那之后，王博在这一领域走得更远，影响也更大了。

当初，公安部在全国一共聘请了五位打击电信诈骗犯罪特邀刑侦专家，后来又聘请了三位，直至今日，这样的特邀刑侦专家全国总共只有八位。既然是全国的特聘专家，就不可能只在专家本人所在的单位办案、工作，而是随时有可能参与全国的电信诈骗案件的侦破。从这个时候起，王博的工作就分为两大块：一是在长沙，在湖南侦办电信诈骗案件；二是参加全国重特大电信诈骗案件的侦破。

特邀刑侦专家参与侦破，有时需要直接参战，冲锋在前，而更多的时候，则是给整个案件侦破提供技术上的支撑。

电信诈骗特殊，特殊在其诈骗手段的科技含量高。从来没有一类侦查像侦查电信诈骗犯罪那样对侦查员的知识结构有那么高的要求，不仅要有法律知识，更要具备现代电信服务、网络传输、银行资金流转等多方面综合知识。要想抓到狐狸，猎人就要比狐狸更"狡猾"。

一般情况下，电信方面的专业人员研究他们的业务是再正常不过的，他们是通过合法的路径和方法，来不断提供高效的通信、网络服务。而电信诈骗团伙则不同，他们满脑子想的是如何借助现代通信手段钻空子，用的是"歪路子"，打的是"擦边球"，千方百计损害他人的利益，通过非法的手段让别人主动把钱掏出来。

这样的案子如何侦破？由于以前没有先例，没有现成的做法，法律也没有特别的规定，对绝大多数警察来说这是一个新课题，也是一块空白，这需要侦查员自己用学到的法律、通信、网络、银行等方面的知识，去研究、去探索、去寻找破案的途径和办法。没有在这里面多年的摸爬滚打、没有丰富的综合知识、没有锲而不舍的钻研精神，要想成功破案实在太难，很可能连门都找不到。

王博却成了这方面的佼佼者。

王博因此常常被公安部点名前往外地侦破此类案件。

2015年9月，公安部刑侦局获悉：在印尼境内发现数个向中国境内实施电信诈骗的窝点。为摧毁跨国电信诈骗团伙设在境外的诈骗平台，公安部决定采取统一行动，彻底摧毁在印尼的电信诈骗犯罪团伙。

根据公安部刑侦局的安排，王博前往上海协助上海警方侦破此案。

这一次王博的参与完全是"躲"在后台，作为本案的技术支撑。

"欢迎你加入，你的参与会使我们的侦破工作如虎添翼。"时任上海市公安局刑侦总队二支队副支队长的韦健紧紧握着王博的手说。实际上，韦健也是公安部聘任的打击电信诈骗犯罪的特邀专家，是王博的真正同行，但因为韦健是本案的主办侦查员，即将前去印尼办案，后台的技术工作就落到了王博的身上。

"其实有你在我没必要再来，咱们都是部里的特聘专家，有你足矣。"王博说的是实在话，韦健在全国打击电信诈骗犯罪领域也是非常有名的专家。

"话可不能这么说，你我分工不同，明天我就去印尼，技术方面的事情全拜托你了。"韦健如此说道。

不错，他们彼此分工不同，而即使是他们这样被公安部聘为打击电信诈骗犯罪的特邀专家，在与形形色色的电信诈骗犯罪嫌疑人打交道的过程中，也依然认为自己是"新人"。有句谚语，叫"蒸酒打豆腐，称不得老师傅"，每一次行动都是一个新的开始，因为电信诈骗类型翻新周期很短，且还在不断缩短。为了逃避打击，骗子们会利用最新的通信技术和网络技术，不断变换犯罪伎俩。最早是发短信，后来是邮寄刮奖卡，再后来是特服电话、网络电话，作案手段不断在升级。猎物在升级，如果猎人不升级，你就抓不到猎物。"与电信诈骗较量的过程，其实就是一个学习和摸索的过程。打击防范电信诈骗，既要向好人学习，也要向坏人学习。"韦健曾经这么概括。

事实正是如此。

其实，王博最初的想法很简单，就是把那些诈骗湖南人的骗子抓回来，这中间带着一种朴素的情感，希望帮本省的受害人出一口气，虽然很难帮他们挽回全部经济损失，但要是能把那些诈骗犯抓到也是对父老乡亲的一个交代。而随着电信诈骗案件不断增加，他又有了新的想法，或者说是他的一个梦想，就是把境外的电信诈骗犯都抓回来。在此之前，王博还没有亲自走出国门去抓捕过犯罪嫌疑人，而他的战友韦健此次带队前往印尼抓捕那些犯罪嫌疑人，王博觉得那就是带着他的一个梦去远征。无论如何，他将全力以赴帮助战友远征，也好完成他自己的那个梦想。

现在想来，那个梦想多少有些幼稚，但却很纯真。事实上，他们这些从事打击电信诈骗的侦破专家，走出国门就是代表中国警察，代表国家，他们要完成的任务光荣而又艰巨。

在这次行动之前，上海警方早跟印尼方面有过合作。早在五年前，上海警方曾向菲律宾、印尼、柬埔寨等国家提出合作打击电信诈骗，那时，那些国家甚至不知道什么是电信诈骗，而现在他们已经开始独立主动地发现线索破案。这本身就是一种巨大的进步。

上海警方通过梳理当年7月以来接报的、由印尼发起主叫的45000余条电话数据，发现了453名疑似电信诈骗被害人，经过逐一走访，从中发现13条指向印尼具体方位的线索。这其中，冒充"尚品网"客服实施电信诈骗的案件颇具代表性。这一年7月，上海警方先后接报多起案件，电信诈骗团伙通过非法手段获取电商"尚品网"的客户资料后，由"一线话务员"冒充客服工作人员，利用网络电话从境外拨打客户电话，谎称被害人"尚品网"账户被误设成批发商账户，需要每月扣费500元，然后告知银行卡客服会联系被害人取消扣款，之后"二线话务员"则通过改号软件拨打显示号码为"02195555"的上海招商银行客服电话，指导被害人通过手机银行进行操作，名为"取消扣款"，实为转账汇款，给市民造成巨大损失。

上海警方工作组抵达印尼后，在印尼警方的协助下，通过一个多星期的调查工作，很快在泗水、井里汶等城市锁定了多个犯罪团伙窝点。

10月8日，根据公安部统一部署，在我国驻印尼使馆的协调下，上海警方与北京、广东、台湾等地警方联手，通过与印尼警方的执法合作，开展了"清扫行动"。

印度尼西亚东爪哇省省会泗水市的一幢豪华别墅里，数十张上下铺突兀地摆满了上下四层楼的各个角落，与整幢建筑风格相比显得不伦不类。床上的男男女女们已经陷入沉睡。直到被警方的脚步声惊醒，许多人还没意识到发生了什么。

清一色的别墅，随处乱放的行李和铺盖，课桌大小的台子上摆放着申话和伪装键盘，话术单和"客户"资料乱糟糟地撒落在地上。几乎同样的一幕幕，不断发生在印尼的多个城市：井里汶、巴厘……很快，这些城市的警察局被电信诈骗团伙成员塞满，当地的媒体闻讯后纷纷赶到现场，争相报道这一大规模的联合抓捕行动。

警方行动的前一天，已有预感的台湾人阿伟在微信里向朋友慨叹"飓风要来了"。十个小时后，他即被上海警方抓获。尽管他告诉朋友"天气不好"，准备"停几天"，转移到宾馆避避风头，但上海刑警很快就找到了他。他的手机再次接到朋友的微信时，已经无人应答。阿伟口中的"飓风"，正是此次印尼与上海等多地警方联合发起的"清扫行动"。

这一次，上海警方的行动模式有了很大的变化。以往，通常用案发或立案时间作为专案的编号，一般从个案开展侦查，完全是一种被动的应对模式。此次上海警方在印尼的"清扫行动"，没有时间标注指向具体的案件，变过去的被动应对为主动出击，这种工作模式其实更符合电信诈骗这种高发性侵财类案件的侦查需求。而之所以能做到这一点，幕后的技术支撑尤为重要，警方通过技术手段对既有线索进行梳理，结合境外警方的线索反馈，主动出击，对电信诈骗团伙分工中与涉案嫌疑人最直接联系的"电话组"窝点实施定点精确打击，摧毁诈骗团伙的境外工作平台，减少他们继续为祸的可能性。

无疑，王博的技术支撑是整个侦破工作不可或缺的重要组成部分。

每每公安部直接下达指令后，王博就会像这样沉在幕后。有一次，连续七个月，因为电信诈骗窝点在异国，有时差，王博每天晚上两点起来工作，工作到上午八九点，睡上几小时，下午又起来工作，过的是黑白颠倒的日子。虽然辛苦，虽然艰难，可这一切都是为了破案，为了打击电信诈骗犯罪，他乐意，无怨无悔。

这一次还好，印尼与中国的时差不是太大，基本不用颠倒黑白，他一直在后方支撑着，为了远方的战斗……

在公安部的统一指挥下，上海与北京、广东等地警方联手，在印度尼西亚先后摧毁多个电信诈骗窝点，抓获犯罪嫌疑人200多名。

11月10日上午，47名电信诈骗犯罪嫌疑人在上海和印尼警方的共同押解下抵达浦东国际机场。也就在这一天上午，中国警方多地行动，打击电信诈骗行动取得重大突破，包括上海这一架飞机在内，四架从印度尼西亚雅加达、柬埔寨金边起飞的中国民航包机分别在北京首都、上海浦东、杭州萧山和广州白云机场相继降落。至此，为期半年的全国打击治理电信网络新型违法犯罪专项行动首战告捷，涉及内地20多个省区市以及香港的4000余起跨国跨境电信诈骗案成功告破。

针对日益猖獗的电信诈骗，2016年6月，国务院批准建立了由公安部、工信部、中国人民银行等23个部门和单位组成的打击治理电信网络新型违法犯罪工作联席会议制度，有关专项行动也随即展开。

中国政法机关步步为营、节节推进，积极回应百姓关切，为全面推进依法治国按下"快进键"。公安部作为打击电信诈骗犯罪的主力军，这一年将打击电信网络诈骗团伙列为重中之重，制定出台了"一律立为刑事案件、一律录入侦办平台、一律确定犯罪窝点所在地、一律制作案件卷宗"的受理案件规范，建立了"统一组织指挥、快速接警止付、集中研判串并、统一抓捕起诉"的侦办电信网络诈骗案件新机制，以新打法提升打击能力和水平。

全国各地公安机关全力以赴展开打击电信诈骗犯罪行动，警方接连发起"飓风"跨区域打击收网战役，成功侦破一批"飓风行动"专案，抓获大批犯罪嫌疑人，端掉一批犯罪窝点，查冻涉案资金数亿元，取得节节胜利。

2016年8月26日，王博接到公安部命令，叫他立即赶往亚美尼亚协助广东省公安厅侦办一起特大电信诈骗案件。在此之前，广东警方还没有独立侦办过跨境电信诈骗案件，从业务的角度来说此领域还是一块空白，一张白纸，迫切需要这方面的专家指导。

前往境外处理这批犯罪嫌疑人，不是简单地把犯罪嫌疑人带回国内了事，最重要的是要锁定这些人实施电信诈骗的犯罪证据，查清基本犯罪事实，寻找一切能寻找的人证、物证，凡涉及在境外的一切案件元素都必须逐一核实，而这些有关业务方面的工作，全都得由王博具体指导。别人出国，总得到当地名胜古迹逛逛，可王博和广东警方的战友谁都没有这个闲暇，等待他们的是这一百多人在境外实施犯罪的案件侦查。

经查，该团伙在亚美尼亚设立多个诈骗窝点，自当年6月中旬开始，向我国广东、辽宁、河北、河南、青海、山东、吉林、陕西、浙江、福建、湖北、江苏、江西13省居民拨打电话，冒充大陆公检法机关大肆实施诈骗。经初步审查，这些犯罪嫌疑人被查获前分批进入设在亚美尼亚的六个诈骗窝点并开始作案，诈骗团伙的核心成员都是台湾人，团伙成员分为一、二、三线。一线多为大陆人，冒充医保局、通信公司客服、公检法机关等人员；二线既有台湾人也有大陆人，冒充北京、上海等地公安机关人员；三线基本都是台湾人，冒充检察官或者公证处人员。诈骗团伙会经常更新"剧本"，以受害人账户涉嫌犯罪或身份信息被盗用等为由，让其将资金打入指定账户进行核查监管，之后诈骗分子就会快速将账户里面的钱转到多个二、三级账户上，由专门的取款组取现。初步核实中国十多个省发生的冒充公检法类电信诈骗案件有数十宗，涉案金额达数百万元，其中涉及广东省的案件最多（二十宗，其中广州市十宗，部分案件已查明的涉案赃款均流向台湾）。由于受害人是大陆民众，且此案是团伙作案，为便于整案侦办、追缴赃款，依法惩处犯罪，切实维护受害人合法权益，129名犯罪嫌疑人全部带回中国大陆依法处理。公安部指派广东省公安厅组织广州市公安机关侦办该案。

一连四天，王博和广东战友夜以继日展开各项相关工作，经过不懈努力，通过我国驻亚美尼亚大使馆与当地执法部门沟通协调，克服了两国法律不同、语言障碍、水土不服等工作和生活困难，逐一落实了证据转换、人员移交和遣返押解等细节，顺利接收了亚美尼亚移交的物证18箱（其中涉案电子设备369件），展现了中国警察的良好形象和专业素养。

9月2日，在公安部指挥协调下，广东省公安厅组织广州市公安机关出动300名警力，乘坐两架南方航空公司的民航包机，将129名电信诈骗嫌疑人（其中大陆籍51名、台湾籍78名）从亚美尼亚带回广州。至此，涉及全国十多个省区市的"飓风20"号跨境电信网络诈骗案成功告破，这也是我国从国外带回台湾籍电信网络诈骗犯罪嫌疑人人数最多的案件。

接回 129 名电信诈骗犯罪嫌疑人还只是整个侦查工作的一个部分，要把这些对象绳之以法还有相当一段距离，况且，此案的台湾籍犯罪嫌疑人还不会接受大陆司法处理，最终将交由台湾警方带回台湾。考虑到广州警方办理此类案件没有经验，这是第一次把境外电信诈骗犯罪嫌疑人押回本地审查，公安部刑侦局领导命令王博继续留在广州，协助广州警方侦办此案。

想当年，王博第一次接触电信诈骗案件还是跑来广东学习的，广东的同行是他侦办此类案件的第一位老师，没想到，几年之后，王博已经成为这方面的专家、佼佼者，反过来受公安部委派，来指导广东的同行办案，真可谓青出于蓝而胜于蓝，足见这些年王博在这方面的认真钻研。

就这样，王博又留下来了，协助广州警方侦办这一特大电信诈骗案件，结果一待就是三个星期。

广州这边案件虽未结案，但需要王博指导的工作已近尾声，王博准备请假回长沙一趟，因为他的父亲中风住院了，他必须得回去看看。可还没动身，王博突然接到公安部电话，命令他立即赶往山东临沂，那里有个叫徐玉玉的女大学生被电信诈骗犯罪嫌疑人骗走了九千多块钱学费，一气之下心脏停止了跳动……

惨案！

摆在王博面前的两件事让他难以抉择，一件是回长沙去看父亲，作为儿子，他责无旁贷，必须回去。可山东临沂的徐玉玉被骗惨死的案子他怎么也不能置之不理，从新闻里已经看到了，犯罪嫌疑人竟然对大学生下手，刚考上大学的徐玉玉因为诈骗犯夺走了她的血汗钱最终把命都丢了，案情十万火急。如果是别的案子，王博可以推诿，他有足够的理由，父亲病重，可侦办电信诈骗案件是他的强项，在公安部挂得上号的也就那么几个专家，他不能躲避，也无法躲避。

他赶紧跟家里联系，在电话的那一头，父亲神志还清楚，一再要他服从命令，立即赶往山东："我不要紧，再说你回来也起不了多大作用，你又不是医生，赶紧去执行任务吧，我没事！"老父亲说得虽然很轻松，但王博多少还是能感觉到父亲的身体远不如前。既然爹都这么说了，他就不再坚持，只能在电话里将父亲住院治病的一应事宜做好安排。随后，他立即飞往山东济南，再从济南乘车赶往临沂，一刻都未耽搁。

王博和其他公安部专家赶往山东临沂参与此案的侦破，远远不止是指导、协助当地警方寻找、追捕犯罪嫌疑人，更重要的是指导当地警方如何侦办此案。对于这类专业性极强的电信诈骗案件，当地警方还未曾侦办过，非常需要这方面的行家指点迷津，王博和其他几位公安部特聘专家的到来有如雪中送炭。尤其此案，社会影响很大，而犯罪嫌疑人在被抓获前已经将所有犯罪证据全部销毁，这对以后进一步审理此案十分不利。抓获全部犯罪嫌疑人之后，专案组的侦查员为了找到犯罪嫌疑人丢弃的作案工具,甚至萌发了在九江的上游截流的想法,但这种设想实在代价太大,而且不一定百分之百能找到犯罪嫌疑人丢弃的作案工具,最终专案组只好放弃了这一想法。那么怎么锁定证据?怎么将犯罪嫌疑人绳之以法?这成了当时专案组面临的一大难题。

王博和其他公安部专家积极想办法,充分发挥专业方面的特长,克服重重困难,在锁定证据、形成完整证据链方面解决了一个又一个疑难问题,为最终成功侦办此案做出了重要贡献。

2018年2月1日,最高人民法院举办的"2017年推动法治进程十大案件"评选活动揭晓,"徐玉玉案"入选其中。

四、开天辟地第一回

"您的快递未查收……"

"您的个人信息已泄露,如需报案,请按××键……"

"您涉嫌经济犯罪,需提供财产明细,请按××键转接检察院……"

正是采用这种"语音包"群发、自动转接等方式,北京、江苏、山东等地的185名居民在2014年至2016年之间被身处印度尼西亚、肯尼亚的电信诈骗团伙先后诈骗2900余万元。

2014年11月29日,肯尼亚首都内罗毕的一栋别墅突发火灾,内罗毕当地居民报警。警察赶到救助时发现,别墅内住着很多中国人,并且房间内有大量的电话、语音网关、电脑等物品,怀疑这是一个电信诈骗"窝点"。随后,肯尼亚警方将该窝点中的36名犯罪嫌疑人全部抓获(其中23人为中国台湾籍、13人为大陆籍)。肯尼亚警方以涉嫌触犯该国"非法架设电信设备罪"对这些犯罪嫌疑人定罪。因其别墅门牌号是"46号",故称其为"46号窝点"。为了依法打击跨境电信诈骗犯罪,保护公民合法权益,我国外交部和公安部与肯尼亚方面多方交涉,2016年4月5日,肯尼亚警方终于同意,对"46号窝点"的36名犯罪嫌疑人进行遣返。

颇具戏剧性的是,2016年4月8日,36名犯罪嫌疑人被遣返回国前,在机场的一个可疑举动引起肯尼亚警方的注意。肯尼亚警方发现,当天犯罪嫌疑人要求上厕所的人数多、频次高,很反常,警务人员立即进行紧急搜查,结果在看押犯罪嫌疑人的机场停留区的厕所马桶内查获了一部手机。从该手机中,肯尼亚警方发现了十几个中国台湾、大陆地区的电话号码,以及多条可疑短信。据此,4月8日当天,肯尼亚警方又发现了另一个跨境电信诈骗窝点——"201号窝点"(别墅门牌号为201),将22名中国台湾籍犯罪嫌疑人、19名中国大陆籍犯罪嫌疑人抓获。经中方与肯方协调,肯尼亚警方将"201号窝点"和"46号窝点"

的77名犯罪嫌疑人、所有物证均交由中国大陆警方一同遣返回国。

2016年4月13日，经公安部指定负责侦查此案的北京市公安局海淀分局，将77名犯罪嫌疑人押解回京。

这一次与以前任何一次不同的是，45名台湾籍犯罪嫌疑人没有交由台湾警方处理，而是在大陆接受审判，这是中国司法史上的第一次，可谓开天辟地第一回，此案被称为北京"4·13"案，有着划时代意义。

4月14日上午，也就是境外电信诈骗犯罪嫌疑人被押解回国的第二天，正在办案的侦查员王博接到了一个电话，电话的那一头是时任公安部刑侦局副局长陈小坤。一个公安部刑侦局的副局长直接给一个市公安局刑侦支队的中队长打电话，这不多见，只能说明，这个基层民警在公安部相关部门的领导心中有着特殊的位置。陈副局长是全国打击电信诈骗案件的领头人，在这方面积累了丰富的经验，是公安部打击电信诈骗犯罪案件的权威，他最清楚，在全国公安系统，谁在打击电信诈骗犯罪领域最有发言权，最能把案件办好办扎实，王博是他选中的干将之一。

"王博，立即来北京，有案子要办，具体什么案子来了就知道了！"陈小坤副局长在电话里没有多说别的，只要求王博立即赶往北京办案，办什么案子没说，怎么办更没说。

王博接到电话就跟支队领导做了汇报，随即启程赶往北京。

对于此案的审理，公安部高度重视，为确保案件侦办万无一失，公安部将包括王博在内的全国五个特聘专家全部调来北京，协助北京市公安局刑侦总队侦办此案。五个部聘专家同上一个案子，这是第一次，也是迄今为止唯一的一次。王博等人火速赶来北京，公安部领导只提出一个要求：必须将此案办成铁案！

不错，所有参与办案的人都知道侦办这起案件的意义，这是中华人民共和国历史上第一次把台湾籍犯罪嫌疑人从境外押解回大陆审判，侦办此案必须万无一失。为了开庭的时候万无一失，事前务必把一切工作做到位，无论是法律的层面还是技术的层面，都不能留下半点儿瑕疵，这也是公安部刑侦局的领导对几位专家提出的具体要求。

铁案！不留半点儿瑕疵！

一接手此案，王博和他的新战友就倍感肩上的担子光荣而又艰巨。中国的司法实践必须要迈出这一步，即对台湾籍犯罪嫌疑人的审理。在电信诈骗犯罪中台湾籍犯罪嫌疑人占了相当比例，而且猖獗势头与日俱增。近年来，每一年的电信诈骗涉案金额达上百亿人民币，大陆民众深受其害，苦不堪言，有的甚至被骗致倾家荡产走上绝路：吉林一名女士，丈夫去世后其抚恤金全部被骗走，该女士最终跳楼身亡；还有一名熊姓菜农因为一生的积蓄都被骗子骗走，最终在银行门口自杀身亡……

血淋淋的电信诈骗案件，再也不能任其猖獗下去了，要斩掉这颗毒瘤，在大陆审判台湾籍犯罪嫌疑人不仅是现实的需要，也将是历史的必然。

这是开天辟地第一回，只能成功，不能失败！

接下来的一个多月里，王博和其他几位专家日夜坚守在海淀区公安分局（该案最终由北京市公安局海淀分局负责办理），调查，取证，审讯犯罪嫌疑人，各项工作有条不紊地展开。

审讯一号对象，王博有幸参与。多年的刑侦工作让他有了丰富的积淀，审讯又是他的强项之一，经过一番唇枪舌剑，王博和他的新队友成功拿下一号对象，审讯成功，获取了重要证据，并形成完整证据链。随后，王博和专家们还要负责培训办案民警，不仅是公安机关的民警，还包括检察院的检察官，毕竟，这不是一般案件，对专业技术要求很高，不是谁想上案就能上案的，也不是谁想办好此类案子就能办好的，想法和结果中间还有一道很深的技术门槛，没有扎实的专业知识办案连门道都摸不到，不培训就弄不懂业务。在那一个多月的时间里，王博和其他几位专家就像不停转动的陀螺，日夜无休。

"4·13"跨境电信诈骗案的电子证据是整个证据链中十分重要的组成部分，而固定电子证据的难点就在于证明电子证据的"无污染性"，即原始的、真实的证据属性。王博和他的新战友在这方面做出了开创性的工作。在甄别电子证据的过程中，侦查员们在对从"201窝点"查获的电脑数据恢复中发现了一些特殊的"返乡订票记录单"，这是一些非常有价值的线索。经过侦查员进一步追踪侦查，很快发现了该案犯罪嫌疑人"印尼行骗"的蛛丝马迹。原来，"201号窝点"的负责人及其部分成员，在去肯尼亚之前，曾经在印度尼西亚从事过两次电信诈骗活动，一次是夏天，一次是冬天，涉案金额高达2300余万元。

正是这一发现，使11名曾经在印尼参与电信诈骗，而后返回大陆未参加肯尼亚诈骗的犯罪嫌疑人，被公安机关锁定，经北京警方发布通缉令，这11名犯罪嫌疑人陆续被缉捕归案。

如何确定被害人，成为摆在侦查员面前的重大课题。毕竟诈骗集团每天发出的语音包是海量的，如何在众多报案者中找到本案的被害人？在专家指导下，侦查员重点从三处入手，寻找被害人：一是利用从窝点扣押的语音网系中提取的"通话记录"，确认嫌疑人和被害人之间曾经是否有过通话；二是从犯罪组织内部 Skype 软件聊天记录中寻找被害人的名字、身份证号码、拟打款等信息，从而确认被害人；三是从转账凭证入手，从被害人的转账凭证等证据中寻找其向窝点指定账户打款的记录，如时间吻合，即可确认该被害人与犯罪组织之间的关联性和同一性。

该团伙作案三部曲为：

第一步由"窝点"中专门的电脑手每天通过互联网向我国大陆地区居民群发语音包。来电号码可以随时变换，大陆居民会收到固定语音来电："您有快递未查收……"或者"您的医保信息出现错误……"等，如果接电话的人想进一步获悉具体信息，语音电话会引导接听者按"某数字键"，一旦按下，"一线"接听人员会和接听者聊天，"收件人是您的名字……您的电话是不是……""一线"会通过各种"核对"，套取被害人的个人信息。第二步，"一线"如成功加深被害人的疑惑，便会进一步诱骗被害人，"您的个人信息已泄露，如需报案，请按×键转公安机关。"而后冒充民警的"二线"接听登场。这些人一般诈骗经验丰富，会向被害人传递信息："您的个人账户涉嫌犯罪，需进一步核查，请将您名下资金都转账到司法机关专门账户，我们进一步审查。"至此，一些被害人可能会打款，诈骗只走到第二步即已得手。如果被害人还有疑惑，第三步开始，"二线"接听会诱导被害人找检察机关，"按#键，电话将转接到某某检察院"，于是，"三线"登场。"三线"往往是"窝点"中诈骗"业务"更熟练、语言表达能力更强的人，一部分受害者往往是被第三步击倒，成为诈骗犯的"囊中之物"，最终大脑完全失控，被诈骗犯牵着鼻子走，"鬼使神差"把资金打进了诈骗犯指定的账号里……

王博等专家和海淀公安分局全体同人，历尽艰辛，最终确认了被害人，获取了大量人证物证，使整个证据形成完整链条，侦查完满终结，成功移送检察机关。此案，被诈骗金额2900余万元，被害对象185人。

2017年12月21日，北京市第二中级人民法院开庭审理此案，45名台湾籍电信诈骗犯罪嫌疑人成为被告，首次接受大陆法庭审理。经过控辩双方的激烈辩论，法庭最终判决这些电信诈骗犯罪嫌疑人十五年到一年零九个月不等的有期徒刑……

主犯林某德，台湾电信诈骗惯犯，被判十五年有期徒刑，其前科累累，且累抓累犯。早在2005年，他就在台湾地区从事诈骗活动，用传统的诈骗方式行骗，结果被台湾警方抓获，判刑三个月。出狱后他重操旧业，采用2.0版诈骗模式，在台中市建了机房，假冒大陆法院工作人员，专门诈骗大陆民众，频频得手，后再次被抓，结果只被判了六个月的徒刑，缴了罚金，不用坐牢。随后其继续行骗，且行骗模式再度升级，先后在大陆、台湾等地招兵买马，培训行骗人员，撰写行骗剧本，为了逃避打击，远赴非洲肯尼亚行骗，坑害的对象全为大陆民众，最终再次被抓。这一次他没有像以前那么幸运，他和他的同伙没有被押回台湾，肯尼亚方面坚决拒绝了台湾方面的无理要求，将所有犯罪嫌疑人全部交由中国大陆公安机关处理。林某德终于受到法律的严厉制裁，被判处十五年有期徒刑，这是林某德做梦都没想到的。

不仅林某德没有想到，本案所有台湾籍犯罪嫌疑人都没有想到。犯罪嫌疑人许某某表示："如果早知道会到大陆来审判的话我一定不敢做，因为在大陆的刑期最长会判无期徒刑，台湾的家属来看都很麻烦，那我一辈子就毁了……"

这一次的审判非常成功，不仅大陆民众拍手称快，台湾民众也非常拥护。针对台湾籍犯罪嫌疑人在大陆审判，台湾有关方面曾经搞过一次民众投票，结果投赞成票的是不赞成的十倍，很显然，台湾广大民众是支持这一做法的。

这种支持是有其深厚的背景或者原因的。

在此之前，台湾籍电信诈骗人员无论在哪个国家作案，且无论什么时候作案，一旦被当地警方查获，最终都会被遣送回台湾，由台湾警方处理。台湾警方怎么处理？他们在侦办此类案件时常常会以找不到受害人为由，对那些被遣送回来的诈骗犯从轻发落，或者干脆释放，在他们看来，这些案件的受害人都是大陆民众，他们要查清全部案件的来龙去脉，除非把大陆的受害人邀请到台湾去，而这是不可能的，侦办也就不了了之。另外，由于台湾电信诈骗犯罪的刑期短，主犯往往只有一两年有期徒刑，共犯六个月以下徒刑，这样，即使被处罚也是轻描淡写。2016年4月，马来西亚遣送320多名台湾籍电信诈骗犯罪嫌疑人回台湾，这些人一到台湾桃园机场，当地警方就以证据不足将他们全部释放。这些嫌疑人当晚就在街头举杯相庆，彻夜狂欢，从而引发岛内民众一片哗然，有法律人士指出，这再一次证明台湾是诈骗犯的天堂。

北京"4·13"案件的成功审判，将会使台湾籍的诈骗犯再也无法得到台湾岛内的庇护，对未来处理此类案件将起到很强的模范作用、引导作用，可谓一个标杆，大陆司法实践从此揭开新的一页……

五、铁血工作室

王博是反诈战线的尖兵，一直战斗在打击电信诈骗犯罪的最前线。然而，他不是一个人在战斗，他的身后有一个非常优秀的团队，这就是他常说的"铁血三大队"。而在"铁血三大队"中，又有一支"尖刀队"，专攻新型犯罪案件，这支"尖刀队"被王博称为"博派"，正式名称为公安部刑侦局推介的王博"铁血工作室"。

"铁血工作室"以王博为核心，队员有：刘珺锜，他在设计和美工方面造诣很深，但这绝不影响他成为一名优秀的前沿犯罪研究专家，虽然年轻，却出奇的沉稳和安静，最重要的是"有求必应"，且他的回应总能让你"超乎想象"；刘伟健，明明可以靠颜值，但是偏偏要凭实力，据说，为了打磨他，王博也是煞费苦心，当然，功夫不负有心人，伟健快速成长为一名案件研判的"江湖高手"；莫凡，入室最晚，但肯钻，善于还原犯罪现场，跟他交流非常轻松，他总能抽丝剥茧，把别人上当受骗的过程还原得清清楚楚，颇有心理学专家的风范，还能在反电诈中心的抖音视频里客串一把"反面人物"；翟安，常年混迹在男人堆里的女人，练就了强大的内心，用王博的话说，还是不能免俗地具备了所有"堂客们"身上的必备特质，但工作起来井井有条，会较真，不含糊。

"铁血工作室"的第一项使命——对重大案件、疑难案件的研判支撑，第二项使命——网络黑灰产业溯源打击工作，第三项使命——电信网络诈骗的及时预警和劝阻，第四项使命——电信网络新型违法犯罪前沿技术研究。

2020年5月以来，不少办了ETC的车主收到类似这样一条短信："您的ETC认证已失效，请点击该网址进行激活……"这是一种新类型的电信诈骗：冒充ETC认证短信诈骗。此类诈骗案件不断在全国各地出现，仅长沙范围内就发生了90余起。为有效遏制此类案件的高发态势，长沙市公安局依托"铁血工作室"专业警种优势，开展专案攻坚，取得重大突破。

7月23日上午，长沙市反电诈中心召开了全国首例冒充ETC认证短信诈骗案件通报会，会上通报：长沙公安机关近期接到多起冒充ETC认证短信实施诈骗的报警，同类案件的高频次出现，引起了长沙市反电诈中心民警的警觉。经过初步侦查，此类案件作案手法高度一致，不法分子打着ETC认证的名号进行短信群发，借ETC认证已失效诱惑用户点击短信内的钓鱼链接进行认证操作，盗取用户银行卡卡号、密码及验证码等个人信息，并通过购买游戏币、充值点卡等方式盗刷银行卡余额。初步摸清了案件脉络，长沙公安局迅速启动类案集中研判工作机制，并从芙蓉区一起类案入手，抽调长沙市反电诈中心、芙蓉分局精干警力成立专案组立即开展侦查。通过近两个月的深度研判分析，克服重重困难，专案组逐步发现一条完整的涉及海南儋州、琼海，河南商丘，浙江温州等地的ETC诈骗犯罪产业链，并摸清了该犯罪链条的人员身份、组织结构及活动轨迹。收网时机成熟，7月15日下午，在当地警方的配合下，专案组40余名警力在海南儋州、琼海，河南商丘三地同时开展收网行动，共计抓获犯罪嫌疑人19名，并查获作案手机30余部、电脑3台，公民信息5万余条。

经查，犯罪嫌疑人李某元2020年3月通过QQ认识了从事电信网络诈骗的王某培，并向其"拜师学艺"。之后李某元出资，由王某培为其提供诈骗所需的网站域名、服务器，并架设伪造的ETC认证钓鱼网站。实施诈骗过程中，李某元先以0.22元/条的价格从王某培处购买车主电话信息，随后以0.4元/条的价格通过境外短信通道向车主发送ETC失效需要重新认证的诈骗短信；当有车主在钓鱼网站填入自己的银行卡和验证码信息后，李某元将这些信息通过QQ发送给河南的专业洗钱团伙完成盗刷，双方约定将诈骗所得按照四六分成，李某元得四成，河南洗钱团伙得六成；后河南洗钱团伙以虚拟币的方式将赃款返还给李某元，李某元再将虚拟币出售，出售变现的资金提现至卜某运的银行卡上，卜某运抽取10%的提成后，将剩余的钱以现金形式送至李某元家中。为逃避公安机关侦查打击，李某元、王某培在实施诈骗过程中，均采用境外短信通道发送短信，诈骗网站域名每日更换数次从而躲避资金追查。经查证，李某元共非法获利40余万元，河南洗钱团伙非法盗刷资金近百万元。

长沙公安机关成功破获了一起冒充ETC认证短信诈骗案件，在全国尚属首例！仅2020年上半年，长沙警方共侦破电信诈骗案2665起，取得突出成绩，"铁血工作室"功不可没。

针对这类案件，王博介绍，诈骗犯罪嫌疑人会先给受害人发送短信，这类短信除了有一个足够吸引你注意力的事由之外，里面都会附上网站链接，诱导你点击，点进去后就会被要求填写姓名、手机号、身份证号、银行卡号、验证码等信息，而一旦按要求操作，银行卡上的钱随后就会被盗刷。这类短信通常被称为"钓鱼短信"，而盗刷的行为则被称为"钓鱼短信类"诈骗。对于这类"钓鱼短信"，你永远不知道，其背后有多少骗子在"努力"！也许在很多人的印象中，"钓鱼短信类"诈骗手法老套，没有什么技术含量，几个骗子应该就能搞定一切。但是，从长沙市公安局侦破的全国首例"冒充ETC认证短信诈骗"案件中可以看出，这类诈骗早已经演变成一个包网服务、短信通道、盗刷通道、游戏代充等多个黑灰产业链共同参与的诈骗产业，分工非常精细。也就是说，你收到的这条"钓鱼短信"后面，是一群骗子在"努力"。

王博对此类"钓鱼短信类"诈骗曾做过深度剖析，其通常分两个环节："钓鱼"环节和"杀鱼"环节。

1. "钓鱼"环节："钓鱼短信类"诈骗的核心，就是通过各类短信诱导受害者点击钓鱼网站链接，骗你填完各类信息后再盗刷银行卡。这些包含姓名、身份证、银行卡、手机号、验证码的信息，诈骗团伙内部称之为"做料"，操作者叫"料主"，做料的过程就是进行诈骗的过程。既然形象地称之为"钓鱼"，手法就如同钓鱼一样，分准备渔具——搭建钓鱼网站，抛洒诱饵——购买精准的个人信息，下钩子——联系国际短信通道等步骤。骗子为了增加诈骗成功的概率，同时也为了降低诈骗成本，就需要掌握精准的个人信息，这样收到信息的人看到和自己有关的信息时，才会去点击进入那些钓鱼网站。这些买卖个人信息的人就叫作"数据商"。这些数据商的能量巨大，他们有的通过内鬼盗取，有的通过黑客手段截获，不论你想要什么样的信息，他们总能够想办法帮你弄到，只不过是价码不同而已。有了渔具、饵料，那就要往池子里下钩子了——把编制好的信息发送到特定人群的手机上。现在，国内各大运营商和短信平台的风控机制越来越严格，发送这些钓鱼网站被拦截的概率越来越大，于是这帮骗子就开始用国际短信通道来发送信息，规避审核。

2. "杀鱼"环节：掌握被害人个人信息不是目的，最主要的是通过受害人填写的个人信息来盗刷银行卡并洗钱变现。"料主"通过钓鱼网站拿到别人的手机号、银行卡、验证码等信息后，并不是自己直接去盗刷、洗钱，而是转给专业的"通道商"去做。作案者通常通过用银联、境外三方、消费卡等通道盗刷洗钱，他们掌握了一个人的身份信息和银行卡、验证码这些私密信息，就可以直接绑定第三方去转账、购买物品特别是点卡等虚拟物品，迅速完成洗钱。长沙警方侦办的这个案例，通道商却不走寻常路，用的是苹果 ID 通道充值游戏币"撸 648"的办法。

每一类诈骗的背后都有无数个骗子在密切配合，日夜工作，为了诈骗成功而努力到感动自己，拼搏到无能为力。人们要始终保持谨慎的心态，不能轻视任何一种骗局，否则到最后肯定会因被骗而痛哭流涕，后悔不已。

一般情况，这些链条上的各个角色平时互不认识，只是通过通信工具保持联系，侦破很难一锅端，但长沙警方破获此案件，实现了对钓鱼短信诈骗及其周边的包网服务、短信通道、盗刷通道、游戏代充等黑灰产业链的全链条打击，非常难得。

反电诈中心所侦办的每一起案件可以说都不是个案，背后必然有一个诈骗团伙在实施犯罪，而为诈骗团伙提供犯罪土壤的，则是一个庞大而又复杂的犯罪生态圈，主要包括资金业务、网络黑产、通信技术、网络服务四个产业，这四个产业又包含了众多游走在灰色边缘的犯罪上下游小产业。警察侦办电诈案件实际上就是在和整个互联网犯罪产业较量。打击电信网络新型违法犯罪所需要的知识结构非常庞杂，侦查破案只是基本功，要想吃透对手，必须不断学习金融、通信、网络、计算机等各方面的知识。但人的精力是有限的，反电诈中心民警光是进行日常的处置工作和侦查破案就已经占用了大部分精力，很难抽出时间进行深入研究，于是深层次研究的任务就落到了"铁血工作室"身上。

只有不断地深入研究对手，"知己知彼方能百战不殆"。"铁血工作室"自成立两年多以来，在网络反制、通信技术、边贸洗钱这三个研究方向已经初见成效：通过与特大型互联网企业共同开展网络源头治理与风险控制的探讨研究，同时与信息安全公司开展技术合作，输出了将近四万余条冒充公检法预警，为全国反诈预警做出了重大贡献。

2019 年 11 月，"铁血工作室"应邀参与国务院打击治理电信网络新型违法犯罪联席会议办公室组织的网络研究工作，通过汇总相关领域专家意见，结合工作室的研究成果和案例，提出"五大方向，十六项任务"，并以此为基础草拟了《国务院联席办网络研究工作任务清单》，由"铁血工作室"领头人王博代表网络研究专家组进行汇报，为全国开展打击治理电信网络新型违法犯罪工作提供了决策依据和参考。

六、做人做事

　　从警十多年了,王博当过看守,做过刑警,近年来专门从事打击电信诈骗案件的侦查,成为公安部在这方面的特聘专家。他的工作可分为两个部分,一个是长沙刑侦支队他本职的工作,他的工作关系还在长沙市公安局,他还是长沙刑警,是三大队副大队长,还要履行长沙刑警的工作职能,完成组织交办的各种电信诈骗案件的侦破。另一个部分即作为公安部特聘专家,这些年来,他先后被公安部派遣前往欧洲、亚洲等多地办案,在西班牙、匈牙利、捷克、斯洛文尼亚、亚美尼亚、波兰、斯洛伐克、印尼、马来西亚、柬埔寨等国参与打击电信诈骗行动,行程达数万里。采访的时候,王博给我发来一个他近五年出国办案的飞行记录截图,上面显示:里程301791公里,次数222次,国家或地区12个,城市42个……

　　在国外办案,面临的是语言不通,没有执法权,什么事情都要借助他国警务部门才能完成,困难难以想象。但王博和他的战友们历尽艰辛,克服重重困难,最终都圆满完成了上级交办的各项任务,成功取证,成功把犯罪嫌疑人从国外押解回国,又成功把这些诈骗犯送上法庭,使他们接受法律的制裁。

　　要完成这一系列工作累不累?难不难?没有不累的,也无法细说这中间的艰难,可王博和他的战友们都挺过来了。是什么让他克服重重困难?是什么让他历尽艰辛?是一种责任,也是一种荣誉。

　　责任,一个有担当的警察,在人民群众生命财产受到侵害的时候,他不能退缩,也没有讲价钱的权利,只能往前冲,只能全力以赴追捕罪犯,用法律的武器来保护人民群众的生命财产安全。王博义无反顾,在打击电信诈骗犯罪这个领域他一直冲在最前面,用他的行动向当事人交了一份份满意的答卷。

　　在完成这一系列工作的时候,王博又时常感到有一种荣誉在激励着他。这是一种国家荣誉,每每跨出国门的时候,王博就觉得他这一次出国不只是作为一个警察在执行任务,案子办不办得好、犯罪嫌疑人能不能安全羁押回国直接关系到国家荣誉,关系到国家形象,他的一举一动都代表国家,他的一言一行都是为了国家而战,国家荣誉至高无上,他不能有半点儿懈怠。正是这种强烈的责任感、荣誉感驱使,王博和他的战友出色地办结了一起又一起跨国电信诈骗案件,押回了一批又一批在国外进行电信诈骗的犯罪嫌疑人,维护了国家的尊严,维护了法律的尊严,也为国家赢得了荣誉。

　　"你代表的是国家,这是侦办一般案件无法体会的。"笔者在采访王博时,王博这样自豪地回答道。

　　王博介绍,那次押解74名电信诈骗犯罪嫌疑人回国,当看到五星红旗在异国的机场上空飘扬的时候,他心里感到无比激动,无比自豪,"祖国与你同在"始终在他心中回荡,每每想起那种场面,他总是心潮澎湃。

这些年,王博在国外办案,亲眼见证了我国国际地位的不断提升。王博曾经参与与西班牙警方合作的"长征行动",当时受公安部调遣,王博在后方负责相关工作,最终成功侦办该案。此案后来被西班牙作为经典案例在国际刑警大会上推介,当时英国警方代表也表示:"其实,我们也希望与中国警方合作,打击网络犯罪我们英方也有强大的实力。"

不难看出,这些年,中国警方跨国打击电信网络犯罪卓有成效,在国际上树立了良好的形象,也产生了深远的影响,外国同行无不佩服,纷纷表示愿意与中方合作。

王博2017年在欧洲待了三个月,侦办电信诈骗案件,一个明显的感觉就是我们国家的地位在不断提升,欧美人都纷纷感觉中国现在越来越强大了。过去,人们总希望移民去欧美发达国家,现在很多人都不愿加入他国国籍了,为什么?自己的国家强大了,为什么还要跑到别的国家去?

网络使这个世界变得没有国籍,也没有国界了,虽然,物理意义上的国界依然存在,但网络冲破了所有的界线,也因此,电信诈骗成了横行世界的新型犯罪。这类案件发生,不是你破不了案件,而是破案的成本太大,让你花费的代价远远超出案件本身,这也是此类案件侦破的最大难点。这些年,中国政府对打击此类犯罪十分重视,在我国,还从来没有哪一类犯罪引起国务院如此高度重视,成立部际会议制度,只有电信诈骗案件,因为这类案件侵害的对象面广,影响极坏,真正的人民政府是绝不会让它的老百姓的生命财产受到侵害的,所以国家出重拳严厉打击。而作为国家机器的一个部分,公安机关自然责无旁贷。王博有幸成了这支队伍的先锋、尖刀,为打击电信诈骗犯罪作出了不懈的努力。

近年来,王博先后参与侦破了"2009·5·6"特大跨境电信诈骗专案、"2010·8·10"公安部督办特大跨境电信诈骗专案、"2014·2·20"公安部督办电信诈骗专案等一大批重特大刑事案件,并协助广东警方侦破广州"10·31"黄玫被诈骗2700万特大电信诈骗案件、协助上海警方侦破"2015·11·10"特大电信诈骗案件等,被公安部抽调参与侦破部督"2016·4·13"肯尼亚特大跨境电信诈骗专案、部督"2016·4·30"马来西亚特大跨境电信诈骗专案、部督"2017·2·12"柬埔寨特大跨境电信诈骗专案、部督"2017"欧洲七国特大跨境电信诈骗专案……

作为公安部特聘专家,王博不仅多次参与公安部组织的各种跨国行动,还担负着打击电信诈骗案件侦办的业务培训工作。2016年9月,公安部计划对欧洲电信诈骗犯罪展开"长城行动",这是我国警方第一次前往欧洲进行执法行动。临行前，公安部组织所有参战民警在苏州进行业务培训，由王博和宁波市刑侦支队的夏琳共同授课。王博和夏琳都是公安部最年轻的特聘专家，通过他们的培训，出征民警基本掌握了跨国侦办电信诈骗案件的相关知识及技能，在"长城行动"中圆满完成了我国第一次出征欧洲的执法行动。中央电视台为这次行动制作了一个纪录片《长城行动》，全景呈现世界引渡史上最大规模引渡，反响强烈。

2016年12月13日，在由公安部国际合作局主办、中国人民公安大学承办的第八届国际警务论坛暨"区域经济合作背景下的国际执法合作与警务人才培养研讨会"上，王博受邀发言，对参会代表（主要对象为一带一路各国高级警官代表）就如何侦办跨国电信诈骗案件发表演讲，受到与会代表一致好评。

2020年1月16日，王博的论文《犯罪团伙紧跟热点，流程严密，聘请顾问——电信网络诈骗犯罪趋势分析》在《人民公安报》上发表，对当前电信网络诈骗案件特征进行深度分析，并提出独到见解，对全国打击电信诈骗工作颇具指导意义……

笔者多次采访王博，曾经问及王博从警感受，王博略加思索，谈了他的看法：

在他看来，当警察的感受无非有三种：第一种，有人会认为当警察就是做一份工作，就是打一份工，跟别的职业没有什么两样，"老板"让怎么干就怎么干，缺乏责任感，也无须进取，但有这样想法的一类人在警队中的占比并不多。第二种，既为谋生，也为实现自己的人生理想，服务社会。人要吃饭，要养老婆孩子，就要有个谋生的手段，当警察虽然待遇不高，但谋生还是可以的，在解决自己温饱的同时又能服务社会，一举两得，有这类想法的人居多。第三种，是把警察当成一份神圣的职业，作为个人追求的事业，借助警察这个职业平台实现自己的人生价值，追求的是一种职业最高境界，有这一类想法的人也是少数。而王博认为自己属于第三种，他从小立志当警察，当上警察后他有了一种强烈的责任感，一种发自内心的职业精神。他一直有着清晰的人生目标：惩恶扬善，服务百姓。这么多年来，他一直在努力，一直在坚守，他实现了他的承诺，干得非常漂亮，成为了警队的佼佼者，成为了真正的榜样，楷模！

七、战士仍须努力

看上去，王博是个铁骨铮铮的警察，堂堂的八尺男儿，人们不会相信，他也会流泪，他也有忧伤。王博告诉笔者，在他的从警生涯中，他流过两次泪，而且是痛苦地流泪。

读者自然要问，一个意志坚如磐石的警察怎么会流泪？是什么事让他流泪？笔者也急于想了解其中的缘由。

王博介绍，第一次流泪，是抓捕"罗哥"杨某典时。他和战友们费了九牛二虎之力前去抓捕"贼王",结果人没抓到,反而被犯罪嫌疑人撞坏三辆汽车,空手而归。王博是行动负责人,回到队里,他把办公室门关得严严实实,在屋里大哭了一场。任务没完成,他心里着急,最终选择用泪水冲洗自己心中的惭愧。正是这把泪水,让他一直惦记着"罗哥",多年之后他终于找到了机会,精心组织,一举抓获"罗哥",了却了心中多年的夙愿。

第二次流泪,是因为一个女人,一个完全陌生的女人。2012年,株洲一个电信诈骗案件的受害者慕名而来,找他破案。此人七个月前被电信诈骗犯罪嫌疑人骗了三十多万元,被骗之后她就到当地派出所报了案。可当时对电信诈骗案件没有后来这么重视,当地派出所也没有办理此类案件的经验,派出所没有受理此案。后来,此人又去找分局,分局也没能侦破此案,但好心的警察向她推荐了一个人,让她直接到长沙找王博,说王博是这方面的专家。此人于是赶紧跑来长沙找王博,满怀希望,以为神探王博能够帮她找回被骗的三十多万元。王博听了受害人的诉说,心里五味杂陈,极不舒服,此人大学毕业,有文化,还是军人,竟一次就被骗走三十多万元,可案子都发生七个多月了,王博上哪儿去帮她找回这三十多万元?神仙都破不了这个案子,神仙也找不回那三十多万元。王博第一次感到了无能、无力和无奈。

他破不了这个案子,可他不能就这么把她打发回去,他要想尽办法给这个受害者进行心理疏导,要尽力安抚她受伤的心。

在办公室里,王博陪着这位受害者聊了很久很久,耐心做她的工作,他只能承诺,在以后的侦破工作中留心此案,只要发现同类作案手段的嫌疑人一定深追到底,尽管这种希望非常渺茫。

这个时候,他不是侦查员,更不是神探,而是个心理辅导师。他给她分析了许多同类型的案例,耐心安慰她,使她走出被骗的阴影。为了尽可能安抚对方,王博又亲自开车,把她送回株洲。

对于这位慕名而来的受害者,王博只能做到这些。可当他开车回来以后,却大哭了一场……

电信网络诈骗犯罪严重侵害人民群众财产安全和合法权益,已经成为严重的社会公害,令广大群众深恶痛绝,必须依法严厉打击。这些年来,无论电信网络诈骗犯罪嫌疑人是谁,无论其跑到哪里,公安机关都以对人民高度负责的态度,追查源头,重拳打击,持续对电信网络诈骗犯罪采取高压严打态势,坚决而又有效地把犯罪分子的嚣张气焰打压下去,切实维护了人民群众财产安全和合法权益。尤其是2017年,全国各级公安机关紧紧依靠党委政府,充分依托国务院打击治理电信网络新型违法犯罪联席会议平台,强化与相关部门的紧密协作,以最高法、最高检、公安部联合发布《关于办理电信网络诈骗等刑事案件适用法律若干问题的意见》为契机,以反诈骗中心建设为抓手,侦查打击、重点整治、防范治理三管齐下,打击治理卓有成效。

然而,这种犯罪并没有绝迹,也不可能绝迹,在我们的身边,依然时常会有人受骗上当,会有人自觉或不自觉地中招。为什么累打累有永不绝迹?为什么像那位株洲女受害人那样的知识女性在诈骗犯面前却不堪一击?为什么年年打击却依然会有那么多人受骗上当?为什么受害人那么相信诈骗犯所说的话?为什么相关部门做了那么多预防诈骗的宣传到了每个受害者身上却毫无作用?为什么……

这些疑问永远无法说清。

即使是同一个诈骗手段,仍每每总有中枪的。过去我们总是埋怨受害人愚昧、傻、笨,其实,他(她)们受到的伤害已经够大了,我们真的不要过多地责怪他(她)们。现实生活中,受害者也不乏智商高的或受过高等教育的,可人总有糊涂的时候,人的思维也可能会在某一个时刻出现短路,那些诈骗犯天天在研究如何欺骗别人,天天在变换手法行骗,无辜百姓真是防不胜防。

王博告诉笔者,由于现代科技发展日新月异,传统案件网络化,而网络案件又传统化是一个基本趋势,莫说受害人难以抵挡,就是天天侦破电信网络诈骗案件的侦查员,如果不及时更新知识,不深入学习,就无法识破罪犯的骗局,就破不了案子。作为专门打击电信诈骗的警察,身上的压力是巨大的。像王博这样的全国知名专家,天天在研究这类犯罪的新动向,研究此类犯罪的作案手法,研究当下社会各种时尚流行元素,与罪犯较量的过程既是正义和邪恶较量的过程,也是知识比拼的过程;既是智力、能力的较量,也是双方心理素质一决高下的过程,传统的思维模式、破案理念必须及时更新,必须与时俱进。

当下,96110与110完全对接,反诈骗中心的成立为快速侦破此类案件,尤其是为保护受害人财产安全起到了重要作用。此类案件侦破的一个新的特征就是利用现代科技的手段以最快的速度对受害人的资金进行拦截,这类案件一旦发生,不是传统意义上等破了案再去追资金,那样的话资金早就被卷走了,警方一旦接到报案,反诈骗中心第一时间就会对受害人的资金实施拦截,防止资金外流,保证受害人的财产不被侵害,以尽量减少受害人的损失。

道高一尺,魔高一丈。

还是那句话,再狡猾的狐狸也逃不过好猎手。

王博就是这样的好猎手,战斗在打击电信诈骗阵线上默默无闻的警察都是这样的好猎手。

湘西刑警贾春宏

申瑞瑾

没有揭不开的谜底

已经在派出所干了四年的贾春宏，如愿正式调入龙山县公安局刑警大队。那是 2000 年年初。

为了当刑警，他连所长都不干了。

他在刑警大队一干就是八年。从借调，到副大队长，再到教导员，他先后参与或主办侦破了四百余起刑案。

湘西北边陲的龙山县，雄踞云贵高原东端，深居武陵山腹地。龙山史称"湘鄂川之孔道"，是一座名副其实的湘西边城。土家族、苗族等十六个少数民族占了全县总人口的 71%。

2004 年 5 月 10 日，刚立夏几日的民安镇分外沉闷。几声响雷炸过，暴雨顷刻间便将镇子里外洗刷了一番。

时任副大队长的贾春宏当天值晚班。20 点 30 分，值班室的电话响了：民安镇沿河巷南门桥附近的居民姚某在屋前水沟处理垃圾时，发现一具被捆绑的尸体。

沿河巷在县城的南边，是老居民区，人口密集，水沟纵横交织。

贾春宏带着技术员、侦查员及老法医等七八个人冒着暴雨，驱车从最北边的公安局赶到现场。

水沟里，两只对裹着的白色蛇皮袋用棕绳绕了很多圈，还打着几个死结。法医打开蛇皮袋，恶臭扑鼻而来。

女尸已经高度腐烂，面目全非。

贾春宏既是副大队长，也是痕检技术员。面对尸体，他和法医一起仔细勘查着。

女尸着冬装，衣服里有一把钥匙，扣在一个钥匙扣上，口袋里有一个避孕套，身上有文身。

这应该是个租屋居住的马子客（卖淫女）。至少被抛尸三个月以上了。

专案组随之成立，从刑警大队、民安派出所抽调四十名精干力量参与侦破。

从现场勘查来看，抛尸现场应为第二现场，嫌疑人熟悉周边情况，要么独住，要么平常家里没什么人。

贾春宏将专案组一分为五，各司其职：查尸源，查周边做文身的师傅，查发廊、宾馆……

他必须尽快找到抛尸地点。

水沟是封闭的，都有盖板。凶手是在哪儿抛尸的呢？

当晚雨太大，连夜排查的刑警没找到任何线索。

次日一早，贾春宏亲自出马，带着技术员沿发现尸体的水沟细细往上找。距发现尸体的地方一百多米处，即湘运166车队围墙外头，大约五六十公分宽的水沟上缺块盖板。

这里会不会就是抛尸地点？

整个水沟七八百米长，他和技术员来回走了几趟。

幸好尸体没被冲到果利河（南门河）里去。要不然，划的排查范围得更大，抛尸现场更加难找。

将女尸身上的钥匙配了四十把。登记走访时，顺便去套一套，看哪个出租屋的门锁能被套开。

贾春宏不信邪。他是一个喜欢猜谜的人。他认为没有揭不开的谜底。

龙山搜遍了。女尸姓甚名谁？哪里人？没谁清楚。

那咱们带着寻尸启示去来凤张贴。

史称"川湖肘腋、滇黔咽喉"的来凤，是湖北的西大门，县府驻地在翔凤镇。一条碧波流翠的酉水，隔开了这一龙一凤。这是两座靠得最近的中国县城。

过了大桥，第一站，先去翔凤派出所。

社区老户籍接过寻尸启示，突然想起了什么。这个人蛮像我老婆麻将馆里的一个常客。

见到他的老婆，也说像。

到底像谁？

她姓李，好像是重庆武隆人。不过春节后再没见到她。

有她的联系方式吗？

我找找……有，存着她的手机号码。

这边立即派人去查李某的相关信息，那边马上派法医赶往武隆，提取其父母的血样。

就这样,一个外号梁老幺的人被贾春宏锁定了。

其实,在第一批摸排范围里,就有梁老幺。梁老幺,本名梁某林,龙山县166车队下岗职工。案发后几天,他蹊跷地失踪了,熟人都以为他外出打工了。

此人有重大嫌疑!

这时,一个不太确定的信息传来,梁老幺有可能去了江苏连云港。

远在黄海边的连云港,距湘西龙山千里之遥。光从龙山到吉首,开车都得几个小时,虽有快速火车自吉首至郑州,但从郑州到连云港只有慢车。

次日凌晨2点,贾春宏一行风尘仆仆地出现在郑州火车站。他给领导打电话:坐慢车摇到连云港,只怕梁老幺又挪地方了。

领导很果断:事不宜迟,打出租车。

次日一早,贾春宏一行踩着上班的时间点出现在连云港市公安局。

连云港警方出手协助,查出梁老幺曾常出入××小区。

贾春宏打了一辆的士,到小区里兜了一圈,发现小区的情况复杂,如果在门口蹲守,可能会打草惊蛇。

贾春宏想到临时租房,一是便于隐蔽,二是能够摸清情况,观察动静。为此,贾春宏特意买了一个望远镜,大家二十四小时轮流值守。

可是,一周过去了,没有发现梁老幺的踪影。他原来用的手机也停机了。估计梁老幺已经打一枪换地方了。只能撤离。

"梁老幺可能在广东揭阳的惠来县。"三十天后,一个大好消息传来。

贾春宏马上办好手续,带队赶赴惠来县东南部的"小香港"——神泉镇。

神泉港,是闻名遐迩的对外通商港口,是国家一级渔港,出海捕鱼的人很多。

贾春宏一行刚到镇上,梁老幺的新号码又停了机。

在海边小镇,要找一个流动人口并非易事。

贾春宏跟当地边防派出所碰了头。他和队友蹲守了下来,扮成游客每天在镇上人多处晃荡,以期待能够发现目标。一晃七天。

七天后,边防派出所一位副所长刚休完假归队,听说了龙山这个案子,马上找到贾春宏,主动请缨。他说,我刚好认得一个龙山佬,我去打探打探,看他认不认得梁老幺。

贾春宏将梁老幺的照片拿了出来,并提示说,嫌疑人有一米八几,很显眼的。

副所长反复看了几次,便去出租屋找他认识的龙山佬了。

我们在附近的海边等你。一有消息,你就发短信给我。贾春宏没忘记交代联络方式。

说来也巧,副所长才赶到龙山佬家里,目标梁老幺就像电影里演的一般真的出现了。

连副所长都觉得匪夷所思。

梁老幺果真跟龙山佬有来往！人一出门，老乡傍老乡是人之常情。

那天，梁老幺又是去老乡那儿蹭早餐的。后来才了解，那阵子他天天在龙山佬家蹭饭吃。

副所长一看，果然是大高个儿。他掂量了一下，自己只一米六几的小个子，千万别惊动梁老幺。

他生出一计，故意当面大声跟龙山佬寒暄："我们派出所的都在旁边，正在抓吸毒的。"

以为是例行公事，梁老幺放松了警惕。

副所长马上躲到一旁发短信给贾春宏。

没几分钟，小小的一间出租屋已被贾春宏四人围住。在等早饭吃的梁老幺还没回过神，就被冰凉的手铐铐住了。

"我们是龙山公安局的！"熟悉的龙山口音，认识的警察。

梁老幺脸色登时大变。

将梁老幺留置在边防派出所，贾春宏带人去其出租屋搜查，随后带上梁老幺坐大巴到广州，再连夜上了从广州回吉首的火车。

临行前，贾春宏曾吩咐大家不要和梁老幺说话。这是一场心理素质的比拼。

不出所料，梁老幺憋不住了："我知道你们抓我是因为什么事，我杀人了。本来我要跟渔船偷渡去澳大利亚的，这几天刮台风，没去成。"

他之所以频繁出入老乡家，也是在求老乡帮忙上渔船。

贾春宏心一惊：天时地利人和，法网恢恢啊！

回到龙山。三次突审，梁老幺每次都是不同的说法。

起初他说杀害李某是因为她想借口他家里有少许"白粉"而逼迫他共同贩毒，他怕被举报，情急之下杀害了她。

贾春宏一琢磨，这个梁老幺肯定讲了假话。

7月11日晚10点，第四次"过堂"，时任大队长向金坤和贾春宏联手审讯：

"你先前交代，她拿毒品来威胁你，你以前吸食毒品，差点儿送了命，花了巨大代价才戒掉毒瘾，你对毒品也相当痛恨。你的住处怎会有毒品呢？"

听这么一说，梁老幺心里突然暖和了一下。他确实几年没沾毒品了。他不想再自欺欺人，终于承认："我前面讲的全是假的。"

贾春宏心里有底了。"你为什么要杀死她呢？"

"就是要搞她的钱。"

梁老幺个子高，因为篮球特长，1991年被特招到166车队当合同工。他在老家有妻有子，但夫妻关系紧张，妻子连他城里的住处都从没来过。后来，篮球专业派不上用场，他又一度染上毒瘾，五年合同期一满，就被车队解聘了。但他习惯了城里的生活，不愿回乡务农，便一直住在车队候车室三楼的一间单身宿舍。他成天无所事事，游手好闲。因为会开车，他偶尔帮外头的货车司机代代班。一好友曾介绍他到锅炉厂当业务推销员，因收入不稳定，他没干太久便作罢。他又有嫖娼恶习，经济拮据的他不得不想方设法搞钱。

2004年1月，在某发廊他与被害人李某相识。二人无非就是嫖客与妓女的关系，他甚至不知李某的真实姓名，李某也骗他说自己是湖北人。见李某平日出手阔绰，他便起了弄钱的心思。2月3日（正月十三）夜，他将被害人约至家中。他已铁了心要搞她的钱。可她哪舍得拿卖身钱给他呢？一来二去，他恼羞成怒，一不做二不休，用绳子将李某勒死，劫走她身上仅有的三百元现金及一对放在钱包里的金耳环。因害怕被发现，他将手机及其他物品抛至南门河里，尸体于次日夜间抛入围墙外的下水道里。

贾春宏问梁老幺，就为了这点儿钱，要了别人的命，值吗？

一表人才的梁老幺顿时流下了悔恨的泪水：平时被钱坑狠了，以为她当马子客的钱来得容易。

世上哪有后悔药吃，贪念使人变成魔鬼啊。贾春宏想。

敲诈钱财的连环爆炸案

与龙山相邻的湖北省宣恩县李家河乡民爆物品管理服务站值班员，于2005年8月14日凌晨被杀死在值班室内。仓库内七十二公斤炸药、三百发雷管、二百五十米导火索被抢走。

案发当天，宣恩警方请求龙山警方协助。时任刑警队教导员的贾春宏在副局长的带领下赶往李家河派出所参加案情碰头会。

正逢湖北恩施州庆期间，该案被列为公安部督办案。

案情碰头会分析认为，嫌疑人就在龙山、来凤一带。

回龙山后，贾春宏立刻着手安排人去摸查。

案子尚在艰难侦破，不料10月8日凌晨5时40分，一声巨响从龙山县城最繁华的长沙路传来。县城规模最大、生意最好的吉利摩配店发生了爆炸。

贾春宏是在睡梦中接到队里电话的。

一听说摩配店发生爆炸，他翻身起来就往队里赶。一路上他没忘了通知技术员、侦查员立即集合，速赴爆炸现场。

现场在扑火时被严重破坏，一片狼藉。

贾春宏从外围开始，不疾不徐地勘查着。他找到炸坑，提取残渣，用筛子筛，花了整整一天时间。最终他确认，爆炸引爆装置是在电扇的遥控器里。

是爆炸引起燃烧，而非燃烧引起爆炸。

店主张某超夫妇从不在店里过夜，选择在凌晨起爆，显然不是为了夺人性命，而是为了恐吓或其他目的。

从作案手段来看，嫌疑人是懂得一定爆破知识的，但如此胆大妄为，不计后果，估计有前科。

案发时，现场周围均未发现可疑人员和物品，可排除临时起意的可能，应为事先投放爆炸设置进行的引爆。

贾春宏有条有理，一一道来。于是有针对性的调查随即展开。

首先在进入来凤县城的三岔路口五金店里，查到了与现场发现的一模一样的定时装置。可惜店里人来人往，店主记不住哪些人来买过。

吉利摩配店老板张某超更是无奈。

贾春宏一了解，这才知道，2002年他的店就已经被炸过一次。

两次爆炸案之间有没有联系？

贾春宏他们正在分析研究，当天上午，湖北省来凤县城一家摩配店又被炸得一塌糊涂。

同一天，相邻两县发生同样的炸摩配店事件。

贾春宏的心里好像打开了一扇窗子。

然而，张某超提供的另一个情况，好像又要把这扇窗子关上：爆炸前十几天，他曾接到两次恐吓电话，是一名男子用不标准的普通话说的，本地口音，要他准备八千元现金，否则有"好戏"在后头。

打电话的是本地口音，那么，到底是纯粹的敲诈勒索，还是同行竞争不择手段呢？

几番分析，贾春宏坚持了自己最初的判断。

三十名民警迅速集结，兵分三路，深入龙山与来凤县城的一百多家摩配店排查，并将所有从业人员进行登记造册。

10月23日，龙山县城另外一家摩配店报称，他们也接到了恐吓电话。

贾春宏边排查，边琢磨，这无疑是一伙人所为。谁会一而再、再而三地顶风作案呢？

10月28日上午10点钟，例行排查，贾春宏和两个同事来到来凤一中旁的"杨三"摩配店。

冷清的摩配店里，电视机开着，只有画面，不开声音。他们人都进店了，店主杨某江仍自顾自看着电视。这太不像生意人的正常状态了。

贾春宏清了清嗓子："我们是龙山公安局的，店里最近生意怎样？"

杨某江这才不得已转过身来。可他的眼神有意回避着他们仨，神情紧张，颇为鬼祟。

简单的盘查之后，贾春宏没有打草惊蛇，带人离开了。

围绕杨某江的调查迅速展开。很快发现，他与一个叫许某文的人联系频繁。

两天后，贾春宏又监控到许某文的行踪。一大早，专案组四人与来凤刑警队教导员两人，来到许某文的来凤老家堵人。

刚开车上去，就碰到骑着摩托车下来的许某文。

抓捕很顺利，但审讯就不顺利了。

许某文曾因盗窃耕牛被龙山县处理过，态度是出了名的顽固。同案犯都交代了，他却死活都不交代。

许某文说，自己保外就医才年把，没做什么犯法的事。

贾春宏盯着他的眼睛："你真没做过犯法的事？我们不掌握情况，会随意抓你吗？"

许某文慌忙改口："我不敢说，怕杨老三杀我。"

"杨老三是谁？"

"杨老三就是杨某江。"

"杨某江已经交代了你是坐过牢的。"贾春宏特意使了反间计。

几番较量，许某文终于扛不住了，交代了自己参与爆炸的罪行。

他还告诉贾春宏，下一个炸弹已经做好，就在刚刚从"杨三"摩配店拖来的那辆摩托车上。

贾春宏倒吸一口冷气。

当地公安局没有专业的拆炸弹专家，从省厅请专家过来要九个小时。来不及了，怎么办？

只有连夜封锁长沙路，疏散群众。

贾春宏带领民警现场连夜试着拆除。

小心拆开摩托车右侧盖后，发现发动机上安装着一个装有炸药的塑料罐，由三红三黄六根铜线连接着电瓶及遥控器。联想到马路上信号灯是红灯停绿灯行，红色一般代表危险，黄线应该安全。

判断没有失误，炸弹被成功拆除。

杨某江当晚被另一组民警抓获，满口喊冤。

刚审完许某文的贾春宏赶了过来。

他决定对杨某江采取迂回策略。起初他只提龙山"10·8"爆炸案，只字不提宣恩"8·14"案。

杨某江支支吾吾，避重就轻。

"你别再耍小聪明了。"贾春宏暗示其同伙许某文已被抓。

杨某江这时已明白再抵抗完全是徒劳，哀叹道："我输了，彻底输了……龙山城里的吉利摩配店是我炸的。"

"用什么炸的？"

"我自己做的一个用摩托车遥控器控制的炸药包炸的。"

"炸药哪里来的？"

"李家河炸药库抢的。"

他干脆开始竹筒倒豆子。1992年他因盗窃罪被判刑五年，1997年刑满释放；与许某文是狱友。10月8日爆炸案是他俩所为，本意只是杀鸡给猴看，敲诈钱财。8月14日的抢劫杀人案和2001年4月6日的梁某摩配店爆炸案、来凤三环摩配店爆炸案也是此目的。2002年国庆节前后，他邀约许某文用汽油烧了来凤县某集镇向某摩配店。他准备作案工具，由许某文实施，致使向某一家三口人死亡。向某是他徒弟，他认为其不仁不义，当然，更是为了敲诈钱财……

几天后，一行人来到来凤县新峡乡青山村半山腰一个山洞前。走在前面的是贾春宏。

嫌疑人交代，"8·14"案所剩的爆炸物品就藏在这里。

洞壁陡峭，只能用绳子牵着，一个个吊进洞里，极其惊险。但都顾不上了，贾春宏和队友冒着生命危险将两个黑色塑料桶装着的爆炸物品从山洞里搬了出来。

跨越两省，涉及龙山、来凤、宣恩、恩施与咸丰五县市的连环爆炸案自此顺利告破。

龙山警方将嫌疑人、物品悉数交给宣恩警方。

接着，贾春宏又默默地投入了下一场战役。

缉枪英雄威震湘西

贾春宏被借调至州公安局刑侦支队是2006年年初，为了应对越来越严重的涉枪涉恶案件。

有好友提醒他："那帮家伙都是拿着枪的亡命之徒，你可要小心点儿。"

他回答："穿着这身警服，还能让那些土贼土枪吓住了？"

其实，贾春宏所面对的，并不是土贼；他们手里拿的，也不是土枪。

湘、鄂、渝、黔四省交界的湘西，曾一度沦为黑恶势力的后花园。而湘西采矿业的迅速发展，则催生了黑枪泛滥。

为争夺利益，矿主买枪护矿，争夺地盘。有一矿主甚至花近百万元买枪。

2006年1月10日16点左右，吉首市交警队门口，黄某武与和其有过纠纷的石某不期而遇，立马召来五名马仔端着五支枪赶到现场。

马仔高某一下车，当着交警的面，拿出五连发的滑膛枪，对围观群众扫了几枪。

三名在一旁看热闹的"吃瓜"看客受伤。枪声在街上传出很远。

市局刑警大队接案后,发现黄某武等人多次涉嫌非法持枪故意伤害,有重大涉黑涉恶之嫌,立即向州扫黑除恶专项斗争办公室汇报。州里相关领导专程听取汇报,指示刑侦支队牵头成立专案组。

刚借调过来的贾春宏临危授命。

尽管刚从龙山过来,但贾春宏到底在龙山刑警队摸爬滚打那么多年,平时做事有条不紊,又爱向外地同行取经,面对涉黑枪案,他一点儿不怯场,反倒觉得是新的挑战。他就爱挑战。

贾春宏刚过而立之年,正血气方刚,又有着与生俱来的冷静缜密。他天天带着同事摸排黄某武团伙。

先是掌握了三个嫌疑人的情况。

不急,慢慢梳理,要像平常一有空就打理家里的兰花一样。

一个多月后,他终于把黄某武团伙情况摸清了。好家伙,还不到两年时间,涉及的枪案竟达十三起,受害人二十五个。

黄某武才二十几岁,湖南衡阳籍的外乡人,何以在短短几年里成了吉首街头最著名的混混头子?

他父母在吉首做生意,家里不缺钱,他无须工作。于是他就成天带着十一个当地年轻人混江湖。江湖上人称"武哥"。

一时间,不管到哪儿,这个团伙都格外猖狂,在吉首牛气冲天。

贾春宏清理着黄某武的桩桩黑历史,倒吸了一口气:这么年轻,竟如此胆大包天。

2004年12月,雅溪鑫煌酒店旁。因开赌场,外号"鸭子"的向某与罗某产生矛盾,后者请来了"武哥"一伙。"武哥"拿着五连发的长梭筒,同伙手持猎枪、仿六四枪,将向某等四人打伤。

2005年3月,州公安局旁的银盾宾馆大厅。因开赌场,吴某得罪了田某,田某搬来"武哥"一伙。明知在公安局大门口,他们照样肆无忌惮,拔枪出来将吴某头部砸伤。

……

黄某武给团伙成员租房,发放零用钱,吃住在一起。

好多老板都请"武哥"看矿,说是一年会给上大几百万。

该团伙枪多。一般是霰弹枪,里面装砂子,杀伤力极大。他们年纪轻轻,却懂得规避风险,残暴到使受害人截肢,却不至于死人。

贾春宏就见过为此截肢的两个受害人。他们都不肯讲出是被谁伤害,怕被报复。

充分掌握了该团伙的犯罪事实后，警方开始收网。

2006年4月，春日吉首下午的阳光仍灿如山花。黄某武团伙成员高某出现在吉首大学门口。

贾春宏带着三个刑警从后面包抄。快接近时，警惕性极高的高某发现了异常，撒腿就往南跑，边跑边掏出一把仿六四枪，扭头对着贾春宏几个就射击起来。

贾春宏举枪猛追，刑警们紧随其后。

追了四五百米，高某又开了两枪后，枪卡了壳。

贾春宏拿枪抵住高某，四人合力将他制伏。

接着是花垣追逃，两位刑警徒手去抓。嫌疑人瞬间掏出枪，朝后开了两枪后逃走了。不久，该嫌疑人出现在广东番禺。

贾春宏奉命去抓。摸排两天，找到了嫌疑人的住处。

那天，小个子嫌疑人正在打桌球，没留意贾春宏从后面抱摔。嫌疑人一下子被翻了过来。

不料，力气大的嫌疑人一下子从贾春宏怀里挣脱，伸手正欲掏枪，贾春宏却比他还快，枪口顶在他的脑门儿上。

湘西处处是大山，每次抓人都颇费心力。

黄某武团伙中几个嫌疑人跑到古丈县乡下老家躲起来了。以为山高林密，警方奈他不何。

贾春宏追到古丈，仿佛从天而降，将之抓获。

另两个嫌疑人则躲到吉首乡下老家。老家在水库边，车开不进去。晚上呢，黑灯瞎火，也没法抓。

贾春宏看了看周遭地形，有了主意：不从前面的水路走，干脆从山后面翻山到他家去，才不会打草惊蛇。

要爬一二十里山路，才能翻过那座山。也只能舍近求远了。

大山里的刑警，跋山涉水、风餐露宿是常态，都吃得起这个苦。

贾春宏几个从后山偷袭到了嫌疑人家里。狡兔般的嫌疑人只得束手就擒。

将黄某武涉黑团伙一网打尽时，共缴获了十几支枪。

自此，缉枪英雄贾春宏，威名震撼了湘西。

这一仗，让老百姓看到了希望，从混乱的治安到平安和谐生活的希望。人们开始积极向警方提供涉枪线索。

2008年3月31日，一封群众举报信摆在了州公安局领导面前：吉首市的杨某军、杨某现等人有贩卖枪支的嫌疑。

"3·31"专案组迅速成立。这回是公安部督办。

贾春宏被抽至专案组负责抓捕行动组。湘西州"剿枪战役"的大幕由此拉开。

接着,贾春宏两赴广东茂名行动技术支队交控案件;向省刑警总队、省行动技术总队领导做专门汇报;深入茂名、铜仁和秀山等地,全方位开展外围秘密调查。

千丝万缕的"地下网络"组织浮出水面。湘西的枪支,主要来自粤黔。

以谢某坚、田某海和梁某强为首的多个犯罪团伙,互织成制贩枪支"地下网络"。

一次次秘密跟踪贩枪嫌疑人后,开始了一次次抓捕。

那天,贾春宏先派一名刑警悄悄关掉嫌疑人住处的电闸,他领着其他人在门外死盯房门。

确定嫌疑人向某在屋内,他们破门而入。

电闸再次被打开。

"你们是什么人,凭什么抓我?"

"公安局的!枪藏在哪儿?"

"我没有枪!"

贾春宏即刻示意其他人到房内仔细搜寻。片刻工夫,从洗衣机里搜出一把自制的霰弹枪。

就这样,贾春宏带着他的同事们,愣是花了一年多时间,像扫雷一样,将制贩枪支的"地下网络"清除得干干净净。"3·31"案成功告破,被公安部称为"全国第二大黑枪基地"的贵州松桃黑枪产业链土崩瓦解。

刚办完"3·31"案,贾春宏又转战花垣的两起涉枪涉黑案。

花垣县铅矿与锰矿效益好,有人打了洞、出了矿,别人眼红,就请人从旁边打洞,横切面打过来,极容易产生纠纷。每个开矿的老板都持枪,一旦发生纠纷,矿山就会发生枪战。

邓某斌、刘某良是两个涉枪涉黑的矿老板。

谈起他们,贾春宏的语气里带有遗憾。

刘某良的属下制造了2009年4月4日一死三伤的持枪杀人案。省厅由此牵头成立"4·4"专案组。

刘某良是典型的为争夺矿山利益而犯法的大老板。28岁不到他就成了万信公司的老板,资产当时已经上亿。人一有钱就开始膨胀,加之法治观念淡薄,他认为在花垣没有自己办不成的事。

他养了一帮劳教释放人员。看中谁家的矿洞,他就要强买。最终他成了涉黑团伙的头子。

而邓某斌在花垣本是仁义大哥，家财万贯，口碑良好，也因为矿洞利益纷争，卷入涉黑涉枪案件。

这个专案，前前后后艰苦摸排了一年多，于 2010 年 10 月 22 日结案，最后缴获枪支十八把。

"3·31"案破案前，自治州每年发生涉枪案百余起，占省里 70% 以上；破案后，每年涉枪案降为个位数，同比发案率下降 90% 多。

贾春宏因此荣立个人一等功。湘西恢复了以往的宁静。

一起特殊的盗窃案

贾春宏在任州局刑侦支队大队长的时候，遇上了一起特殊的盗窃案。那是 2014 年 4 月。

沱江北岸的喜鹊坡顶有一处宅院，名叫玉氏山房。

贾春宏再次踏进玉氏山房的时候，门口的狼狗狂吠起来，保安赶紧将狗拴到狗窝里去。

盗贼夜里进来的时候，狗丝毫没有察觉？是否是监守自盗？

第一次丢画，玉氏山房的家人虽说报了案，因现场查勘不到丝毫痕迹，案子一直没破，该家人似乎也没太在意。

拾级而上，是回廊门楼及白塔。天井连接主屋，亦通厨房餐厅，庭院角角落落被草木点缀，鸟语花香，一派盎然春意。东边摆着大画桌，南边为会客休闲厅，北面壁是湘西风景壁画。院子四周都安着摄像头，每天二十四小时有专人负责安保，还养着几条狼狗。

戒备如此森严，盗贼插翅难进呀。

再次细细打量玉氏山房，贾春宏不由得回想起第一次来的情景。

那回，90 岁高龄的大画家在家。3 月上旬，为筹措修建美术馆的资金，大画家专程回到凤凰，在玉氏山房埋首完成两幅巨型画作——荷花图。家里客人络绎不绝。

4 月 8 日清晨，住二楼的大画家刚走到一楼画室门口，就愣住了——画室晾着的两幅小画不见了。那是头晚给北京客人画的，因未干，未及带走。同时丢失的，还有画案上的青花瓷印泥盒。

他觉得奇怪：我那印泥盒又不是古董，为何也被偷了？

这盗贼恐怕不懂艺术，不然怎会将个普通的青花瓷印泥盒当作古董偷了去？

普通游客，若非事先做功课，大都只流连于古城内的青石板路、沱江边的古城墙；或经过跳岩或虹桥，从南岸跨到北岸；抑或去沱江泛舟，晚间去跳岩上放放河灯……极少有人将远眺到的恢宏楼阁与大画家联系到一起。

这起盗窃案的始作俑者一定是个有心人。

两幅四十平尺的画，一幅红梅，一幅白梅，原本悬挂在一楼客厅正墙左右，现在却赫然不见了！

大画家的侄子介绍说，这是"大伯专门珍藏在玉氏山房的最爱"。

两起盗画案，明显是同一人所为。

可是安保如此森严的别墅，怎会接二连三地丢画？盗贼的胆子够肥啊！

刚聘请保安时，老画家便给保安一人赠画一幅，其画时值五十万一平尺；再给每人预支两百万工资，希望他俩死心塌地替自己看家。

现场任何攀爬痕迹没有，保安脱不了嫌疑。

贾春宏把保安带到一间小屋子："昨夜狼狗叫了没？"

"叫了呀，但等我们起来看，什么人都没有看到。"

"第一次呢？"

"第一次也叫个不停。当时怕影响老人家休息，就把狗牵进狗窝了！这次丢画，回想起第一次狗叫，才想到是有人进来。"

不是保安，会是谁呢？大家都狐疑了。

肯定是哪里没有检查到位。

贾春宏再次踱进庭院。

非常隐蔽的一处攀爬痕迹露馅儿了：原来，从靠山边的一处上来，竟可避开所有的摄像头。

紧接着，在未及院墙处发现一把螺丝刀，从上面提取了指纹。这是贾春宏的老本行。

一番比对下来，嫌疑人被锁定：田某，凤凰人，十几岁就在外盗窃，坐牢多次，屡犯。

此时，田某已携着女友去上海了。

事不宜迟，贾春宏带着一位刑警和几位民警，循迹赶至上海某小宾馆，将正做着发财梦的田某抓获。

连夜突审，田某拒不交代。房间里也搜不到赃物。

马上带回凤凰。狡猾的田某终究招架不住贾春宏的攻心绝招。第三天，案子审开。

原来，田某将四幅画悉数藏匿于其在江西上饶的出租屋内。他赶往上海，是想去古玩市场打探青花瓷印泥盒的价值，顺便问问画能放哪儿出手。

多年未回乡的田某，这次带女友回乡挂青。可能离乡太久，女友又第一次来凤凰，他便带着她四处溜达。

在沱江边，他无意间望见沱江对岸的喜鹊坡上，有一座带亭子的豪华庭院十分亮丽。当时他就想，肯定是一户有钱人家。

惯偷哪忍得住啊。他当即盘算开了，晚上就去偷一把。这一切，他连女友都瞒着。

大画家住在别墅的二楼，门锁着。田某进不去，就转到一楼。画案上的青花瓷印泥盒引起了他的注意。他喜滋滋地拿起"古董"，还顺走了墙上两幅刚画好的画。回去上网一搜，才晓得偷的是大画家的家。

这个甜头让他夜不能寐。玉氏山房还有更大的画，他还要去偷。

田某精心准备着再次出手。

作案头晚，他特意住在麻阳，次日坐车回凤凰。快到凤凰时，下车，翻山，轻车熟路地潜入玉氏山房。

做惯了贼的田某，反侦查能力特强。他穿着鞋，将另一双鞋放在墙外。作案时，还给鞋套上袜，自己戴上手套，致使现场提不到任何痕迹。

若非贾春宏火眼金睛，案子啥时破，还真的难说。

画被完好无损地追了回来。几幅画到北京估价，价值1.08亿元。

大画家的侄子接受采访时曾表示：大伯不愿意正面回应这些被偷作品的市值，只是说很贵。因为它们的价值，应该由专门的评估公司和专家做出。而且，画作的市值价，关系到犯罪嫌疑人最终的刑期，这可能也是大伯不愿意谈及画作价值的一个原因……

他向湘西警方表达了诚挚敬意："非常感谢警方在这么短的时间里就破了案，而且人赃俱获……"

法盲冲动引发的命案

"田正富"正在如往常般蹲在厨房吃饭。

忽然冲进三名陌生男子，以迅雷不及掩耳之势将之摁倒在地。他拼命挣扎间，头顶传来熟悉的龙山口音：不要动！龙山公安局的！

此一幕，发生在2015年4月28日的湖北荆州纪南镇。那天天气异常闷热。

"田正富"，正是当时已潜逃近十五年的命案逃犯肖某峰。

贾春宏负责带队抓捕。一起由自治州挂牌督办的命案积案成功告破。

事情还得从贾春宏刚调入龙山刑警大队说起。

时间是2000年6月19日傍晚。大队突然接到报案，水田坝乡下比村出人命了！

贾春宏几个奉命立马驱车赶往下比村。现场惨不忍睹。

大白天，热得流油。肖某意和同居女友黎某与同村的肖某峰又起了冲突。这回，还是因为农田灌溉用水。肖某意又放走了肖某峰农田里的灌溉用水。

村委会、当地乡政府和派出所为此事调解过多次，都没效果。

村民当时劝开了他们。哪知到了傍晚发生了杀人事件！

围观的村民议论纷纷。夜色将村子罩得严严实实，肖某峰早已不知去向。他是狩猎高手，常在山里转悠，肯定潜入大山了。

贾春宏仔细观察了下比村的环境：典型的湘西小山村，人烟稀少，四周环山。

肖某峰到底是逃到山里，还是逃到山外去了呢？

蹲守肖某峰沿河而下的必经之处——茄坨河石拱桥。

贾春宏接令，即握着连夜派发的冲锋枪，独自坚守在茄坨河畔。

每天，乡政府的联络员送来两餐饭。也只有送饭那个空当儿，贾春宏才得以开口说说话。联络员替班，他就跑到茄坨河里洗个澡，再打两个小时盹儿。

下比村，周围都是高山大界，夏夜仍有凉意。为保证体力与精力，贾春宏每次都请联络员多送些肥腻的腊肉。

其他刑警，两人一组，分头在白天满山找。

湘西的原始次森林多，带着火枪匆匆逃进山的肖某峰，此时在哪里呢？

三天三夜，肖某峰未现身。看来他不会走水路了。

贾春宏接令撤离。

有人看到肖某峰在其亲戚家现过身。贾春宏与同事的第二个任务，是蹲守肖某峰亲戚家的牛栏。

牛栏离住房十来米远，两层，上层放稻草用。牛栏里低矮潮湿，臭气逼人，没法坐与站。两人只得成天趴在上层。

一趴就是两天。蚊叮虫咬都得忍着。

撤离后，身上的牛屎味久久不散。多年后回想起来，贾春宏似乎还闻得到。

案发后不久，肖家人突然举家外迁。

肖某峰在逃。他多次被列为省州督逃犯。

每一个接手该案的民警，都反复阅卷，都想查找出蛛丝马迹。

但肖某峰与他的家人，仿佛已人间蒸发。

肖某峰的出逃，成了贾春宏心里的一块千斤巨石。

十多年来，他始终惦记着这个命案积案。

有村民反映，几年前，其妻李某曾偷偷回家，说是办理土地承包手续，也留下了电话。可一走，电话就停用了。她与肖某峰没离婚，也没见另找，独自抚养子女……

看样子李某的生活境况不差。那她的经济来源呢？

肖某峰一定在暗中贴补家人。他与她一定还有联系。

2011年公安部开展"清网行动"。

民警上门对肖某峰的其他亲人宣讲政策，并让捎话给肖某峰，劝其投案自首。同时多管齐下找寻，但还是没有结果。

李某刻意与外界断了来往。

听说肖家子女曾在萧山、东莞一带出现过，可还是找不到。

2015年，轰轰烈烈的"雷霆行动"展开。

肖某峰的抓捕工作再次被提上日程。

已是副支队长的贾春宏亲自挂帅侦办此案。他想起了茄坨河畔和牛栏屋的蹲守。

一条重要线索出现：肖某峰的落脚点，在江汉平原的荆州纪南镇一砖厂里。

立刻赶赴荆州。

贾春宏与民警乔装打扮后，去砖厂附近踩点。湖北警方及时介入，大家坐在一起推敲商定抓捕方案。

肖某峰所处的砖厂没有围墙，四周都是油菜地。一旦打草惊蛇，抓捕工作将功亏一篑。

肖某峰开砖机，上工时间为半夜12点至早上8点，不利于抓捕。他又极少外出，想在巷口拦截捕获，也不太可能。

最佳时机，是趁他吃晚餐时。

贾春宏一行三人，由当地社区民警带着，佯装考察附近的鸭棚，不动声色地慢慢靠近肖某峰的宿舍。

此时的肖某峰，正蹲在厨房大口吃饭呢。

经审讯得知，被劝架回家后的肖某峰，越想越气，挨到傍晚，竟摸出一杆打猎的火枪偷跑出家门。也是合该有事，他在桥头碰到了肖某意，便端起火枪往对方头部开了枪。

黎某闻声出来，还没看清怎么回事，肖某峰早已抽出备好的砍刀，对着她一顿猛砍。此时，肖某峰已杀红了眼，转身，又对着肖某意的颈部一顿狂砍。

眼瞅着两人倒地身亡，他便趁着夜色，匆匆躲进茫茫大山，背着那杆火枪。

"一些山里人读书少，法盲，性格鲁莽冲动，是当年命案频发的原因之一。"贾春宏语气沉重地说道。

作为土生土长的湘西土家汉子，他太熟悉湘西人的脾气了。

其实，贾春宏也是领导与同事眼里的"暴脾气"。这跟他外表的斯文很不匹配。

他解释道，自己做事较真儿，性子急。

说这话的时候,他露出了羞怯的笑容。

可他妻子则觉得,他在家脾气并不火爆,可能只是在工作上吧。

但他从不将工作上的事情说给她听,她也从不过问。这似乎也是很多刑警的习惯,他们都不愿家人替自己担心。

他喜欢收拾屋子,打扫卫生。只要有一点点空,他就会去接晚自习下课的孩子;或者,去附近的兰花市场转悠,寻找他心爱的兰花。

他喜欢养一种本地建兰"边城贡素",八月份开素心白花;还有一种大山里的蕙兰,本地人称芭茅兰,春天会生发很多花箭,兰香馥郁。

我觉得他外表像芭茅兰,内心则像边城贡素。他有着山里人的简单、朴实、坚韧。

他却觉得兰花像极了自己的职业。

龙山之女

李万军

题记：在堪称奇迹的秦简故乡龙山里耶，在中国土家历史文化传承最浓郁的惹巴拉，在解放初湘西剿匪战斗曾经最激烈的乌龙山，有一个最吃得苦、霸得蛮、耐得烦的龙山土家女警，不久前受到了习近平等党和国家领导人的亲切接见。她是谁？凭啥走进了全国人民大会堂？有人说她是英雄之女，有人说她是土家之女，依我看，她就是我们此行梦里寻她千百度的那位"坚守者"——龙山之女。

绵亘千里的武陵山脉似一条蛟龙，从云贵高原逶迤走来，一路走向毗邻北纬30度的"湘鄂川黔"革命根据地的茨岩塘时，拐了个急弯，一头扎进相对平缓的湘西北。这个地方有史以来就叫龙山。在莽莽龙山怀抱，生活着占该县近60万人口中71%的土家族、苗族、白族等16个少数民族同胞。在龙山近60万人民中，有这样一个"阿姐"（姐妹）集体，她们吃得苦、霸得蛮、耐得烦，似一朵朵铿锵玫瑰，在武陵山脉之北的大山里次第绽放。在这个模范集体里，有这样一位出色的土家阿妹，她从警18载，从事人口与出入境管理工作11年，尤其是她在担任人口管理大队副队长、教导员、队长的十年间，继往开来，锐意进取，敬业爱民，实现了该县人口与出入境工作的新跨越，取得了队伍建设和业务工作的双丰收。她所在单位先后获得了"全国公安机关爱民模范集体"、"全国青年文明号创建活动成绩突出单位"、"全省文明窗口单位"等18项省级以上荣誉。她也因此获得了"全省公安十佳服务标兵"、"全州警爱民十优人民警察"、"湘西好青年"等称号。这个模范的集体就是湘西自治州龙山县公安局人口管理与出入境管理大队，这个出色的大队长就是该大队现任大队长向婕。

沿着当年红二、六军团长征的足迹，我们湖南省公安厅纪念红军长征胜利80周年暨"长征路上的坚守"采访组一行，采访了这位龙山之女。

她是最美"服务员"

向婕是个美女，不过她的美与时尚、性感和魅惑无关，她的美是自内向外的那种，主要源于她的形象气质和工作属性。长年累月，一套得体的警服穿在她天生姣好的标准身段上，堪称绝配；从早到晚，挂在鹅蛋脸上的微笑，表达着她服务群众的忠诚；十余年的坚守，像老骥伏枥、像春蚕吐丝、像蜜蜂采蜜，燃烧着自己，照亮了群众。毫无疑问，在这个集体里，她的微笑是最真诚的、服务是最到位的、效果是最显著的。自然而然，她即被大家公认为龙山公安的形象代言人和最美"服务员"。

向婕很拼，向来如此，众所周知。居民身份证是我们每个人生活中必不可少的证件，无论是考学、看病，还是取钱、乘车都需要它。假如拖而不办，不仅严重影响群众的生活质量，同时也给公安机关的社会管理带来隐忧。

2008年，龙山县公安局在换发第二代居民身份证攻坚战中领受了制发证量16.4万张的目标任务。因为该县经济太落后、山区太偏远，青壮年大多都已外出务工，留下的多半为妇女、儿童和年老体弱者，若采取招回的办证办法，既耗时费力，又会增加群众负担，上级要求很高，现实不容回避。一时间，龙山的换证任务显得十分艰巨。

当时，作为主管二代身份证办理工作的向婕，看在眼里，急在心上。她竭尽所能，终于完成了这项工作，解决了服务难题。

她的头一招是运用游击战术，为偏远山区群众服务。龙山是一个拥有3131平方公里县域面积的山区县，是当前湘西自治州常住人口最多的大县，其人口是古丈县的四倍，面积是古丈县的三倍有余；县内山高林密，沟壑纵横，原始次森林密布，野生动植物品种丰富。过去的龙山人民，就是这样靠山吃山，过着这种极其艰苦而俭朴的生活。若非红军长征根据地曾经在此建立、解放以来人民解放军湘西剿匪战争的胜利和党的富民政策的推动，这里的少数民族同胞，似乎早已习惯于这种依山傍水、封闭落后的艰苦日子。即便是改革开放三十多年后的今天，一辈子都没去过一趟龙山县城的"阿婆"、"阿爷"依然很多，这在龙山也不算新闻。如何在短时间内，完成34个乡镇434个行政村的换证任务，用"困难重重"来形容，也绝非夸大其词。

猛必乡车拉坪村是向婕的流动办证队要攻克的一处主阵地。它位于龙山县东部，山高路险沟壑深。说起来是乡村，其实就是分散在九座悬崖峭壁之间的十个家族群落而已。看起来近在眼前，听起来也"鸡犬相闻"，但若要走过去，则会跑死马、累死人。再说路，也不能叫做公路，只能叫做"通道"，绝非人们惯常在黄金周里带着妻儿老小、乘车游览祖国大好河山那种有惊无险的观光旅行小路。总之，这地儿是人见人怕，鬼见鬼愁。由于该村经济文化落后，思想长期封闭守旧，村民们大多只顾眼前，不顾未来，以至于对办理身份证的目的和作用认识模糊，仅一味地认为，反正自己这辈子都难离开这块大山，办与不办无所谓，甚至有的还有抵触情绪。此行，向婕和她的"阿姐"们的主攻任务是，哪怕喊爹叫娘，哪怕口干舌燥，哪怕同吃同住同劳作，也得为该村 78 名群众一次性办好二代身份证。

当时正值农村"双抢"时节，天气炎热不消说，最麻烦的是适逢雨季，进山的简易路面又被洪水冲垮，几辆两轮摩托车拉着沉重的办证设备和向婕一行，在不足两米宽的绝壁通道上，只能弯弯拐拐，走走停停。陪同的村干部也越走越怕，于是劝向婕说："向队，这路又毁了，我们本村人都不敢走了，还是别去了！"

"不行，既来之则安之吧！"没想到，一向笑容可掬的向婕，对村干部的回答如此坚决，且不留丝毫分说余地。坚持己见的向婕，其实脑海里也难免后怕，前行的路途中，她自己乘坐的摩托就车身失重好几次，摩托后轮都滑到悬崖边了。命悬一线之际，幸亏当地驾驶员经验独到，每每关键时刻，总是有惊无险地解除了危机。否则，那天没准儿就到红军先烈那里报到和登上媒体"头条"了。

这一天，向婕没少折腾，颠前跑后不算，单去东家割稻、西家插秧就够受了，其间，还得与老人们边务农边套近乎，适时宣讲办理身份证的各种好处。尽管向婕也是土生土长的龙山人，但她自小出自一个军转干部家庭，成长在县城环境，虽从小父母有意无意地给她导演过几次"上山下乡"，但像那天干这种实打实的重活，真好比是刘姥姥进大观园——头一回。其他的"阿姐"，恐怕也是头一回吧！就这样，功夫不负有心人，直到黄昏，向婕和她的"阿姐"，终于为该村 78 名老人逐个办完了二代身份证。

耳闻目睹了这 78 名老人的身体和经济状况，向婕既感到几分欣慰，也感到几分酸楚。特别是为那位已 60 多年没有走出过大山、现年 90 多岁高龄的彭婆婆办证时的情景：向婕当时一边为老奶奶梳着头，一边和她拉着家常，惹得这位老奶奶一边笑不拢嘴，一边眼泪双流。在照相机快门按下的刹那，婆婆笑了，"阿姐"们的眼眶也红了，百感交集中，一天来的疲劳顿时随风而散。事后，向婕不忘向那位陪同的村干部道歉，并解释说："五心不定，输得干干净净。战斗中哪有临阵退却的道理哩！我们早一天去，这些村民就可以早一天拿到身份证，早一天拥有合法的身份啊！"

万事开头难。向婕自带队在车拉坪村打响了头一枪后，接下来的工作轻松多了。几个回合后，至 2013 年年底，该县 99% 未办证群众终于办好了自己的身份证，同时也提前超额完成了省厅和自治州下达的办证任务，向婕的工作得到了上级的高度肯定。

她的第二招是突破医疗禁区，为麻风病患者服务（麻风病，是一种由麻风分枝杆菌引起的皮肤周围神经过敏慢性传染病，临床表现为麻木性皮肤损害，神经粗大，严重的会导致肢端残废，且治愈率低，亦为世界传染医学领域的难题之一）。2014年6月，向婕听说红岩溪镇卜纳洞村还有八名老麻风病患者没有办理二代证，其中四名是人管系统中无名无姓的"黑户"，遂决定自己出马，一定要攻克这个堡垒。该村无疑是本县和湘西自治州的特殊村。它始建于1956年，当时有50多名麻风病患者被集中"安置"在那里，将近半个世纪了，唯有民政部门指定的专人给他们派送日常生活物资。此外，该村再无人问津。目前，生活在这个角落里的八位村民，平均年龄达到了80岁以上。由于这里长期与世隔绝、环境特殊，久而久之，他们便成了被世人遗忘的"野人"。

解放前，麻风病在我国既是一种常见病也是多发病；解放后，国家十分重视人民的医疗卫生事业，采取了积极的隔离防治措施，不仅较好地控制了这种"疫病"的传播，而且正在逐步消灭这种传染性疾病。目前，在我国只有为数不多的贫困山区还存在这种疾病。按说，从地理环境和生活水平而言，龙山存在"麻风病村"，也算不上什么"新闻"，但长期以来，由于人们对麻风病存在种种误解和偏见，导致很多人对麻风病患者讳莫如深，甚至"谈麻色变"。对此，客观上存在发病风险的龙山人也概莫能外。自20世纪五六十年代以来，政府根据麻风病的发病和传播特点，即对该村实行了隔离管理，采取了"只进不出"措施，当年麻风病人只要一进入该村，生老病死，几乎就全在这里了。

毫无疑问，从医学传染的角度来讲，只要接触或走进病区，就会存在感染的可能。对此，向婕和她的"阿姐"们专门到医疗部门作过咨询，也接受过这样的"科普"。周围人好言相劝、家人的担忧提醒，以及万一被传染的后果，她不是不听，也不是不怕，而是在这事关人民，事关党员干部和人民警察服务群众的"最后一公里"的天职问题上，她和她们，只能选择义无反顾。每当她想到若是不去，这些没有"身份"的"野人"，肯定无法领取救济款、无法报销合作医疗费，甚至国家人口统计数据也可能因此失真的结果时，她和她们，便只有前进。

在向婕看来，人口管理与服务，是不允许存在"盲区、特区"的。

尽管此前有了充分的心理准备，可当向婕她们来到"麻风村"时，眼前的一幕还是让她们惊呆愕然：几位耄耋老人坐在屋檐下，一字排开，他们有的烂胳膊，有的瘸腿，有的双目失明，有的面貌狰狞，有的弯腰驼背。八十几岁的沈某富老人情况更糟，双目早已失明，皮肤大面积溃烂。面对此情此景，要是一般人，头皮早发麻了。当时，老人们朝向婕她们看了看，有点儿不好意思，像一个个没见过世面的孩子，不自然地转过头去。

见他们如此腼腆，向婕便主动上前和他们开始了交流，一阵嘘寒问暖，才逐步消除了这种陌生感。眼见着老人们那种渴望却又怯生的眼神，向婕心里有一种说不出来的煎熬，也更加坚定了她们一定要为这几位世外"村民"实行特别服务的信心。

在采集指纹时，她发现这几位老人的手指表皮都存在不同程度的脱落现象，哪怕重复采集一次、两次、三次，有的还是采集不完整。此时，向婕便俯身弯腰，像伺候亲爹亲娘一样，蹲在老人们面前，从自己身上取出餐巾纸，将他们的手指一个一个地擦干净，然后拿着他们的手指，一个一个地在指纹仪上摁下，认真做好每一个细节，尽可能地保证指纹的采集质量。平常，向婕她们采集一个人的指纹，一般都不会超过三分钟，但那一次不一样，平均每个人指纹采集耗时都在半个小时以上。在这次特殊的上门服务中，向婕为自己能够消除隔膜，亲身为这几位麻风老人上门办证，感到特别自豪。因为于这几位老人的身份确认来说，这不仅仅是公安机关的一种责任，更是代表党和政府向他们传递出的一种时代大爱。

她的第三招是打破常规制约，为外出打工者服务。龙山县是劳务输出大县，每年春节期间，是返乡农民工办理身份证的高峰期。为了满足年前回乡和年后立即要返程的打工族的办证需求，在繁重的工作任务下，面对从四面八方涌来的群众，向婕总是想方设法，统筹安排好窗口值班民警，调整工休时间，确保了户籍窗口全天候服务。多年来，她不厌其烦，也不放松标准，从人口信息受理、核对、人像采集、数据审核等环节，层层把关，严防差错。有时，为了让群众在办理身份证时一次完成，保证他们能准时拿到身份证，即使工作量再大，也主动加班加点，确保服务到人，到位。

一天，正是大年三十，家住民安街道办事处的李女士，因压根儿就不相信这些"阿姐"们的服务真会这么好，决定试探一番。于是她以马上要外出打工、申请补办身份证为由来到了服务大厅。当班的女警小崔，马上笑脸相迎，并送上了一句新春的祝福。李女士一时愕然，怔了好久，才激动地说："我原本是想过来看看你们到底是怎么工作的，没想到你们服务真这么好，辛苦了！我代表全家也给你们拜年了！"

还有一次，是正月初二，白羊乡的田女士，因乘机前才发现身份证丢失，遂赶紧跑到办证大厅求助。值班民警得知情况后，仅用了三分钟时间，就为田女士办理了一张临时身份证。接过民警刚刚制好的证件，田女士高兴地对民警说："太谢谢了，看得出，你们是真正的人民警察啊！"

就这样，在向婕的示范带动下，该大队曾经创下一天办理2000多张身份证的全州记录。从多年来的民意调查情况看，在返乡务工群体中，没有发生过一起投诉，也没有一起不满意的。

向婕很行，向来管理服务办法多。

服务无止境，水平有高低，方法有优劣。向婕始终坚持把岗位当阵地守，把服务当本分看。做好一件事容易，可要坚持做好每一件事，就不那么容易了，这光凭热情不行，还必须要多动脑筋，多想办法。

龙山本就地广人稀，线长面广，客观上给公安机关的人口管理带来了巨大的压力。公安部、省市州厅局、县市区局关于人口与出入境管理方面的政策，总体上大同小异，区别就在于如何结合当地实际去贯彻落实，如何做到管理到人、服务到家。

复杂的问题简单化，简单的问题复杂想。这是向婕一以贯之的解难思维。

她首先把握了民意导向，做对了以人民为中心的这个最大公约数：安全+公正+热情=人民满意。

她推行了三大举措，着力提高人口与出入境服务窗口的社会管理效能。为此，她学习借鉴服务行业的经验，推行了"每月之星"的评选活动。着力提升窗口民警的"精气神"，要求每名民警及工作人员用"星级服务"的标准来自我约束，规范言行；她借力科技手段，推行了高效服务评价机制。自2010年开始，她率先在全州公安系统中引入了窗口服务评价器，把话语权、评判权和决定权交给群众。截至目前，共有三万余名群众参与了对当班民警的评价，进一步规范了民警的工作行为、职务行为，使他们必须勤作为、真作为，杜绝了不作为、慢作为和乱作为现象。她主动邀请人大代表、政协委员对大队的日常工作进行评议，并在大厅显著位置设置了意见箱，真正接受来自群众的监督。她很注重典型的示范引路作用，推行了互帮互学结对子活动，以此相互促进，共同提高，形成了争先创优的良好氛围。

其次她抓住了敬业爱民这条主线，创新了为民服务的三大机制：她创新了全天候的服务机制，推行了"延时服务"和"前移服务"，即做到每天都是工作日，实行双休日、节假日不放假，农历腊月三十、正月初一照常上班。在以前临时成立"流动办证队"的基础上，专门设立了一支由三人组成的"流动办证队"，做到特事特办、急事急办和限时办结。既提高了办事效率，又最大限度地方便群众。她创新了"五心"爱民机制，要求全队八位民警带着"热心"做好窗口受理工作，带着"孝心"走进敬老院上门办证，带着"爱心"走进福利院为弃婴解决"黑户"问题，带着"实心"走进暂住人口解决户口迁移难题，带着"诚心"走进特困户解决生活困难。她创新了"五四三"为民承诺机制，要求全队服务态度做到"五个一样"，即生人熟人一样热情，老人小孩一样耐心，领导群众一样对待，节假工时一样认真，忙时闲时一样主动。她推行了"四项承诺"，即一次能办则快速办，手续不齐补好后两次办结，个别情况可预约定点办，对困难群众实行免费上门办，错误、遗失证件及时补办；实行了"三个告知"，即将办事程序、收费标准和咨询电话打印成便民单，告知群众。

2011年3月31日，向小云女士与她的土耳其籍老公穆斯塔法，来到人口与出入境管理大厅，请求民警为他们两岁女儿的护照办理签证延期手续。一时间，由于语言沟通不便，加之向女士身怀六甲，不方便远途跋涉去200多公里以外的吉首公安机关办理，办理遇到了难题。向婕得知后，立即向支队反映了情况，支队慎重考虑后同意给这个外籍家庭"特事特办"。困难解决后，穆斯塔法夫妇如释重负，感动得一时语塞，两口子只争抢着重复"good"。这三大机制实行后，不仅引来了同行争先恐后的学习，而且得到了群众的真心拥护，至今收到的感谢信、锦旗和明信片不计其数。

最后她制订了"8+3"工作制。工作中，向婕发现若仅在工作时间办理业务，会与很多"上班族"、"学生族"和远道而来的群众有时间冲突。所以她在正常工作的8个小时基础上，再加了3个小时，形成了"8+3"工作制。即：早上提前上班一小时，取消午休一小时，下班后晚走一小时。她每天都特意给自己增加3个小时的工作时间，还经常放弃双休日、节假日，加班加点工作。不管群众什么时候来，不论学生什么时候有空，只要来到窗口，基本上都能保证办好证。她永远是一张笑脸相迎，保证每一位群众都能够顺利地办理身份证及出国（境）证件。

2013年9月2日，按说这天向婕是该轮休的，但她又赶来上班了。结果接到了来自东莞市救助站的电话，称前几日在京广高速公路上，有一名10岁左右的小男孩，一人背着背包逆向徒步行走，高速交警发现后，对这男孩实施了救助，但因小孩年龄小，只告诉交警自己名叫"王思玲"，家住龙山，其他的情况语焉不详。对此，高速交警一时无法查找到这男孩的家人，便将他移交到广东省东莞市救助站。该站接力救助后，通过小男孩提供的有限信息，向龙山公安人管窗口请求帮助。向婕得知情况后，按照救助站提供的信息，马上安排人员核查。民警根据这男孩提供的姓名搜索，结果一无所获。面对这一状况，向婕疑问顿生：很可能是东莞救助站的工作人员没有问清楚，要不就是出现地名重合，只要这孩子智力正常，他母亲的姓名应该是能够提供的。就这样，经过几个来回的反复核实，功夫不负有心人，终于查找到了这位走失男童的家长。

向婕很累，心里有时也苦。由于长期高负荷的工作，她一顾不上自己的身体，二顾不上呵护自家老小，三是几乎拒绝了所有的社会面交往。家里家外，亏欠太多了，每每思及此处，都深感无奈。

因为工作岗位特殊，该大队的多位民警都患有不同程度的"职业病"。有的民警因长期用嗓过度，声带出现了小结病变，连自己最喜欢的民歌都不敢再唱了；有的民警因长期接听电话，加之日夜趴在电脑前，以致造成了听力视力病变，连电视都不能看了。向婕亦不例外，而且更甚。

　　2008年10月的一个深夜，向婕正在加班整理户籍资料时，突然觉得双眼模糊，且混沌不清。以前，她多次遇到过这种情况，一般时候，她揉几下、眨巴眨巴眼、洗把脸，也就恢复了正常，但这次却不同往常，她用尽了所有常规招数，但眼睛还是模糊，眼前所有的物体几乎全部看不清了。次日，情况变得更加严重了，她不得不去医院检查，结果医生诊断为视网膜黄斑水肿。这种眼病无他，主要是因为长时间过度用眼疲劳所致。医生反复告诫，要再不注意休息，眼睛就很有可能失明。年迈的母亲得知消息后，心疼地流下了眼泪，对她抱怨道："你这么做，太不为我们老小着想了，你再敬业也不能不爱惜自己的身体啊。"面对母亲的抱怨，向婕沉默不语，因她知道自己亏欠家人太多，没有尽到自己的家庭责任。但入院治疗一周后，她想得最多的还是工作，还是窗口，还是没有在全州取得绝对领先地位的二代办证指标。于是，一种强烈的责任感驱使她想立刻出院，回到工作岗位上去。她的主治医生，考虑到她的病情，硬是不肯在出院手续上签字，她便软磨硬泡，在她的一再坚持下，医生许是感动许是无奈吧，不得不在出院证明上签了字。

　　本来，若论土家女儿传统，家里的茶饭、老公的起居和老小的照料，应该以她为主。但现实情况正好相反，她不但没能继承好这个土家传统，而且公婆和老公反倒对她照料有加，孩子的学习和接送，也都由家里的二老全部承担了下来。为了支持妻子的工作，向婕的丈夫还主动承担了很多家庭琐事。对此，她看在眼里，记在心上。可在母亲和女儿眼里，她仍是"不称职"的女儿和妈妈。

　　2011年春节前夕，大批外出打工返乡人员蜂拥而来，大队每天的制证量都在1000余张，队里人手捉襟见肘。可"屋漏偏遭连夜雨"，向婕还在上幼儿园的女儿，因出水痘高烧不退，在家哭闹不停，一定要见妈妈，原本耐心的丈夫一时没辙，希望她能请假来看一下孩子。"病在儿身，疼在娘心"，但当她看到人山人海的办证群众和没日没夜加班制证的同事们，便打消了"抽身"回一下家的念头，无奈中，只好再次愧疚地拨通母亲的电话……

　　每每想到这些，她都会感觉特别愧疚，总想偷偷地大哭一场。

　　然而，令她难过的远不止这些。自从警以来，由于长年累月的加班加点，几乎没有休过几个正常的节假，每逢同学和亲友们聚会、操办红白喜事，她要么是不能参加，要么就是礼到人不到。久而久之，大多数同学都疏远了她，很多的亲友不理解她，背后也免不了阴阳怪气的。

　　2013年4月，她高中时的一个最好的女同学，信心满满地找到她，求她为亲戚办一件事，结果，向婕一口就回绝了。原来，这位最要好的女同学，是为了请她帮忙搞定与龙山一水之隔的湖北来凤表弟的"高考移民"问题。湖南湘西龙山与湖北恩施来凤,虽然跨越两省两州,但两县仅隔一座桥、一条酉水河,两县的连接线不过三公里距离。长期以来,无论是政府还是民间,交往都十分频繁,两县通婚结亲的情况也相当普遍。但由于湖南湖北分属两省,尽管只有一水之隔,两边政策却有千差万别。单就高考而言,湖南龙山这边的少数民族考生,按照高考录取加分政策可加到二十分,而湖北来凤的少数民族考生,按照高考录取加分政策就只能加十分。这三公里的距离和十分之差,每年不知要招来多少说情者,每年也不知要得罪多少亲朋好友。若论情理和学友之谊,向婕变通一下,开个绿灯,搞个特事特办,送同学这个人情,也不违反多大的原则。但她一考虑到政策的严肃性和"破窗效应"的危险性,她一以贯之的党性原则和警察使命便占了上风,于是只好一口回绝了这位同学的请求,并且认真地给她上了一堂政策课。

此前,她的一个表姐,因不符合更改年龄条件,想请她帮忙,被拒绝后,认为她"不通情理",不可理喻,从此与她绝交。也有一些别有用心的人,企图找她非法变更民族种类,被她识破后,又企图找关系说情,送钱、送礼来打通"关节",都被她毫不客气地拒绝了。像这样的情况,远不止于这般,有时甚至是两省两县的地方领导或公安内部领导,批条子的、打招呼的,总是接踵而来。向婕见多了,拒绝多了,心里难免会感觉到很累、很累!

这问题,那纠结;千般苦,万般累。只要自己一碗水端平,对得起长眠在这块土地上的英烈,对得起自己头顶上的国徽,对得起鲜红的党旗,坚守得住这块"公平正义"的阵地,向婕便感到问心无愧,这点儿委屈和苦累又算得了什么!

她是最佳"探路者"

在古代,李太白醉酒狂歌,坚守的是一种狂傲;陶渊明东篱采菊,坚守的是一份自得;托尔斯泰高龄行走,坚守的是一种情怀。在我们今天的共产党人看来,坚守,首先是一种对理想信念的坚持,是对先辈所开创的革命道路的继承和发扬。于向婕而言,坚守,就是守住生命中不应该丢弃和流失的东西,它是一份沉甸甸的责任,它是一种进取奉献的人生,它必须与时俱进、开拓创新。通俗地讲,就是要像"探路者"那样,立足本职,始终心怀一种"敢为天下先"的奋进精神。

向婕是这样想的,也是这样干的。十七年来,不论是作为一名普通民警,还是作为中队长、副队长、教导员或队长,她凭着对公安工作的挚爱与忠诚,都始终保持这种坚守精神,真正做到敢为人先、勇于创新。尤其是在公安人口管理工作中,她不断创新工作方法和举措,可以说年年有创新,项项结硕果。

她独创了"向婕工作法"。

2011年，时任大队教导员的向婕，提出了一整套人管工作新方法，下大力气抓业务技能、礼仪常识培训、转变服务态度和规范言谈举止的同时，相继实施网上受理、异地受理、网上预约、无纸化审批等便民快捷服务措施，建立了网上办证点、警务QQ群等多种沟通联络平台，实现了警民互动和信息无缝对接，不断推出便民利民为民举措，并积极组织开展人管示范窗口创建工作，将局属13个派出所全部创建成全省示范户籍室。她在创新户政窗口工作中，还更多地体现出了人性的关怀，如敞开受理柜台，调整了接待大厅布局，配置了叫号机，实行了办证叫号服务。同时，还配备了老花眼镜、药品、报纸、饮水机等便民用品。在硬件上，为来办事的群众打造一个"舒心"的环境。在全州户口清理整顿期间，她探索总结出一套户口清查法，能够全面、准确、快速地整理出辖区内翔实的户口信息。为确保全县居民身份证编码的准确性、唯一性，她在全县率先设计印制了"居民身份证编码调查函"、"居民重人重户调查函"。同时，她经常吃住在单位，白天为群众办理手续，晚上又加班加点为社区民警打印常住人口登记卡，通过这些登记卡，极大地方便了社区民警核对户口的准确性，成倍地提高了派出所民警的办事效率。

其实，"向婕工作法"的由来，是缘于一次问题倒逼的结果。一天，大队接到召市派出所反映：该辖区有一名叫彭某的应届高三学生，在高考少数民族身份审核中，户籍民警发现她本人的民族登记与父母的都不一致，而这个学生的民族成分又是客观真实的，若依户籍资料，就意味着这位学生不能正常享受加分政策，彭某一家心急如焚，并对公安机关颇有看法。得知情况后，向婕当即受理调查，进行取证、整理资料、上报请示，特事特办，一气呵成。仅在两天时间内，就为彭某办好了民族变更手续，让她顺利享受到了高考加分政策。"向婕工作法"推行后，解决的像彭某这样的事例不胜枚举，同时，为群众解决享受低保、医保、社保等政策红利的案例也不计其数。鉴于此，湘西自治州在全州推广了向婕的这一工作法。

她提升了整个城区人口管理的精确性。

2011年，向婕认识到人口管理工作应该可作为一项社会化的工作来抓，必须建立起相应的基础信息采集机制，才能提高整个城区人口管理的精确性。一方面，她牵头构建起城区实有房屋的信息网格。在前期的信息采集阶段，她科学地运用信息资源，指导编制工作组，结合该县2010年国土局摸排的整个城区楼栋图，以小组为单位，采取图表对应，按照责任片区不漏房、房不漏户、户不漏人的"三不漏"原则，深入社区对房屋和实有人口进行调查摸底，全面采集房屋和人口信息底数。另一方面，她科学编制了"一图两表"。为了客观、鲜活地体现人口信息数据，将"一图两表"内容落地，她对每位操作人员进行了一对一的业务培训。为了服务好一线民警，她推动了服务与管理工作的阵地前移，在门楼牌清理编制过程中，她要求每个编制工作组上门入户，逐栋逐户、逐户逐门核对，做到门楼牌号码编制表、计算机存储信息、常住人口登记表、居民户口簿与住户实际情况"五个一致"。通过努力，共清理、编制城区159条路街巷，230个单位、小区，32566户房屋门楼牌号码，顺利完成了该县城区门楼牌清理编制工作，为全面、翔实地形成辖区实有房屋的第一手资料打下了坚实的基础。

她开创了"以房管人"的社会管理先河。

这一年，为推进实有人口、房屋、单位信息采集与管理，提升人口管理基础工作服务公安现实斗争的需求，最终达成"以房找人，以人找房；查房知人，查人知房"的人口管理目标，该县县委常委、政法委书记、公安局长潘太斌特意安排向婕负责牵头此项工作。受领任务后，她一方面加强学习，坚持用"不断变化的房屋来管理不断变化的人口"的理念，立足实际，借助国土、房管部门现有的电脑图纸模式，借鉴外地公安机关的先进经验，实现了门楼牌编制工作的良性互动，形成了"以房管人"的社会格局。另一方面，在信息采集阶段，为了做到"底数清、情况明"，她推出了"以图模房、以房管人"的信息采集思路，为此项工作的深入开展探明了方向。她带领编制工作小组，在各乡镇街道门楼牌地理数据资料的基础上，经过反复实践摸索，创建了社区人口三维信息管理系统；并以社区居民信息为中心，依据实际，模拟绘制了房屋3D示意图。全面掌握了房屋、建筑物、实有人口、重点人口和流动人口等信息，还可通过高科技手段，提供人员查询、道路查询、定位搜索等功能，真正形成了"以图模房"、"以房管人"的数字管理新模式。后来，该项工作在全省公安工作中成为首创项目，作为当前公安信息化建设推行的先行做法，这项工作还获得了全省公安工作创新奖，并在全省人管系统得以推行。

她创新引领了流动人口管理信息化。

2013年，向婕通过拓宽人口管理服务领域、延伸服务触角，结合当前城区流动人口管理工作中出现的新情况新问题，推出了房屋出租户和楼栋"标牌性"管理模式。一方面，创新流动人口管理工作机制。她指导各派出所推行"网格责任田"模式，按比例划分每位流动人口协管员的工作区域，并明确目标责任。以"人来登记、人走注销"为目标，要求流动人口协管员常态化滚动走访、排查、办证，对流动人口、出租房屋等基础情况进行了全面摸排，做到清查登记，村不漏户、户不漏人，全面掌握了底数及分布情况。另一方面，她提出对出租房屋建立"标牌性"的管理。以信息化管理为基础、分层次管理为措施、社会化管理为目的，积极争取街道、社区支持，按照"以户管人"的指导思想，率先在民安街道城区开展了流动人口出租房屋管理试点。她下到实地,指导派出所社区民警,以大门牌为基础,对辖区内的 6500 余处出租屋,逐一编制号码,统一制作标牌,做到"由大及小,一屋一牌",使"小标牌"成为房屋出租户统一的有效"身份证"。同时积极推行流动人口、出租户的信息化管理,制作了详细的流动人口信息管理台账,做到"屋牌对应、人屋对应"。在工作期间,通过此项应用,还成功抓获了 9 名网上逃犯,抓获各类违法犯罪人员 142 名。此后,她结合工作体会,撰写了《关于推进公安派出所人口管理工作的分析与思考》一文,此文在全州第二届优秀理论调研征文评选活动中获得了一等奖,在 2013 年全省公安机关重点课题调研暨社会管理创新理论研讨优秀论文评选活动中获得了三等奖。

她是最尖"侦察兵"

她是对越自卫还击战中"战斗英雄向继前"的女儿,在那场战争中,经历过九死一生的向爹,在向婕的成长道路上,有时像严父,有时像慈母,有时像路标,总在她左右,时刻指引着她的人生和工作方向。

向婕的父亲,曾是对越自卫反击战中的一位尖刀连连长,同时,也是当年龙山人民家喻户晓的战斗英雄。向婕清楚地记得,小时候阿妈经常给她讲阿爸当年保家卫国、百战不死的参战故事:1971 年,向爹响应国家号召,毅然参军入伍到原广州军区广西边境,当上了一名边境侦察兵,凭着从小练就的强健体魄和土家儿女特有的胆识,很快就成长为连队里的侦察尖子。1979 年 2 月 16 日,我军打响了对越自卫反击战,这场战争是新中国成立以来最大规模的一场边境还击作战。众所周知,在整整一个月的时间里,我军继承和发扬了革命战争年代的铁军本色,取得了对越自卫反击战的伟大胜利。当年身为边防步兵连连长的向爹,有幸参加了这场伟大的战争。作为先遣部队和尖刀连队,向爹当年身经百战,战功赫赫,且百战不死,留下了可歌可泣的英雄故事。

当年向爹的先遣团推进到越南高平省一线阵地后,遇到了越军的疯狂抵抗,一连数天展开了激烈的拉锯战,战斗此起彼伏,团队伤亡惨重,一时处于胶着状态。当时,向爹已经亲手消灭了数十名敌人,但恶劣的战场环境,丛林里数不清、杀不死的山蚂蟥和大蚊子,以及那些被枪林弹雨惊出的毒蛇,却成了威胁向爹和他的战友们生存的头号敌人。当向爹的尖刀连推进至高平省时已伤亡过半。但来不及悲伤,也顾不上掩埋烈士的遗体,向爹只能率领幸存的战士,投入到一场接一场大小战斗中。这位从小就受到红军长征战斗故事激励的土家儿子,从土家青年到共产党员,从战士到班长、从班长到排长、从排长到连长,几乎全是凭一股土家儿女的豪情和革命军人的血性赢来的。

那年的早春二月，处于亚热带丛林的广西边境，却出奇地遭遇了一场罕见的倒春寒，尤其是越南高平一带，下起了一场罕见的大雪，大雪过后，大雨接踵而来，一时战地血雨腥风，肃杀凄凉，气温一连数天僵持在0℃上下。对于身处战场中的军人而言，往往越是这样的恶劣天气，便越是潜伏侦察和发起战斗的最佳时机。这一次，向爹带领侦察班五人，执行团长指示的抓捕"舌头"任务，以便为后续将要发起的团规模进攻战斗获取直接情报。向爹一行潜入越军阵地前哨后，经仔细观察，将埋伏点设在了当面越军前哨必经之地，但同时也是最易暴露的一处水稻田里。这一埋伏就是三天三夜，狡猾的越军不知是进入了"冬眠"还是觉察到了四伏的危险，竟然没有一个从此经过的。在这极其严寒的三个昼夜里，饿了，他们就吃一口压缩饼干；渴了，就地喝一口身下稻田里的"血水"；累了，则是坚决不能睡觉的，尤其是夜间，必须相互提醒，借以保存战斗意志和生命，因为这一睡去就等同于牺牲。泡在这湿漉漉的稻田草堆里不说，单单这0℃以下的气温，就可随时要了他们的命，潜伏不到一昼夜时，这群战士的衣服便全身湿透，被冻成了冰块，手脚完全冰凉麻木，几乎无法动弹，唯有心跳和鼻息尚存。为了保持体温，坚守阵地，防止冻伤冻死，向爹不得不向战友们下达了最残酷的战场纪律：每人每隔一小时，必须报告一声——我还活着；每时每刻，手脚必须进行按摩解冻，冻得实在不行的，就用匕首轻戳指尖脚尖，直到动弹为止。潜伏到第二个昼夜，想定中的"舌头"还是没有出现，第三个昼夜即将过去，"舌头"依旧没来。按说，这是一条当面越军必经的给养通道，难道……莫非……不可能！除非越军长了翅膀！向爹开始了冷静思考，此刻撤退，即意味着不能完成任务，等于失败，这是他和战友们都不能接受的现实；继续坚守，很可能会非战斗减员，但抓捕"舌头"、完成任务的机会还在。想到此，他将自己的想法如实告诉了战友们，结果大家异口同声地选择了后者——宁可牺牲，也要坚守。

是的，有时坚守就是希望，就是胜利，中国革命如此，抗日战争如此，红军长征尤其如此。没有信仰，缺乏坚守精神，就没有共产党；没有共产党，就没有新中国；没有新中国，就没有当前的幸福生活。统一思想后，果不其然，第四天凌晨，三名鬼鬼祟祟的越军，挎着大包小包，交头接耳地朝向爹他们的埋伏点走来。显然，以埋伏日久的五名侦察兵来对付三名武装越军，这并非是理想的抓捕优势，也不一定会有胜算。但四天的埋伏等待，就只为这一刻的到来，机会当前，还犹豫什么！100米、50米、20米、10米、5米，说时迟，那时快，训练有素的向爹和他的战友们几乎同时跃起，像饿虎扑食般扑向这三个目标。当即，一个手指已达冲锋枪扳机的越军被向爹挥刀捅中，应声而倒，其余两个越军，亦被我钢铁战士三拳两脚擂倒。一阵捆绑堵嘴之后，五名英勇的侦察员，架起这两个被五花大绑的越军，乘着夜幕的掩护，一溜烟消失在阵地前沿，凯旋而归。

光阴似箭，日月如梭；英雄渐老，后继有人。至今，向爹火线侦察捕敌的故事，犹在向婕耳畔。这个英雄模范之家的接力棒，就这样自然而然地传到了向婕手里。在新世纪新阶段，在这祖国欣欣向荣的盛世里，向婕承载起父辈的光荣，开启了自己的梦想，在新长征的路上，有时像尖刀兵，总是在左冲右突，攻克了一个接一个艰难险阻；有时更像侦察兵，总在蛰伏坚守，为身后的团队提供了鲜活的情报资源，使一个接一个的违法犯罪分子相继落入法网。

她善于"瓮中捉鳖"。

向婕和她的同事们在平时工作中与刑警大队、各派出所都保持联系，相互沟通、支持，凡在办证大厅发现和抓获逃犯后，刑警部门会及时出警与大队民警共同围堵抓捕逃犯，同时，通过人口信息发现逃犯，会及时通报户口所在地派出所，积极展开抓捕行动。

2008年10月8日下午3时许，天色暗沉。一名戴着墨镜的年轻男子来到户籍窗口，要求办理二代居民身份证，当值户籍警龚妮俊收集好表格等相关证件后，照例进行网上录入受理。但她突然发现此人与全国在逃人员系统中一名在逃人员惊人的相似，于是她立即不动声色地朝向婕"使眼色"，这是向婕和她的同事们多年练就的高度职业敏感。她马上会意，随即迅速进入全国在逃人员信息资源库完成了比对，查实该人确是一名批捕的抢劫在逃人员。

那天，队里的其他同志都下乡办证去了，两名女同志直面一名严重刑事暴力犯罪分子该怎么办？她们迅速决定，决不能让罪犯再次逃脱。可怎么抓？关键时刻，她们以照片不合要求，要进入里间取相机重照为由，乘机通知了刑警大队。五分钟后，刑警出现在户籍窗口，迅速将这名逃犯抓获归案。

她善于"欲擒故纵"。

2009年1月12日上午，一名年轻人手拿身份证申领单来到大队办证窗口，显得极不满意地对办证人员嚷道："你们的办事效率怎么这么低，我这证件拖这么久，还办不下来？"办证人员接过申领单，看到了"雷某国"这个似曾相识的名字，头脑里马上闪现出一个月前的情景，此人就是那个拿光盘代替"雷某国"来办二代身份证的。经比对，向婕发现"雷某国"为网上逃犯。为了不打草惊蛇，办证人员故意称光盘里的照片不合要求，必须由本人来办证大厅重新采集。但代办人员称"雷某国"现在外地无法回来，一直要求先试试看，由此可见，抱有侥幸心理的嫌疑人也不乏愚蠢之处，逐步钻进了向婕她们"欲擒故纵"的圈套。当时办证人员答应他暂且先受理，若再不能办理就必须要求本人回家了。

这次，办证人员再次耐心解释，以照片不合要求为由，要求本人来采集照片。不一会儿，那名代办人员和一个贼头贼脑的家伙走到了办证大厅，向婕一眼就认出了那个贼头贼脑的家伙就是"雷某国"！说时迟，那时快，向婕和几名女民警一拥而上，一把揪住了那个家伙，与及时赶来的刑侦民警一道，给雷某国戴上了锃亮的手铐。像这样的案例很多，仅近五年来，向婕和她的同事们与各实战部门配合，在这个服务大厅就成功抓获了15名网上逃犯。

她有双"火眼金睛"。

2010年2月19日下午4时许，办证窗口前人头攒动。一名叫晏某辉的中年妇女前来办理二代身份证，向婕在审批时发现了异常，于是不慌不忙，依照以前的约定暗号，将审批表交给了男民警吴俊鸥。吴俊鸥立即进入全国在逃人员信息系统，发现晏某辉确系一名在逃人员。为了稳住逃犯，吴俊鸥称其二代证的照片不合制作要求，需重新照相。待晏某辉进入照相室后，吴俊鸥迅速将门关上，与时任大队长吴俊、教导员向婕一同将嫌疑人控制住。

事后经查，嫌疑人晏某辉，自2008年5月29日以来，伙同周某、彭某等人，先后多次在龙山县，湖北省宣恩县李家河、来凤县绿水乡、漫水乡等地实施系列盗窃；2008年6月24日，被龙山县公安局刑警大队列为网上逃犯。她在外"安全"地躲藏了一年，自以为能逃避法律的制裁，哪知天网恢恢，疏而不漏，最终还是栽倒在向婕和她的同事们手里了。

她是第一"追逃标兵"。

2011年6月，全国公安机关开展了声势浩大的清网追逃行动，向婕认为，尽管人管部门不是一线实战部门，也没有明确的打击指标，但户籍警察也是警察，除了为群众办好户口、身份证，身为警察，没有理由不参与这场由公安部发起的全国性大战役，更没有理由不主动作为。再者，自己所在的人管部门，向来人才济济，还拥有网上作战的优势，只要投身其中，运用人口信息大数据，为打击犯罪和网上追逃服务，必将大有可为。鉴于此，她带领人管大队民警，像一个个前沿侦察兵那样，变窗口为阵地，变服务为实战。白天服务办证群众，晚上则对户籍管理和办证业务进行梳理，将收集到的人口流动信息进行分析比对，并充分利用户政实时网，刻苦钻研技能，做好信息研判，开创了网上作战的先河。这一年的8月上旬，她在大量的户口信息中反复筛查，终于浮现出一名潜逃19年的涉嫌抢劫逃犯的活动轨迹，并进一步发现，此人早已隐居在越南边境的某个乡村多年。为了不打草惊蛇，她马上将情况反馈给本局的刑侦同事们。在她的引领下，刑侦同事们连夜组织抓捕小组赶赴越南边境，一举将这名潜逃了19年的抢劫逃犯抓获归案。在这一年的"清网行动"中，经她通过网上侦查获取情报信息的指引，刑侦大队等实战部门共成功抓获了19名罪不可赦的逃犯，向婕因此成为全州公安机关名副其实的"清网追逃第一人"。

她是最忠"坚守者"

　　群山交错、山水相依、毗邻边界的龙山，是贺龙等同志领导的红二、六军团湘鄂川黔革命根据地。革命战争时期，贺龙、任弼时、关向应、萧克、王震等老一辈无产阶级革命家曾经在此立下过不朽功勋。作为革命老根据地的传人，向爹曾经将一首当年龙山同胞拥护红军的歌谣传给了女儿向婕，向婕至今不但能背，而且还会唱："睡到半夜深，门口在过兵，婆婆坐起来，顺着耳朵听，不要茶水喝，又不扰人民，只听脚板响，不闻说话声；婆婆门缝看，原来是红军。媳妇你起床，门口点盏灯，照在大路上，同志好行军。"每当疲惫时，向婕就会唱起这首歌；每当唱起这首歌，向婕浑身便会充满力量。

　　在新时期，以向婕等为代表的龙山儿女，夜以继日地坚守在这块红色沃土上，继往开来，坚守传承，正谱写着一曲曲新长征路上的胜利凯歌。

　　龙山有一宝，她是中华民族的文化瑰宝，她的名字叫里耶秦简。如今称为秦简故里，世界遗产，当之无愧。她位于湖南省武陵山腹地，湘、鄂、渝、黔四省市交界点，与王村（芙蓉镇）、浦市、茶峒并称为湘西四大古镇。早在距今6000年前，里耶就有人类居住。这里有着神奇的自然风光和奇特的民族风情，但由于交通不便，其经济文化一直较为封闭落后，或许正是因为养在深闺无人识的缘故，使她在历朝历代的演进交替中，正好免于战乱或人为破坏。2002年，在里耶城即将被大坝覆盖的河滩上，发现了一口巨大的古井。在这口大井中，发现了三万多枚秦代竹简，是此前全国各地发现秦代竹简的十倍之多，详细记录了这座古城的历史，资料之翔实，国内外罕见。现在，这座古城的历史原貌，正有待于你等来揭开……

　　龙山有一村，她是中国历史文化名村，她的名字叫惹巴拉。她位于龙山县苗儿滩镇的洗车河与靛房河交汇处，由捞车河村的彭家寨、惹巴拉和梁家村的梁家寨三个土家族村寨构成。这里三河绕三寨，三山套三河，形若八卦，势如转轮，形成"沙沙卧虹"、"卦轮衔环"、"鱼戏绿潭"、"金龟朝阳"等美景。景区的主要景观集中在捞车河村，河畔古木参天，人们依山傍水而居，吊脚木楼鳞次栉比，掩映在苍翠葱茏之中，完全是一派世外桃源的再世景象……

　　神奇的地方总会有着一些神奇的风景，神奇的风景总会伴生出一个个神奇的故事。向婕之所以能成为今天故事的主人公，绝非偶然。透过向婕，我们仿佛又看到了沂蒙红嫂撇下自己嗷嗷待哺的婴儿，将自己的乳汁喂给受伤战士的动人情怀；我们依稀又看到了湖南老乡手提肩扛为红军送粮，争先恐后将有志青年送进红军队伍的壮观情景。如今，作为全国公安机关爱民模范集体的典型代表，她的故事才刚开始。她并没有惊天动地的业绩，也没有侦破疑案的传奇，她只是从一点一滴做起，扎根基层，扎根武陵山脉，用自己的巧手编织警民情深，用自己的玲珑慧心谱写了一曲曲动人的亲民爱民赞歌。

正如她在民情日记中所言："为人民服务不需要华丽的辞藻，需要的是以心换心、把群众当亲人的质朴情怀；为人民服务也不需要高深的理论，需要的是立足本职、把每一件小事做好的求实作风。只要守住服务群众这条生命线，再小的窗口也能做好大服务，再平凡的人生也能赢得最热烈的掌声。"

2014年，向婕领导的人口管理大队，被公安部授予"全国公安机关爱民模范先进集体"荣誉称号；10月28日，她代表这个模范的集体，远赴首都北京，参加了在人民大会堂隆重举行的"全国公安机关爱民模范集体表彰大会"，受到了习近平、李克强等党和国家领导人的亲切接见，亲手捧回了一块既属于她又属于湘西人民的金字奖牌。随即，在全县、全州、全省，一个以向向婕同志学习、向龙山县公安局人口与出入境管理大队学习的热潮，在三湘四水蓬勃兴起。

警营雷锋熊金龙
——记益阳市公安局资阳分局治安大队副大队长熊金龙

图/文 红 雨 介 强

2022年3月5日，是毛主席题词"向雷锋同志学习"60周年纪念日。尽管过去了将近60年，雷锋精神仍扎根在一代又一代的人民群众心中，它的光芒永远照亮着神州大地。

"学习雷锋好榜样，忠于革命忠于党……"耳熟能详的旋律，曾经鼓舞激励过无数青少年。如今年过五十岁的湖南省益阳市公安局资阳分局治安大队副大队长熊金龙就是听着唱着这首歌曲长大的。儿时，雷锋精神就像一粒种子播撒在他的心中，慢慢生根发芽。

20世纪60年代，熊金龙出生在美丽的南洞庭湖畔。美丽的南洞庭湖畔，世世代代繁衍生息着勤劳善良、敢于担当的湖湘儿女，在这片大泽龙蛇的沃土上，湖湘儿女们谱写着一个又一个的英雄事迹。今天，我们要赞扬的主人公熊金龙是一位军人出身，儿时命运多舛的有志男儿，他被称为资水河畔的"守护神"，警察战线上的"活雷锋"。这位"活雷锋"少年丧父，与母亲相依为命，甚至曾经一度靠流浪乞讨为生，命悬一线之际，是一位好心的老大妈给了一碗南瓜汤救了他们母子的命。慈母从小教导他要懂得报恩，长大有能力了一定要多多行善，回报社会。从此，少年心中牢记慈母的教诲，十六年的军旅生涯更是造就了他的人生目标和感恩社会的行事理念。

在部队摸爬打滚十六年后，2002年11月，已不是少年的他脱下了永远值得骄傲的军装，转业到益阳市公安局资阳分局当上了一名同样让他引以为荣的人民警察。转业到地方后，一眨眼又是十六年，这十六年的从警生涯中他不忘初心、牢记使命，用实际行动，践行了对党忠诚，服务人民的庄严承诺。在工作中，他多次受到单位和上级的表彰奖励，曾获优岗5次、嘉奖6次；多次被评为省、市优秀民警；荣获省标兵一次，荣立三等功一次、二等功一次；获得全国优秀人民警察荣誉称号、全国优秀共产党员称号。被评为益阳市级以上单位学雷锋爱民模范的熊金龙,有讲不完的为民服务的感人故事。

转换岗位,不忘初心

当警察是熊金龙儿时的梦想,也是多少男儿梦寐以求的职业。当他兴高采烈地到单位报到后,迎接他的第一份考验便是到社区去当一名户籍民警。熊金龙初次接触户籍业务,在感到新鲜的同时,也深深地感受到了身为一名户籍民警身上的责任。一位血气方刚的营职军官,从火热的军营突然转换到地方社区,每天接触的都是一些婆婆妈妈、妇女儿童、鸡毛蒜皮的琐碎事情,这种平凡的、复杂的、走村串户的工作性质,尽管有心理上的准备,或者说儿时受母亲的影响,有一颗为人民服务的慈善之心,也难免会有一些心理上的落差。但工作是自己选择的,他只能调整心态去面对现实,脚踏实地,一步一个脚印地努力工作。在工作了一段时间之后,熊金龙充分认识到自己工作的重要性,他要求自己牢固树立"立警为公、执法为民"的理念,在为人民服务的过程中,努力做到赢民心、求理解、获支持,维护良好的自我形象,做一个让党和人民放心的好户籍民警,尽心尽力地去完成好每一天的工作。

纵观社区这些年的情况,大凡能够及时回应公众质疑,正确对待社情民意的,往往会在良性互动中提升公信力。熊金龙在社区工作期间,资阳区人民路社区有一位槟榔店的夏老板与员工不配合民警入户调查,熊金龙为了办暂住证等工作,先后八次不厌其烦地上门,动之以情、晓之以理,终于感动了当事人,两人最终成了朋友,对方不仅配合调查,并且成了优秀经营户,这个故事广为流传。在社区工作期间,还有个同样的典型"刁民",在熊金龙的耐心引导下,成为了优秀的治安积极分子。在工作中与居民相互对话中,熊金龙做到了彼此辩驳,加强沟通,在不断的交流中用耐心实现与用户的良性互动,让他们感受到亲人般的温暖。

用最真挚的热情来对待每一位办事群众,这是熊金龙的办事理念。在社区工作期间,一唐姓抢劫犯刑满释放回到了社区。唐某三十多岁了无依无靠,求助无门,想靠摆摊设点来维持生计,可又身无分文。熊金龙知道后,自掏腰包主动为唐某资助了资金,尽心尽力地去帮助他自食其力,后又通过朋友帮忙,给他介绍了一份在印刷厂当搬运工的工作。熊金龙诚恳地对他说:"要努力工作,过去的就过去了,展望未来,大家都非常期待看到你的美好前途。"在熊金龙的多次帮助教导下,唐某终于有了自己的事业和家庭。这位唐姓青年逢人便说,是熊警官给了他第二次生命,给了他一个家。熊金龙用自己的行动表明自己"不忘初心",尽心尽力帮助和挽救了一个曾经的失足青年,使其成为社会中有益的一分子。

熊金龙被称为警察战线上的"活雷锋",是从平凡的小事中一点点做出来的。社区居民小区下水道堵塞,恶臭难闻,成了蚊虫滋生的场所,既影响了居民的健康,也给楼房安全带来了隐患。熊金龙得知后,只身前往,查看了实际淤堵情况,天下着雨,他卷起裤腿在没有工具的情况下,先拿着棍子捅,而后直接用自己的双手扒,甚至潜入下水道被垃圾堵塞的部位,清理淤泥和垃圾。他不畏脏、臭、乱,耐心细致地带头为居民排忧解难,想尽办法去解决问题。社区居民说:"熊警官亲自帮我们疏通下水道,不怕苦,不怕累,是个作风踏实、工作认真的好民警!"

在外人眼里,户籍民警似乎是一个轻松的工作,其实户籍民警的工作很辛苦,大家对户籍民警的要求也很高。在信息落后的时代,社区1100多户的资料需要逐一入户细致调查,这是人们难以想象的工作量。熊金龙经过深思熟虑,入户前自己制订了细致周密的工作方案和调查计划,如每天访问的住户数量、访问的路线、工作安排等,如此才能合理分配调查时间。调查工作是一项很烦琐、很细致、很枯燥的工作,其中存在很多困难。在针对社区居民家庭的建档宣传工作中,有些居民不愿意配合,有顾虑,怕自己家的情况泄露出去。每当遇到这种情况,熊金龙都会耐心细致地去做思想工作,给他们讲解关于建立居民健康档案的意义,是为了解决民生问题,解决收入分配不均的问题,是关系到老百姓的切身利益问题。他终日耐心地对待每一件小事,终使管区信息一目了然,无一漏洞。

熊金龙顺利完成了从军营到社区民警的转换工作。他依旧不忘初心,用行动感恩着社会,其间多次被评为市、省、全国优秀人民警察。

从民警到副所长,砥砺前行

从社区民警岗位被调到大码头派出所任副所长后,由于岗位的再次转换,熊金龙的分管工作面临新的考验。分管治安、刑侦是派出所重要功能的集中体现,打击犯罪、维护社会稳定是这份神圣工作的使命。尽管这份工作危险重重,但熊金龙丝毫没有退缩,砥砺前行。

当地有一位丁姓老人因土地纠纷欺负女邻居,女邻居正当防卫误把丁姓老人打成重伤,老人的三个儿女在外地当老板,得知消息后得理不饶人,扬言要讨回公道。熊金龙得知后,查明事实,分清是非,明确责任,前往其所在地,说服两家人换位思考,找出原因,分别做好当事人的工作。待双方的情绪稳定,意见接近时,他又把两家人叫到一起"面对面"地做工作,促使双方当事人相互谦让、心平气和地进行协商。经熊金龙反复调和后,两家人最终成为了好邻居。

前些年一个腊月天的下午,熊金龙下班正想回家,可刚一出派出所,就看见一个步履蹒跚的老大爷正在冰天雪地中慢慢地行走。熊金龙看老大爷穿着单薄,忙上前把自己的棉袄给了他,询问老大爷家住哪里,姓甚名谁。一问才知,老大爷的神志并不清晰,甚至不知道回家的路。这下可把熊金龙急坏了,他一路打听,向周围人寻问大爷的住处,历经两个多小时的雪地步行,终于把老大爷送到了家里。经邻居介绍,这位老大爷姓李,是当地的五保户,家中无儿无女,靠政府的救济维持生活。熊金龙二话不说,第二天就送来了一桶油、一袋大米和厚厚的被褥,李大爷脸上笑开了花。

同一年的春天,春雨绵绵,熊金龙和往常一样在街上查看民情。在益阳市人民医院门口他见到一个双目失明的老奶奶在雨里行走。熊金龙心想这是何等的危险,他立马搀扶住老奶奶,帮她打好伞,问她老为何独自一人在雨中行走。原来这又是一个神志不清的老人。这次熊金龙有了经验,他带着老人一路打听她的住处,得知老人家住在迎风桥镇,于是自己出钱坐车送老奶奶回到了家。

像这类为民排忧解难的故事,在熊金龙的从警生涯中太多了!

打击犯罪,迎难而上

熊金龙在打击犯罪这项神圣而危险的工作上也丝毫没有退缩,义无反顾地迎难而上。当时地下"六合彩"泛滥,致使社会风气败坏,他的管区成为重灾区。他经过调查后,采取打击赌博,严打典型,整顿风气,不留死角的方式,耐心地教育一般码民,宣传赌博的危害性:赌博败坏社会风气,不仅危害个人的心灵、意志、身体、家庭和前途,还容易滋生违法犯罪行为,直接危害人民群众安全和社会稳定。经熊金龙不厌其烦地宣传教育后,他的辖区内风气明显转好。

同样,辖区内如果发生了类似的刑事案件,熊金龙也毫不含糊。有一天,当得知辖区内有人贩毒后,熊金龙高度重视,着便衣深入民居进行侦查。经过细致的调查，日夜守候，他终于掌握了毒贩经常出现的场所。在一个炎炎的夏日夜晚，他不顾六月闷热天的蚊叮虫咬，和两位协警蹲守在毒贩可能出现的瓜棚下。经过十多个小时的守点，毒贩光着文着身的膀子，骑着摩托车，车上绑着一把一米多长的大砍刀，大摇大摆地出现在约定场所。不等毒贩转过神来，说时迟那时快，熊金龙一声令下，和两位协警不惧毒贩身背大砍刀的危险，置个人生死于不顾，直扑毒贩，毅然决然地就地制服了人高马大的毒贩，将其一举抓获。熊金龙有力地打击了犯罪分子的嚣张气焰，为保一方平安做出了突出贡献，彰显了一名警察不畏牺牲，不辱使命，无愧警徽的崇高品质。

在派出所值班期间，他的值班记录上记载了有一天他出警17次，其中有4次为民事调解。派出所工作人员少，工作量却很大，压力重重，在整年无休的情况下，他毅然选择不顾自身安危地打击犯罪，维护社会稳定，在砥砺前行中实现自己的人生目标。

坚守岗位，身体力行

从五字工作法"责、细、勤、暖、实"到开展"逢三说事"解民忧，熊金龙为人民做的好事数不胜数。常态推进基础工作考核考评中，马良派出所某社区民警考核被处罚，他果断公正地带头推进工作，让其放下思想包袱，轻装上阵，最终使辖区内各场所，尤其是宾馆、网吧、洗浴场所在实名制的健全下，做到无事件、无案例，工作考核获得益阳市公安局领导赞赏。他自己也被同事们美称为"黑包公"。

2016年10月2日12时30分左右，群众徐某向治安大队副大队长熊金龙举报，有吸毒人员在领秀资江在建工地出没。接警后，熊金龙为追查线索，严厉打击吸贩毒人员，消除治安乱源，确保治安大局稳定，率领几位队员在徐某的带领下，来到领秀资江在建工地。为了不惊动吸毒人员，熊金龙要求徐某和队友留在外面，自己一人进入领秀资江4至7栋进行追查。追查到7栋楼下时，因楼梯间光线暗淡，能见度低，加之护栏不完善，他不慎摔下楼梯造成头部、胸部、肩部、右手掌多处骨折，并导致脑部损伤与面瘫，经人民医院抢救治疗才脱离危险。一出院，熊金龙不顾身负伤残，又带领队员们投入到了紧张的治安管理工作中，受到局领导和队友们的一致好评。

"活雷锋"熊金龙正是拥有平凡而又崇高的信念，大爱的胸怀，忘我的精神，进取的锐气，才无愧于优秀人民警察的光荣称号，这也正是我们中华民族伟大精神的最好写照。雷锋精神永远是我们民族的魂！

警世钟

一念之差

盛 勇

一

凌晨两点，警察成力把车停在了湘潭火车站的停车场。车后座坐了成力的同事覃臻原和刘徽、胡迪明。

"好累啊！这个点了，赶紧找个地方躺一会儿吧，明天早点儿起来行动。"刘徽伸了一个懒腰，打着哈欠，问成力他们仨。

"过了十二点，现在已经是你说的'明天'了。"覃臻原看看手表，说，"现在是两点零五分，还有三个小时，天就亮了。"

"好吧，好吧，没见过你这么较真儿的。成队，要么，我们就躺车里睡两个小时，天亮就行动？"刘徽不由分说，往座位上一歪，就开始打鼾了。

成力看着刘徽那红扑扑的脸，听着他那香甜的鼾声，着实有些心疼了。刘徽说得确实没错，他们今天（应该说昨天了），也许是这几个月来最累的一天。

成力是刑警大队的副大队长，覃臻原也是副大队长，但覃臻原比成力后进刑警队，年龄也比成力小了两岁，于是，覃臻原一直尊称成力为大哥。刘徽刚从警校毕业，到刑警队工作还不到一年时间，他每天像跟屁虫一样跟着成力和覃臻原，对两位副队长唯命是从，但他有个最大的特点，就是喜欢睡觉，一躺下就打鼾。

"年轻人，能睡就好！吃得睡得才做得！"成力经常这么包容着刘徽，刘徽很听成力大哥的话。

今天（确切地说是昨天）早晨七点三十五分，通宵值班的成力接到城西派出所杨所长的紧急电话：辖区濠河口发生了特大杀人案，一位年轻母亲和她一对幼小的儿女被杀了。

成力赶紧向县局分管领导和大队长汇报案情，同时带着覃臻原、刘徽两人先行赶赴濠河口。到现场时，城西派出所的民警已经拉好了警戒线，警戒线外围满了看热闹的群众，报警的是一位叫"董输记"的老光棍。

警察一到，"董输记"就双腿打战，哆哆嗦嗦地重复："杀人了，杀人了，120马上就来了……"

成力安排人对现场进行封闭后，远远地也听到了救护车的声音。

成力打量着这位男子，第一感觉就是："他是不是杀人凶手，贼喊捉贼？"

"董输记"看到成力瞪着自己，吓得双腿一软，瘫坐在地上。

成力赶紧蹲下，扶起他，说："不用害怕，你慢慢说。"

"董输记"吞吞吐吐结结巴巴地说了起来："我早上起得早，起来没事做，就想着来看看张薇薇，看她要不要我帮她做事。"

"她要你帮她做事？做什么事？"成力感觉这个人的叙述里有很大信息量。

"唉！实话跟你说了吧，警察同志。张薇薇的老公在外打工，她长这么漂亮，我又是单身，我心里很喜欢她的。她家的菜地什么的，都是我给种的……我……警察同志，你别这么看着我。她只要我做事，从来没让我上过她的床！"

"继续……"

"我早上来得早，见大门是关着的，心想，这个时候怎么还没起床？可能是在厨房做饭吧。我就从后门去了厨房。厨房里没人，我就到她的正房去找她。我知道她是睡正房的。一进去就看见她被杀了。"

"董输记"脸色惨白，他从没见过这样的血腥场面：张薇薇倒在床边的地上，身上全是血，被砍四十多刀，脑袋已经成了一个血葫芦，根本看不清五官了。两个孩子一横一竖躺在床上，生死未卜，十岁的女孩横着趴在床边，八岁的男孩头朝墙壁，竖躺着，他死死抓着蚊帐的两只手已经无力地松开了。两个孩子都已经没有知觉，身上全是血，每个孩子的脑袋都被砍了十多刀，血肉模糊。

很快，"董输记"身边围满了看热闹的群众。

一个妇女的声音传到了成力的耳朵里："唉，女人长得太漂亮真是祸啊！像我们长得丑的，就安全得很。"

另一个妇女的声音传来："哼，什么长得漂亮长得丑，苍蝇不叮无缝的蛋。我们村又不只她一个人长得漂亮，人家怎么就没有招来杀身之祸？"

成力注意到了，说话的第二位妇女，话里带着怨气，成力从她的话语里听出了很多端倪。于是，他将"董输记"和这位妇女一起，带到了一个僻静处问话。

这时，陈局长和王大队长携侦技人员赶到了现场，并迅速成立了临时专案组。

二

该妇女名叫李红梅，她和"董输记"一见面就互掐。

李红梅指着"董输记"说:"警察同志,你问他,村里有多少男人上过她那张床!"

"董输记"瞪了李红梅一眼,说:"问我做什么?问你自己男人去。"

李红梅把头一歪,鼻子里哼了一声:"哼,我男人才不会看上她呢,什么东西!"

"你嘴巴放干净点儿!"

他俩争吵之时,120急救人员反馈回了消息:三人受伤面积虽然很大,但伤口都不深,没有生命危险。

成力敏感地意识到,李红梅、"董输记"、张薇薇三人之间关系有些复杂,可能与案子有很大关系。

为了更好地取证,成力把"董输记"和李红梅带到了临时办公室分开问话。

"董输记"一脸垂头丧气,看得出,他的心情很复杂,他可能是真心喜欢张薇薇的。为了让"董输记"不要紧张,成力递了一根烟给他,还亲自给他点了火。"董输记"抽了几口烟,才慢慢平静下来。

他自我介绍说:"我喜欢打牌,但手气总是不好,人倒霉就是这样,打牌总是输钱,别个就给我取了个外号叫'输记'。这个外号讨嫌,越喊越输,越输他们就越喊,他们都不是好人呢!只有张薇薇从来不喊我'输记',她一直喊我'董哥'。她对我好,我当然也要对她好!我给她做事,都是心甘情愿的。讲良心话,我喜欢是确实喜欢她,但跟她真的没有那种关系!她也看不上我嘛!她那么漂亮,村里喜欢她的人大把大把的。总的来说,我只要听她喊我一声哥,我就满足了。不知道是哪个冇良心的,竟然对薇薇下这样的毒手!""董输记"说着说着,眼圈儿红了。

职业的敏感告诉成力:"董输记"不是凶手。

这时,有线索反馈来了:在村道旁的水沟里发现了一把菜刀,在不远处的垃圾堆里发现了一套血衣。

成力赶到水沟旁,覃臻原和刘徽已经把菜刀和血衣取回来,交给了法医。覃臻原告诉成力:菜刀已经确认了,是张薇薇自家的菜刀;血衣是一套白色T恤,M码(小码)。

这个线索发现的时候,周围群众一下子炸开了锅,反应最强烈的是张薇薇的隔壁邻居吴春香。

吴春香的丈夫叫罗生,四十二岁,小个子,正好有一套跟血衣一模一样的白色T恤。吴春香看到那套血衣,吓得脸都白了,腿脚发软。因为罗生平时做的生意是"提篮子",往返湘阴长沙之间,一般是一个月回家住三五天,其余时间都在外面。

吴春香的反常，很快就被警察锁定了。成力和覃臻原跟随吴春香到了她的家里。

吴春香一路不停地骂："我晓得我家罗生跟张薇薇有关系，他每次回来，从来不先进自己家门，而是先到张薇薇家去；他赚的钱，从来都不会全部交给我，每次都是我找他要，他就给一点儿，不要就不给。张薇薇本来就是一个裁缝，罗生还给她从城里买衣服。我家那个杂种不是个好东西！但是，我家那个杂种虽然不是东西，他应该也不会杀人！他跟张薇薇早就有那事了，我都晓得了，他还杀她干什么？莫非是，张薇薇找他要钱？要太多钱了，他发脾气了，就杀了她？讲句实话，我真的是恨死了那个张薇薇！这次如果真的查出来是我家罗生杀的，我还真是出了一口恶气！人没有杀死，应该不用抵命吧？如果罗生被抓去坐牢，我去送牢饭！"

吴春香在家里翻箱倒柜找罗生的那件T恤，没有找到。

赶紧布控罗生！刚刚成立的专案组立即下了命令。根据吴春香提供的罗生可能逗留的地方，刑警队立即派出了人马前往。

接下来，专案组秘密锁定了五个目标，他们都是群众提供的张薇薇的情人。这五人中有村干部，有包工头，有水管厂职工，有附近农民。

三

成力对这五人逐一分析，他越分析眉头皱得越深。不对！张薇薇凶杀案不是情杀！

成力向专案组提出了自己的分析：

一，如果是情杀，一定是预谋已久的。如果有预谋，绝对不会穿白色T恤去作案。

二，如果是有预谋的情杀，自己会带凶器，不会用张薇薇家的菜刀。

三，情杀有可能顺手牵羊带走钱财，但一般不会抢走被害人身上的项链、戒指。

四，凶手不但抢走了项链、戒指，还把张薇薇柜子里仅有的几十块钱也拿走了。从这点，也可以判断凶手只为劫财，并且一定是熟人。

这时，一位村民匆匆跑来，一见警察就哭着问："薇薇没有事吧？她没有生命危险吧？她是一个好人啊！大好人！谁对她下毒手，那真是丧尽了天良。"

警察赶紧安抚了这位村民。村民终于平静下来，提供了重要的线索：昨天，她家盖新楼房，买材料少了钱，昨晚来找张薇薇借钱。当时，张薇薇刚好收了一笔欠账回来，自己只留几十块钱零用，其余的全部借给了她。

听到村民提供的这点线索，成力基本确定了：凶手只是为了劫财！凶手昨天白天跟张薇薇有过接触,亲眼看到了张薇薇收账回来的钱。凶手入室偷窃是临时见财起意,不是有预谋的。凶手没偷到钱,没有逃离现场,而是由偷窃变成抢劫,说明凶手处于严重缺钱的境地。

当成力分析到"凶手严重缺钱"的时候,他兴奋起来:凶手既然严重缺钱,没抢到现金,必定会将金器拿去换钱。

下午,成力和覃臻原、刘徽一起,到县城各金店秘密布控。

当来到一个叫"红日金店"的卖金银首饰的个体小店铺的时候,金店老板说:"今天上午有个外地人来抵卖项链。他说,那是他和女朋友的定情项链,他跟女朋友分手了,女朋友把定情项链扯断了,扔给他了,他觉得可惜,就拿来抵换钱。"

"外地人?多大年纪?有什么特征?"成力马上警觉起来,他的职业敏感告诉他:这个人是重大犯罪嫌疑人。

"二十岁左右吧,单单瘦瘦,讲普通话。长得还可以,一只眼睛有问题。"金店老板打手势比画描述着。

"人去了哪里?"

"他说要去赶车,我见他走得急,就压了价,只换了一千块钱给他。他也没怎么讲价,拿了钱就拦了一辆出租车往车站方向走了,多半是去坐长途车了。"

成力赶紧将情况汇报给专案组组长陈局长。陈局长马上喊成力回去,说有重要情况商量。

原来,城西派出所副所长胡迪明今天早上接待了一位特殊的"群众"。

这位群众叫黄强,他自称是北方人,女朋友叫林小妹,与被杀的张薇薇是师徒关系。黄强是到派出所来提供线索从而避嫌的。

他一身穿戴整齐,到派出所后说:"我在女朋友家住了两个月,住太久了,怕岳父母嫌弃,必须回老家了。我早几天就做好了准备今天走,刚出门,就听到小妹的师父被杀这件事,心想着留下来不走了。但小妹说,师父的事有警察处理的,我也帮不上忙,留下来反而添乱。再说,小妹父母迷信,说定好了哪天走就该哪天走。我还是不放心,发生了这么大的案子,被杀的又是小妹的师父,我突然离村了,大家都会怀疑我。所以,我必须先到派出所来备个案。我老家是黑龙江漠河的,我备案了,你们放心,我自己也安心。"

贼喊捉贼,好狡猾的黄强!专案组的人个个都摇头叹息。

当专案组人员来到黄强的女友林小妹家的时候,林小妹刚从医院探望师父回来。

听说警察要调查黄强,林小妹吓哭了,连连说:"不可能,怎么可能是黄强干的?黄强那么善良,人那么好,他连鸡都不敢杀的,怎么可能杀人?再就是,他可喜欢我师父的两个孩子了,这段时间,我在师父那里学徒,他每天都会去陪我,带那两个小家伙玩。两个小家伙也可喜欢他了,都喊他强强哥哥。他说得没错,他是早就定好了今天回去的,他老家地里庄稼要熟了,他要回去收割。"

成力从林小妹那里了解了一些黄强的情况:他妈妈在他很小的时候,就离婚远嫁了,他从小跟爷爷奶奶一起生活。十四岁时爷爷去世,黄强就辍学外出打工。没文化,年龄小,上哪里打工?他只好隐瞒年龄到处流浪,后来跟着一群渔民学打鱼。打鱼太辛苦了,黄强后来就学会了用炸药炸鱼,有一次,操作不当,把自己的一只眼睛炸瞎了。

林小妹继续哭诉着:"他的命运多么悲惨!上天对他太不公平了!他到处流浪,后来,流浪到了湘潭火车站附近。我舅舅在湘潭火车站附近的护潭中学校门口一侧开了一个饭店。有一天,黄强到我舅舅的店子里吃面,吃完他说没钱,想留下来打工赚钱。我舅舅见他老实,做事勤快,嘴巴也甜,就留下他了。那时候,我也在舅舅店子里当服务员,我们就认识了。后来,我们就谈恋爱了。他对我很好!他赚的钱全部都交给我保管,我想吃什么,他都买给我,他自己一年四季只有两套衣服,但他经常给我买新衣服……"

成力问林小妹:"他一年四季只两套衣服?他夏天经常穿的什么衣服?"

林小妹说:"说两套也不是真的只两套,意思就是很少的衣服嘛。他夏天就两套T恤衫。"

成力打开手机,把那套血衣的照片给林小妹看,林小妹看了,当场晕倒在地上。过了好大一会儿,林小妹醒来后,就不再说话了,眼光呆呆的,像是被吓傻了。

成力交代了林小妹的父母:一旦有黄强的消息,立马报案。

四

接下来,成力和覃臻原、刘徽、胡迪明就接到了抓捕黄强的任务。他们接到任务时,正是黄昏时候。

"夕阳西下,断肠人在天涯呀!"刘徽上车的时候,递给成力和覃臻原、胡迪明每人一袋子茶叶蛋,"这是我娘为我们准备的干粮,大家节约着吃吧。"

"力哥,我们要开车去漠河吗?"刘徽问成力。

"你小子是警校毕业的高才生,怎么就这点儿侦破能力?"成力边开车边吃面包。他咬了一口面包,故意对刘徽一脸的不屑。

"故意问的。我当然知道黄强不会去漠河啦。他说他是漠河的,那是故意放的烟雾弹呗。傻子才会把自己真正要去的地方告诉警察。"刘徽马上自我解嘲。

覃臻原一直在闭目养神,这时,他开口说话了:"他是上午坐车走的,第一站应该是到长沙汽车站,再转车到火车站,在火车站再排队买票,估计今晚还在火车站候车室。"

"走!先去长沙火车站!"成力一踩油门,车子向长沙火车站直奔而去。

车子到达长沙火车站,天已经断黑了。三人顾不上疲惫,立即兵分三路,一个个候车室逐个寻人。直到深夜十点,一无所获。

"哥啊,我们这样查,不是个办法呢。这比茫茫大海里寻一根针还难,针是静止的,黄强是活动的。这好比是在茫茫大海里寻一条泥鳅。"刘徽睁着血红的眼睛,开了一个玩笑。

成力点点头,说:"我们去湘潭看看。"

"去湘潭?"刘徽很不解,去湘潭干什么?

覃臻原到底是有经验的警察,他点点头,赞同成力的提议。

成力说:"林小妹一家都表示,黄强是一个很重感情的人,也很讲哥们儿义气。你们想,他杀了人要远走高飞,怎么可能就这么走?他在湘潭住了那么多年,有一帮湘潭的朋友,他肯定是要去告别的。"

刘徽发表不同意见:"他重感情?重感情怎么可能对林小妹的师父下毒手?重感情怎么可以对两个孩子下毒手?我看呀,他就是一只没有良心的白眼狼!"

"不!"成力已经启动了车,他们往湘潭方向开去,边开边探讨,也是一种驱赶疲惫的好方法。

"有句话:人为财死鸟为食亡;还有句话:冲动是魔鬼!一个人,有时候,遇到了紧急情况,脑子就会短路。据我分析,这个黄强,他深夜潜入张薇薇房里,本意只是为财,他多年打工的积蓄全部交给了女朋友,自己在女朋友家住两个月,没钱了,害怕被岳父母瞧不起,他想弄钱,他上哪儿弄去?他想着,最危险的地方就是最安全的地方,他去偷林小妹师父的钱。他心想着,谁会怀疑到他头上嘛。他万万没想到的是,张薇薇的钱借给别人了,他白跑了一趟。可他已经定好了第二天走的,没钱怎么走?他的脑子这个时候就短路了,就把目光放到了张薇薇的项链上。摘项链的时候,张薇薇醒了,这时候,黄强害怕了,担心张薇薇认出自己来,就进厨房拿刀砍人了。他砍孩子也只是为了把孩子砍晕,不要认出他来。有个细节,你们注意了没?他砍72刀,几乎刀刀都在脑袋上,并且,没有致命的伤口。他如果真心想把人杀死,他会砍脖子。他砍人,仅仅就是为了逃逸。"

覃臻原和刘徽暗暗竖起了大拇指,佩服成力这位大哥的缜密思维与侦破能力。

五

"年轻人,能睡就好!吃得睡得才做得!"回到了故事开始的地方,成力看着躺在车后座熟睡打鼾的刘徽，有些心疼。说实话，他自己也有些熬不住了，身边的覃臻原、胡迪明也靠着窗子开始打鼾了。

好吧，那就休息一小时吧。成力看看手机，两点一刻，他就在手机上把闹钟定在三点，微微调了调座位，仰躺着，自己也进入了梦乡。

一位独眼的小伙子在大街上四处游荡，他一定是黄强！成力迈开腿上前去抓捕他，可他的腿怎么也迈不动，他努力着，可毫无用处。眼看着那个小伙子扬长而去，成力大喊着"覃臻原——"身体一翻，醒来了。

原来是做了一个梦！

成力看看手表，三点还差十分。他已经完全没有睡意了，外出抓逃犯，心里挂着这么重大的事情，能够安睡半小时，已经是烧高香的事情了！成力想起了刚才那个梦，虽说是日有所思夜有所梦，但更多的还是脑底层的细胞一直没有休息，一直在思考，在侦破。

"醒来醒来，别睡了。赶紧行动！"成力轻轻摇动着覃臻原和刘徽的身体，把他们喊醒。

这时，胡迪明已经从小卖铺买来了一箱矿泉水，给了他们一人一瓶。

"多喝点儿水，醒瞌睡。顺便洗洗眼睛，醒醒脑。"

覃臻原和刘徽揉揉眼，很快就振作了精神。"人在特别困的时候，哪怕只睡五分钟，都是很顶用的。现在我精神棒棒的了！"刘徽先倒了两捧水洗了脸，然后咕咚咕咚把剩下的水全喝了。

还是按照原套路：候车室逐个搜寻。

还是同样的结局：大海捞泥鳅，一无所获！

一天一夜的奔波劳累，一无所获，这无疑是一个打击，但对于警察来说，这也是很正常的事情。

四点钟了，再过一个小时，天就亮了。成力心里有些沮丧，有些担心，又有些不甘。

按照分析，黄强今天是必定会在湘潭的！他这两年一直在林小妹舅舅的饭店打工，他会不会去林小妹舅舅家？

黄强在湘潭还有哪些可去的地方呢？胡迪明带着刘徽一左一右继续蹲守车站进站口。火车站旁边有一条巷子，巷子两边是居民区，巷子深处便是护潭中学。成力提议，他和覃臻原到护潭中学附近去看看。

成力和覃臻原快步走到护潭中学大门口，查看林小妹舅舅饭店的外围情况。四周十分寂静，巷子尽头围墙上面的路灯散发出微弱的灯光。成力不假思索，径直朝围墙走去，覃臻原紧随其后。靠近围墙，有一条小路，转过一个九十度的弯，成力远远地看见围墙旁边有两个人，一个胖子面朝墙壁，一个瘦子背靠墙，面朝胖子。瘦子身上背着一个包,看起来是要出门。

"他会不会是黄强?"成力顿时全身的神经都绷了起来,他低声吩咐:"臻原你注意,慢慢往前靠,我走过去,反抄过来。"

覃臻原立即行动,他假装早起的行人,慢悠悠地散步。成力假装是一位陌生的路人,快步走过去。经过那两人的时候,成力侧头看了一眼,靠墙壁那个瘦子,一只眼睛被头发遮住了,他不敢确定是不是黄强。

成力急中生智,假装是黄强的熟人,冲着他喊了一声:"黄强——"

"哎——"瘦子听到有人喊,条件反射答应了。这时,成力已经蹿上来,把他扑倒在地上了。胖子见有人袭击黄强,赶紧上来帮忙,这时,覃臻原一个箭步上前,就把胖子制伏了。

黄强和胖子被带到当地派出所审问的时候,黄强还在使劲儿挣扎,边喊:"我六点钟的车,我赶不上车了。"

当警察提到张薇薇的时候,黄强的防线崩溃了,他号啕大哭起来,边哭边扯着自己的头发:"我是鬼迷心窍了!我不想杀他们!我只是害怕!我怕他们认出我来……"

覃臻原、刘徽、胡迪明三个人面面相觑,继而又同时望着成力,虽然没说话,但他们的眼神已经向成力投去了赞许和钦佩的光芒。

成力却长长地吁了一口气,同时,他的双目掉下了泪来。多么青涩的一位花季少年呀!没有深仇大恨,没有身临绝境,就这样轻飘飘地犯下了杀人的滔天大罪……

警营随笔

入云深处

涟 水

出城走国道约四十公里，驶入一条蜿蜒的县道，地势逐渐抬高，路灯、楼房、山岗往后退，车速慢慢降了下来。

老郎坐在副驾驶位上闭目养神，后排的丽坤忍不住问，离画岭还有多远啊？

司机小马说，二十几公里吧。

老郎睁开眼，二十五点七公里。

丽坤拍拍老郎的肩膀，爸，你记得真准。

车子开始爬坡，愈上愈陡峭，老郎已全无困意。在这里待了二十多年，风里来，雨里去，画岭多少人口，分布在哪些山坳，养鸡还是喂猪，老郎心里都有数。

哇，太陡了，车子要竖起来了！丽坤吓得尖叫，满脸的紧张。小马瞥了丽坤一眼，你也太娇情了！

丽坤自感失态，便拢拢头发，不再说话。

窗外，楠竹漫山遍野，层叠起伏，宛若竹子的海洋。一段陡坡过后，路面渐趋平缓，丽坤轻轻地舒了口气。

车子进入"U"型地段，老郎坐直了身子。车到"U"底，老郎说，这里，当年差点儿要了我的命！

丽坤探头一瞅，坡边安装了密集的防护栏，下面是十多米高的悬崖，不由得倒吸一口凉气。

老郎说，有一年大雪，我开所里仅有的"边三轮"出警，路是沙石黄土铺的，结冰后轮胎打滑，不敢开啊，又退不得，就颤颤巍巍地往下推，孰料"边三轮"不听使唤，我双手冻麻了，仰天倒下去……

丽坤惊呼，爸，你摔下去了？

老郎笑道，摔下去了，今天还能来看范元？人和车被竹子卡住了，额头、手脚硌出了血，恰巧范元路过，先拉我，再找绳索拽车。

丽坤兀自红了脸,羞愧地低下头。昨天,当丽坤说要报考省艺术院校时,遭到了老郎的强烈反对。老郎希望丽坤接他的班,可丽坤有自己想要的生活,怎么也不肯让步,父女俩为此爆发了"战争"。老郎气得扔掉衬衣,只着背心坐在沙发上。丽坤走过去,一眼就看到老郎身上累累的伤痕——有扑救山火的烧伤,有醉汉耍酒疯的牙印,有竹尖戳的窟窿……丽坤惊呆了,怔怔地望着老郎。

明天你陪我去一趟画岭吧。老郎平静地说。丽坤以为老郎同意了,就答应了。

车子穿行在山腰,转入连续"Z"字路段。丽坤兴奋地说,看那竹海,一眼望不到边,风吹起,好像千军万马在驰奔;还有那些云朵,有的像绵羊,有的像鱼鳞,好美啊!老郎笑而不语。

接连绕过许多弯道,云朵浮于眼前,一朵一朵像蘑菇。定睛细瞧,蘑菇变成了玉宇琼楼,白色的瓷砖,琉璃辉映屋顶,镶嵌于各个山谷。以前是土砖茅屋,餐餐吃红薯,夜夜点油灯,变化真是翻天覆地啊!老郎感慨道。丽坤若有所思地瞟了老郎一眼。

平缓行驶约一公里,波折再起,拱出一条长长的"S"路。路边有平地,搭了一排铁皮棚,有老人、妇女在制作竹桥板,古籍一样码得整齐。一辆满载楠竹的三轮车慢慢驶过。

不知不觉,车悠云端,大小峰峦匐匐于脚下。丽坤眼尖,快看,湖,好湛蓝的湖啊!小马跟着大呼小叫。果然,秀峰出平湖,它静静地卧着,像大山的眼,清澈而澄明。它是一座水库,泊在山洼里,储蓄日月精华,老郎还尝过它的味道。

云在天上,也在水里,水里就多了一群多彩的鱼。车绕水库慢行,老郎的心早已飞到白云深处。范元住在画岭顶峰,是辖区最远的户主,脚踏两个县。

老郎与范元年龄相仿。老郎第二次与范元打交道是在秋天,从派出所到画岭全是碎石土路,颠簸着过了"Z"段、"S"段,就没路了,老郎只能弃车步行。老郎从部队转业回乡,父母托关系安排他去油水大的税务局,他却喜欢穿制服的感觉,偏要当警察,干事也来劲。老郎爬山过坳,快到范元家时,口渴难耐,趴在水库边捧水喝,那真叫爽啊。

事情不大,范元邻居丢了只下蛋母鸡,怀疑范元是贼。范元未成家,想跟邻居女儿搞对象遭拒,就顺只鸡发泄怨愤。但范元死要面子,赌咒发誓不承认,两家吵得很凶。老郎明白闹剧的根源就一个"穷"字,好言安抚双方情绪,自掏腰包替范元赔上鸡钱。范元很是感激老郎,俩人成了朋友,老郎每次来搞民情走访或处理纠纷都要找范元聊一聊。搭帮党的好政策,进山的路拓宽硬化了,"画岭冬笋节"、"竹编大会"应运而生,老郎既是守护者,也是见证者。后因工作调动,老郎没再来过画岭。

车停了,迎面挺拔着一幢漂亮的三层楼房,挂着"画岭农家乐"的招牌,一群土鸡沿着竹篱散步。老郎揉了揉眼睛,惊喜地发现山后另有一条水泥路,玉带似的伸向邻县,顶峰成了网红打卡地。

丽坤饱览山乡风貌,呼吸着新鲜空气,一股热流涌上心头。

一个穿蓝色溜冰鞋的男孩走出来。

老郎问,小朋友,范元在家吗?

男孩说,我爷爷奶奶在山里摘野菜呢。

老郎凝望着满天的祥云,"哦"了一声。

男孩在坪前练习滑冰,以飞翔的姿态。

等你 46 年

李 零

46 年了，她这辈子怕是难以实现那个夙愿了，但又不甘心带着遗憾离开这个世界。她已经 79 岁了，日食三餐，她都感觉是命运在故意捉弄，多活一天就多受一天折磨。上次生病，她在床上躺了四天四夜，迷迷糊糊中，她感觉到如果自己闭上眼睛的时间再长一点儿，她的手就已经握住了老五的手，这是命运对她的最后警告，留给她的日子不多了。

如果不是已经生下四个孩子，老五还是可以养活的；如果不是生活逼得太紧，丈夫也不会一病不起撒手人寰；如果咬咬牙再坚持几年，老五或许能被抚养成人。

老五就是她梦中经常出现的那个人。

欧阳奶奶无数个夜晚都在重复这样的场景，梦境叠加变成了一个反复缠绕她的噩梦，她的老五瘦小的背影慢慢消失在她的视野里，她想冲过去将他抱回，两脚却怎么也迈不开。看见老五转头的可怜眼神，她想伸手拉住他，可他的背影却越来越模糊……

欧阳奶奶从梦中惊醒，床前是伺候她的儿子、儿媳和孙子、孙女，唯独她的老五不在床前。老人欲哭无泪，只能把那些"如果"当作是对自己的惩罚。

大儿子看出了她的心思，"妈，你是不是又梦到五弟了？"欧阳奶奶只是叹气。

46 年过去了，老五现在过得怎样？是死是活？当年母亲将五弟托付给来湖南郴州许家洞挖煤的广东东莞的冯伯伯寄养。送出后半年时间里，母亲整天像丢了魂似的。父亲又突然一病不起，临走前欲言又止，既想让母亲咬牙也要把五个孩子抚养成人，又可能觉得对于一个寡母而言，独自抚养五个孩子成人几乎不现实。

在田里收割水稻的时候，她总觉得老五在叫她。可当她伸直腰杆转头看时，只有金灿灿的一片稻田，除了偶尔的风吹稻穗的沙沙声，四周都是埋头收割稻子的村民。等到抢收完早稻后，她迫不及待地赶赴许家洞煤矿。

矿工都下井挖煤了,她来到矿工居住的地方,一排草棚随意地搭在矿山边的空地上。走进草棚,潮湿的空气中夹杂着一股浓烈的霉气扑鼻而来,越往里走越是黑暗潮湿。这里比家里其实也好不了多少。她心里盘算,这次无论如何要把老五带回家。

她听到昏暗的角落里传来一声男童的哭声,是她的老五想妈妈了吗?她加快脚步走过去,一个两三岁大的男童赤裸着身体,身上是黑黝黝的煤尘。她翻看男童的左手臂,没有找到老五身上的那一小块胎记。一个妇女从草棚外走进来,那是男童的母亲。从她那儿得知,那个东莞籍矿工上个月已经带着一个两三岁大的男童回到广东东莞了。从此她的老五杳无音信。

长年累月含辛茹苦养育四个孩子,艰辛与无奈常常会让她没有时间想念她的老五,只在逢年过节时,她会下意识地数一下桌上的人数,加上她只有五个,只少了她的老五。

等到她的大儿子长大成人,南下广东打工,每年她都会对大儿子语重心长地交代,要他去东莞找他的五弟。寻找二三十年前失去联系的一个男童,谈何容易!大儿子回忆起亲戚邻居描述中的零星线索,反复甄别筛选后,留下几个只有象征意义的关键词:东莞桥头、改名为冯海波、姐姐冯芳,两个名字都是口口相传的音译。大儿子一次次从东莞失望而归,又一次次满怀信心再次出发,却始终没有获得有价值的线索。

有工友向他建议,去公安局试试最后的运气。他将母亲的血样送到打工所在的广州公安机关,并录入全国打拐系统。关于老五,没有准确落地点、没有准确名字、没有照片资料,毕竟送出时他才两岁多,只有一份母亲的血样,就像购买彩票时自己选定的一组数字。

郴州桂阳刑侦大队从系统里收到广州公安机关推送的信息,这是一项大海捞针的艰难工作。侦查员立即利用大数据开展模糊搜索,"东莞桥头、冯海波、冯芳",一场"老人与海"的桂阳刑警撒网行动开始了,每天早上撒下第一网,即使毫无所获,到午夜还是撒下充满希望的又一网,但呈现的八百多条疑似线索都被一一排除。

继续依靠现有的情报线索只是徒劳,必须另辟蹊径。经过与欧阳奶奶无数次交谈,得知当年到郴州务工的东莞籍矿工好像叫"祝兴"。这是新的期盼,像是撒网捕鱼毫无所获时,不远处的水面上突然冒出一个气泡或是水面有些异动。

沿着这条线索,利用大数据开展模糊搜索,东莞市桥头镇有八十多个叫祝兴的人,是希望更是艰难,必须对每一条线索逐一进行排查、核实。功夫不负有心人,当排查到一个年近50岁的东莞市桥头镇男子时,他直言自己出生在湖南郴州,养父"柱兴"在东莞将其抚养成人,苦于无法知晓自己身世,没有找到亲生父母。

DNA 的鉴定结论证实了这场跨越 46 年的骨肉寻亲，线索中断的迷茫、午夜紧张的排查、柳暗花明的喜悦，都铺垫在那面欧阳奶奶送出的锦旗上。46 年的等待，只为你叫一声"妈"，这是老五出生后，第一次叫得那么甜。你不出现，我不敢老去，今年的团圆饭，老五吃得惯桂阳风味的湘菜吗？

巡警老余

刘向阳

炎炎盛夏,火烧火燎,路面几无行人。老余从医院门口经过,险些被射出来的一个戴鸭舌帽的男子撞倒,幸亏反应快,人和车都没事。

老余问,你怎么如此鲁莽?

那人也不看老余,把帽檐扯得更低,一阵风似的飘远了。

老余无奈地叹口气,正要离开,只见两个保安从医院跑出来,边跑边喊,快抓小偷啊!有病人丢手机啦!

一听"抓小偷"三字,老余像得到号令的士兵,立马扔开单车,飞步向前追去。老城区素有"三街九巷十八弄"之雅誉,巷中连乔,阡陌纵横,焉知"鸭舌帽"走哪条道?愣怔间,两个保安气喘吁吁地跟上来,二话不说,一左一右夹住老余胳膊,跑什么跑?小偷就是你!

老余哭笑不得,你们弄错了,小偷早跑了。

保安松开手,狐疑地看着老余。老余习惯性地掏裤兜,却两手空空,就讪笑,我是一名退休警察。你们别追了,他可能是惯犯,早就踩好点了,赶快打110吧。

两个保安相信了老余,一个报警,另一个道声"对不起",三人原路返回。

白云悠悠,热浪滚滚,蝉虫声嘶力竭,香樟叶片纹丝不动。老余抹了把汗,拿水啜饮,丝丝清凉入喉,惬意涌上心头。

老余当过兵,从军营到警营,在偏僻的画岭派出所坚守了八年——画岭距县城七十余公里,峰峦层叠,弯弯绕绕,条件苦不堪言;后来调到巡警大队,一直干到退休。巡警突出"巡逻"二字,主战场在路面,职责包括交通指挥、治安维护、拆迁维稳等,节假日非但不能休息,甚至比平时更忙,大家经常戏称"不知今夕是何年"。

有一年中秋之夜,月亮又白又圆,像一枚白玉盘,人们举杯赏月,一觞接一觞,舒爽得很。这一切,老余却无福享受——队长命他带三个兄弟配合交警大队查酒驾。测试棒红光闪闪,预示着有人"中奖"了。"中奖"者是个光头,每毫升血液中吹出了312毫升的酒精含量,怪吓人的!老余把光头塞进警车,光头撒酒疯,不停地谩骂,还扯烂老余的警服,咬伤老余的胳膊、手腕,至今老余手腕处还留有硬币大的伤疤。后来在同事的协助下,好歹把光头送医院做血检,老余才顾及包扎伤口。夤夜,医生建议老余住院,但他回了局值班室,害得队长的电话被老余妻子打爆。

天亮时,老余睁开惺忪睡眼,一看手机,有十几个未接电话,才晓得手机调成了静音。老余先拨给队长。队长说,老余啊,不是我说你,你有任务,不能陪家人过节,也要给弟妹报平安啊,别让白发苍苍的老母亲挂牵啊。

老余揉了揉红肿的双眼,说,知道了,知道了。

队长说,伯母生病了,你回去看看吧。今天的任务你别去了。

老余一拍脑门,哦嗬,差点儿被那"酒疯子"搞忘了,郊区龙泰村污水处理项目,我分了任务,一个萝卜一个坑……挂掉电话后,老余给妻子发微信,外加一串"红玫瑰",然后去了食堂。

到了龙泰村,有几名交警在疏导交通,一些同事和镇村干部在劝说越聚越多的村民。巡警小张先到,一见老余的手,关切地问怎么回事,老余含糊其词。被"酒疯子"咬伤,老余觉得不光彩。老余说,你还没吃早餐吧?小张摇头。老余说,我带了包子,便打开车门,递包子给小张。两人就着矿泉水吞咽起来。忽有村民起哄,不让施工,用锄头砸车,车皮凹了个坑,挡风玻璃碎裂,场面有点儿混乱。

老余顾不得嚼包子了,拉起小张跑过去劝阻。经过一番努力,派出所民警带走了三个闹事的村民,老余的臀部挨了一记不明方向飞来的砖头,到家才晓得疼痛,不得不卧床敷膏药,涂抹红花油。

妻子没好气地说,就你能干,每天上紧发条连轴转,咱妈生病了也不闻不问。

老余面露歉意,有你照顾,我放心。

妻子白老余一眼,机器也要保养啊。

老余笑道,共产党员是特殊材质的机器,哈哈。

这话妻子耳熟,老余常挂嘴边。

恰逢党的百年华诞,老余获评"优秀共产党员",在表彰大会上作为警察代表发言,他激动地说了同样的话。妻子守着电视看直播,不知不觉,热泪爬下了她的脸庞。

老余把火红的证书摆在家中最显眼的位置。

几天后,老余退休了。开始很不习惯,起得特别早,叫妻子找制服,嚷嚷着要上班。妻子说,余有良,你退休了,也该歇歇啦。

老余就来到窗前,眺望涟水河两岸的景致。曙光初现,城市醒来,路口有交警指挥交通,一波波车流人流,哨子吹起来,手势打起来,"身热汗如浆"。

　　老余眼角湿润了。这是他的昨日,而今天,他的生活节奏该换成另一种模式了。于是,接送孙儿成了老余的"必修课",无论大雨倾盆,或烈日当空……

　　老余又喝了口水,跨上那辆伴随他多年的单车,朝钢琴幼教点方向骑去。到达楼下,老余支好车,凝神倾听,优美而欢快的旋律倾泻而下……

别说我的眼里只有犬

李唐一

王小兵爱犬的程度达到了痴狂，即便是圈子内，很多人都难以理解他爱犬的程度，队友送他一个绰号"犬痴"，这差点儿让他娶不到老婆。

那次我去警犬基地办事，正好赶上饭点。刚进警犬基地大门，很远就看见王小兵蹲在犬舍前，探着头看警犬"超人"吃犬食，王小兵自己手里端着一个大碗，像哄孩子吃饭一样。王小兵吃一口大的，警犬"超人"也吃一口大的。王小兵可爱的样子，仿佛全然闻不到犬舍里散发出的阵阵犬粪气味。

而后来的故事，却与犬、老婆有密切关系。

刚参加公安工作时，王小兵干过几年基层民警，县公安局已经将他作为侦查骨干和所队领导培养，这都是因为他那股"钻牛角尖"的韧劲。

一次简单的抓捕经历，改变了王小兵的职业轨迹。他和同事蹲守在周边秘密侦查，伺机抓捕一名零包贩毒嫌疑人。当嫌疑人将一小包用透明自封袋装好的毒品交到吸毒人员手中时，王小兵和同事冲上去，将贩毒嫌疑人当场抓获。吸毒人员趁机躲进出租屋里，挥舞菜刀与民警对峙，王小兵趁吸毒人员转头瞬间猛扑过去，将他压在身下。人是抓获了，但王小兵却留下两个遗憾：手指被菜刀砍伤，留下伤残，从此再也难以握指成拳。毒品被吸毒人员藏在出租屋里，三名侦查员开展地毯式搜索，三天后还是没有找到现场交易的那一小包毒品。毒贩和吸毒人员被治安拘留了几天，就走出了拘留所。

从此，那小包毒品就经常出现在王小兵的梦里，明明是固体却像被水融化，又蒸发得无影无踪了。那年市局从县市区选调民警，他看到有驯犬员的职位，通过考核后主动申请到警犬基地工作。

小伙子长得帅气，人也勤快，一看就是"暖男"类型。刚被选调到市公安局那会儿，给他介绍的女朋友有四五个，可最后都没成功。人快三十了，还单着，这和驯犬有关。

警犬基地的队员给他分析屡次恋爱失败的原因后，告诉他驯犬民警找女朋友的秘籍,手掌伤残还是次要的,千万别说自己是驯犬民警。女方问工作单位,只说是市公安局的;再问,就说在刑侦支队从事技术工作。如果女方不信,可以用伤残的手掌做证明。

又一次相亲,相亲对象是市二中教英语的张老师——王小兵现在的妻子。

那次相亲还有点儿戏剧性。本来王小兵也没抱太大希望,只是碍于同事热情去完成规定动作。王小兵和张老师几乎同时到达那家约定的咖啡馆,两人都比预定的时间提前了十分钟。这是王小兵相亲以来头一次遇到,以前都是他提前十多分钟等女方。

落座后,王小兵发现张老师确实与其他女生有点儿不同。张老师比王小兵小五岁,性格温柔,举止端庄,连学历都比王小兵要高,是湖南师范大学全日制研究生毕业。更让他诧异的是,整个见面过程,居然没问他是从事什么工作的。这让王小兵早已准备好的对答台词失去了作用。表面上仿佛是他不被重视,但他心里却异常舒服。张老师不动声色的举动让他感动。

相亲后,两人居然越走越近,省去了以往那些小情侣小吵小闹、时冷时热的恋爱阵痛,像是一见如故,也似命中注定。一年后他们就步入了婚姻殿堂。

那年暑假,市局警犬基地举行警营开放日,警犬基地和二中在王小兵和张老师的牵线下,结成了联谊单位。张老师带着一群学生来观看警犬表演项目。王小兵是骨干驯犬员,他那天带着警犬"超人"表演搜捕犯罪嫌疑人的科目。

烈日下,王小兵带着警犬"超人"出场。他走一步,警犬"超人"跟着走一步。他一个手势,警犬"超人"或蹲下或站立或奔跑,他的手势里似乎藏着神奇的召唤力,隔空指挥,警犬都能心领神会。

当接到搜捕命令时,他向"超人"下达搜捕指令,"超人"像离弦的箭,奔跑着从破旧的门框飞跃进房间,绕过重重障碍,向犯罪嫌疑人直扑过去。王小兵手持警棍,紧跟其后,向犯罪嫌疑人逼近。就在离犯罪嫌疑人二十米左右的时候,犯罪嫌疑人发现了警犬"超人"和王小兵,他举起手中的"猎枪",准备向王小兵开枪。警犬"超人"猛扑过去,"砰"的一声枪响,在场所有的参观者都被惊吓住了。所幸"超人"动作迅速,狠狠咬住犯罪嫌疑人的手臂,"猎枪"对着地面扣响,地面被"子弹"打得冒着青烟。

活动结束了,我看见张老师还呆呆地站在那里,便问她:"恋爱的时候你难道不知道王小兵是从事驯犬工作的吗?"

警犬基地历来有给新进民警传授相亲秘籍的传统,据说还真有两位家属是结婚后才知道自己的丈夫是从事驯犬工作的。

"知道,其实相亲那天我就猜到他是做什么工作的了。"张老师说。

"那天他坐在我对面,我们聊天的话题,除了旅游和健身,他讲得最多的就是犬。我能闻到他身上那股犬味。他做什么不重要，关键是他人好、勤快。"张老师接着说。

王小兵真如张老师所说，人好、勤快。因为爱丈夫，支持丈夫工作，张老师也把警犬"超人"当作自己的孩子。警犬"超人"是王小兵到警犬基地工作后驯的第一头犬，那时候"超人"才几个月大，瘦瘦弱弱，连吃犬粮都慢慢吞吞，全然没有作为后备警犬的威武。在王小兵的精心训导下，"超人"经过层层严格考核，成为了一头警犬。

周末有空时，张老师常常陪着王小兵在警犬基地值班。有时候张老师也学着王小兵的样子，训导警犬"超人"，它居然也言听计从。空闲的时候，王小兵、张老师手拉手，警犬"超人"像他们的儿子一样，一会儿走在他们中间，一会儿撒欢往前跑一段，这里嗅一嗅、那里闻一闻，发现掉队后，又赶紧冲到王小兵和张老师之间。

张老师怀孕那年，市局用犬任务特别多。9月又发生一起命案，犯罪嫌疑人砍死一名同村村民后，持柴刀逃窜到大山里。王小兵奉命带着警犬"超人"赶赴案发地搜捕犯罪嫌疑人。虽是秋天，但"秋老虎"炙烤得特别闷热。他带着一个搜捕组，在大山中搜索了一天，只找到几处犯罪嫌疑人藏身过的草丛。根据他的判断，犯罪嫌疑人应该就在自己的搜索路线上，只是比搜捕组快那么几拍。

第二天早上，王小兵从前天晚上搜索的终点继续开始搜索。他不想重蹈那次搜索毒品留下的遗憾，前期搜索发现的痕迹，坚定了他的直觉。连平日里沉着冷静的警犬"超人"那天也特别兴奋，从上山开始，便不停地吠叫，急躁不安的样子。搜到一片乱石地时，"超人"卧地做出警示反应。王小兵向前查看。

突然，一人从大石头后面的树林中猛冲过来，手持柴刀向王小兵砍来。距离两米左右时，警犬"超人"忽地从地上跃起，猛扑过去，咬住犯罪嫌疑人的右手臂。只听见"啊"的一声，那人和警犬"超人"摔倒在地。队员们一起冲上去，将那人擒获。经辨认，他就是这起命案的犯罪嫌疑人。

等王小兵唤警犬"超人"一起下山时，才发现它的左前腿鲜血直流，腿上一道深深的伤口，隐约可以看到被砍断的骨头。王小兵赶紧给警犬"超人"做简单包扎，抱着它往山下跑去。

到了山下，带队的副支队长告诉王小兵，他妻子张老师今天早上七点多钟有了临产反应，已经住进市妇幼保健院了。因王小兵在大山里搜捕，没有信号，联系不上他。

王小兵抱着警犬"超人"，上车往市里赶。在离市区还有一百多公里的时候，王小兵接到父母打来的电话，他妻子已经顺利产下一个男婴，母子平安。儿子比预产期提前了一个多月出生，体重偏瘦。

大概已经知道丈夫搜捕命案嫌犯的经过，见到王小兵时，张老师说："我们的儿子就叫王小超吧！"

　　王小兵沉默，点头，有点儿哽咽。

　　等张老师坐完月子，带着儿子王小超去看"超人"。看见他们走过来，瘸了前腿的"超人"努力奔跑相迎，身体一起一伏，少了几分撒欢调皮，像一位沙场归来的战士，昂首挺胸，目光犀利，只在他敬礼时，才发现少了半只胳膊。

　　"超人"退出了它热爱的训练场和现场，它会在王小兵训练新犬的时候，默默地蹲在旁边看着。

　　大概过了四五年，有一次我去王小兵家，一进门就看见墙上挂着一幅照片，快镜头将警犬狂奔一跃的瞬间定格。落款是：公安部南昌片区功勋犬"超人"。

　　张老师见我看得仔细，走过来说："'超人'去年冬天走了。小兵带着我和小超参加了葬礼，它是小兵的救命恩人，也是我们一家的恩人。"

　　张老师从书架上拿起一本相册，里面有那天葬礼的照片。我看见王小兵一家三口戴着黑色的臂章，向刻着公安部南昌片区功勋犬"超人"的墓碑鞠躬。

　　墙上的"超人"那坚毅果敢的形象，永远定格在黑色的相框里。

刀尖上的舞者

万萍霞

午夜一点。正在睡梦中的禁毒大队大队长徐云峰被电话叫醒，接到举报，一家私人住宅区内正有人涉嫌吸毒。徐云峰立刻翻身起床，可是被妻子余婉从后背紧紧抱住，哀求着徐云峰今晚别出去，她患重感冒才退烧不久，浑身乏力难受。徐云峰转过身，摸着背上汗湿的妻子，刮了刮她的鼻子，余婉就知道没戏了。从恋爱时起徐云峰就用这个亲昵的动作替代了直接拒绝。

徐云峰赶到单位和几个同事集合，分别开上了自己和同事小戴的车，一前一后火速赶往举报地点。队里本来是配有公车的，可是白天副大队长开着到超市调一个案件发生经过的监控时，顺便在超市买了一点儿日用品，在地下车库不小心擦了别人的车。对方看到是公安的车后，两百块钱可以解决的问题却要赔一千，副大队长不干，和对方争吵了几句。对方一恼之下趁机告到市纪委，说他公车私用。调查结果是副大队长落个记过处分。徐云峰气得把车上交了，要车真是件麻烦事，开到哪儿都被人盯着，不如开自己的车。

凌晨两点，寂静的街道上空无一人。

天空中飘着的鹅毛大雪已渐渐覆盖了2016年的这个平安夜。路灯浅白的灯光投射在雪地上，闪烁着圣洁的光芒，映照着祥和美好。看似平安的夜晚，对于A城禁毒大队来讲，注定又是一个不平凡的夜晚。一黑一白两辆汽车，缓慢地往A城市郊东边方向驶去。

徐云峰手握方向盘，路上堆积着厚雪，脚下的油门不能猛踩还有点儿不习惯，他眼睛盯着前方，和后面的同事讨论着等下破门的方法。后边右车窗玻璃漏风，一直腾不出时间去修，风不停地往车里灌，车内有些冷，徐云峰自己早已用棉袄的帽子将头包裹得严严实实，口里却嚷着要他们克服，并打趣说将脑袋吹清醒点儿，等下好办事。

几人到达出租屋的楼下和线人会合。这是片私人住宅区，房子建筑不规范，东一栋西一栋交错着，左一个弯，又一个弯，他们要找的房子是一栋破旧不堪的二层楼房,隐蔽在最里面。徐云峰他们早已调查清楚,这栋房子是私人住宅,早就想要拆除重建,无奈房东没钱,暂时搁浅,想着空着也是空着,不如赚点儿水电费,就便宜出租了。四套房子,一楼两套全部出租了,二楼西边的一套还没出租,东边的租户白天一般在家睡觉,凌晨回家,他们的目标就是这家。二楼的房间亮着灯,能听到里面有嘈杂的说话声音,隐约能听到有人跟着激烈的音乐一起在吼。窗帘拉得很严实,看不到里面的人影。

走到门口他们停下了。敲门吧,怕惊动里面的人,在房门没有打开之前,你永远也不知道房间里面的情况。里面有多少人?都是一些什么人?他们身上有没有枪、刀或者其他的凶器?如果开门后不能够快速进入并控制现场局面,还怕嫌疑人自伤自残或者跳楼逃跑。

上次在一家宾馆抓捕一伙吸毒人员时,因为宾馆服务员通风报信,那一伙吸毒的跳窗逃跑,结果摔伤了一个。伤者的家属找到局里要求赔钱,说是公安不去抓他们,他们就不会跳窗摔伤,所以公安应该赔钱,还带着七大姑八大姨把局里的门给堵了。徐云峰当时气不打一处来,这还有没有天理了?他自己逃跑摔的,要我们赔什么钱?扯淡!徐云峰带了人就想冲出去把那几个为主闹事的抓起来,却被局长骂了个狗血淋头:"你嫌你惹的麻烦还不够大吗?"徐云峰满肚子委屈没地方说,气得真想脱了这身警服去和他们讲个清楚。可是有什么办法呢?现在讲究和谐社会,稳定压倒一切。事情最后由政府出面,局里组织调解,赔了对方两万元钱。徐云峰虽然没有挨处分,但是在局里总觉得好像是犯了什么错误似的,走到哪里都觉得似乎低人一等。

破门强入肯定不行,凭现有的线索证据分析,这只是一个吸毒的行政拘留案件,最好的办法那就是守,守到里面的人自己开门后再进去。只是等到他们自己开门的时候,现场肯定就清理干净了。徐云峰在门口左右查看分析后,用手势吩咐小戴拉下电源总闸。小戴悄悄地跑到楼梯间,一下就找到总闸,把电给断了。屋里顿时就有女声气喘吁吁地咋呼着怎么停电了,一个男的声音附和着估计是跳了闸,接着就有一个男性声音说要去找闸门。一阵窸窸窣窣的声音后,就听到了开门的声音。徐云峰和协警们分别躲在门后的两边。黑暗中徐云峰打了一个"ok"的手势,其他人全部做好了冲进去的准备。

门被慢慢地打开了一条缝,一个男人伸出了半个脑袋,想先探探外面的情况。说时迟,那时快,徐云峰一脚就踏在门槛上。那男人突然发现一帮人在门口,愣了一下,马上反应过来就准备关门,可是徐云峰早就把脚卡在门槛那里了,他用力把门往外一扒,这一用力,活生生地把这个开门的男人连门带人给拽了出来。

黑暗中,小戴准备去拉上电闸,徐云峰和协警拿着手机电筒已冲进了屋里。

忽然一个人从黑暗中冒出来想往外冲，门口的小戴用手去挡时，却挨在了对方使出的尖刀上。黑暗中小戴吼了一声，凭着在警校几年的训练，一个箭步就踢掉了对方手里的刀，双脚当即踢向对方的下体并用脚一钩，"咕咚"一声，人影倒下，小戴两腿按住那个人的身体，从口袋里拿出手铐就把人拷在了铁扶梯上。

拉闸开灯，此时徐云峰和协警已经将房内的两个女孩以及两个男人一起铐在了椅子上。出示警官证后，小戴当即要求看几个嫌疑人的身份证，其他人都交了出来，唯有两个小女孩没带。这时小戴的手臂上已经被鲜血浸红了一块，徐云峰赶紧在房间里胡乱扯了一块沙发布条替他绑住伤口。想着他明天的婚礼，徐云峰心底一阵愧疚，不是急缺人手，也不至于调他过来。他当即要小戴自己打车赶快去医院处理伤口后回家休息，自己拨了电话向分管局长要人，没讲两句，又气呼呼地挂掉了。局长正急得骂娘，平安夜让人不省心，到处突发事件要人出警，他恨不得有分身术，哪还有人调给徐云峰。徐云峰只得自己求刑侦大队又调来了两个协警。

徐云峰的大队，一个教导员管内勤，做些日常管理以及政治思想工作，不是大型的行动任务一般不参加业务办案。一个女副大队长管财务和档案，案件的事几乎不插手。徐云峰全面主抓办案业务，手下带着干警小戴，几乎所有的案件全部落在他们二人身上，抓人、审讯、录口供、整理材料。小戴是从基层派出所调上来的，对于禁毒的工作还缺乏经验，很多事情他还只能打下手配合。本来队里还可以再调两个人来，可是找分管局长，他却满脸无奈，治安、刑侦、经侦、派出所等这些部门都要人。市局一年下来几个指标，这个分局抢，那个分局抢，好不容易抢到两个，分局为了合理分配，只能采取抓阄的方式，抓到阄的大队还不能太高兴，悟性强的短时期内可以上岗，悟性差的，遇到个大事还得分心保护他们。

人手不够，只得临时聘请合同工做协警。协警是精心挑选过了的，社会阅历较深，脑袋瓜子好用，上手也就快。但是他们没有单独办案的权力。现在吸毒的人员逐日增多，上头强下指标逼得紧，他便没有白天黑夜，像猫捕鼠一样瞪着那双不大的眼睛迈着那双长腿带着三五个兵在城区各条道上关口、各大宾馆茶楼以及大街小巷中窜进窜出，累死累活拼命完成上级下达的指标。这不，年底的指标任务又下来了，破抓缴相比去年同期分别上升30%、50%、10%，任务增长，人又不加，简直把他们当神仙在搞。

今晚举报的事件是徐云峰早已安排线人跟踪了几天的。线人现在也不好找。他们必须与吸毒人员有过很深的接触和了解，而且对毒品非常熟悉，嗅觉要灵敏，根据空气里的气味能辨别出吸毒分子所处范围，根据人的打扮、言行和外貌能猜出谁是吸毒的（一般来说，吸毒人脸色苍白、身体瘦弱，胆子、嗓门都大)。这类线人要综合素质能力强,社会阅历深,但面临的危险性极大。因为要打入吸毒人员内部,不小心很容易染上毒品,所以收入特别高,每提供一个信息,他们就会得到公安部门数额较高的金钱报酬。徐云峰还算幸运,手里有两个素质较好的线人,对他们任务完成达标起到了很大的作用。如果线人不够,那还得派自己内部的人去做卧底,那样在用人上就更是雪上加霜了。

今晚的聚集吸毒事件,还有可能涉嫌贩毒,两三个人出警肯定不够。小戴在休婚假,本想从派出所借人,他们恰好都在忙事,正好小戴打电话来询问事情,看到徐云峰为难,主动要求加班,说只参与抓人行动,其他的不管,还自嘲说不睡觉去接亲显得心意更诚。徐云峰便也没有多加考虑就答应了。

房内灯火通明。两室一厅的房子,非常简陋,卧室就只有两张床和一个衣柜,客厅里有一套沙发和一个茶几,然后就是一张吃饭的桌子和一台掉了漆的冰箱。徐云峰一进门,就看见客厅的茶几上摆了个用矿泉水瓶子做的用来吸食冰毒和麻古的壶,还有几颗麻古和大概两克冰毒。桌上还有针管,看来他们不光是吸食冰毒,还有吸食海洛因的可能。徐云峰立即吩咐马上将嫌疑人全部带走。

三个协警押着嫌疑人上车带往办案中心等候处理。他与另一个协警带着两个小女孩到了办公室。两个小女孩穿得单薄,面黄肌瘦,一副发育不良的样子,面目清秀,五官还像没完全长开,看来也就十三四岁的年龄,一问还真的是,均不到十五岁,是市内一所职业中专的学生。两个人头发一长一短,都染成了金黄色,坐在徐云峰的面前,眼睛滴溜溜地转,东张西望肆无忌惮,但就是不看徐云峰,没半点儿害怕的感觉。徐云峰直接要她们父母的电话,必须当即找到她们的监护人,没成年的孩子,没有监护人的陪伴,他们无法展开下一步的工作。

两个人毫不犹豫地就告知了父母的电话,好像巴不得父母快点儿知道,徐云峰望着她们一副无所事事的样子,摇了摇头,小小年纪天不怕地不怕,换作是他的女儿,他早冲上去扇了几个耳光了。拨通她们父母的电话,他们的态度也在意料之中,惊讶之后就是狂吼,抱怨孩子不听话,当然,也都火速赶了过来。

长头发女孩的父母先来,夫妻俩一看就像有钱人,套在其父亲脖子上的金链子又粗又亮。其母亲素颜散发,背着名牌包包,进门就打了女儿一巴掌,被徐云峰拉开了。其父亲倒是异常冷静,递了根烟给徐云峰被拒绝后,问怎么处理,并恳求徐云峰一定要救救他们的孩子。

短发女孩的妈妈是一个人来的,来后只知道一个劲儿地哭,不停地诉说着自己为孩子所受的苦。她与丈夫离婚后,自己到处打工,舍不得吃,舍不得穿,一个人抚养孩子。孩子成绩不好,中学毕业没有考取高中,只得托熟人帮忙弄进市内一所职业学校学旅游管理。孩子的现状让她一下无法承受,她不停地哭着、说着,用手在孩子的身上又是捶又是打,然后就是问徐云峰该怎么办,差点儿就跪在他的面前，求他一定要救救她的孩子。

徐云峰将三位家长带到了另外一个办公室。他要和她们的家长单独谈谈。他最不愿意做的就是说教，特别是和他年龄相差不多的人。可是他的工作有责任更有义务要指出这些家长的问题，要让他们意识到，孩子走上这条路，与家庭的环境和教育有密切的关系。家长只为赚钱，忽略孩子成长教育的不少，物质上无尽地满足他们，却忘记了孩子的精神层面更重要。真想要救孩子，他希望家长一定要冷静下来，配合他一起完成对孩子的问话。他需要知道孩子们吸毒到了哪个程度，她们是怎样吸上毒品的，毒品从哪里来。他还想知道这两个女孩子是否涉嫌卖淫。公安都长了一双寻找邪恶的眼睛，他要用这双眼睛去挖掘埋在两个女孩体内的毒素。家长们一个劲儿地点头，表示愿意极力配合。

两个女孩却无动于衷，并没有被父母的情绪所感染。长发女孩反问父母眼里除了钱，还有什么？一下把父母给问住了。短发女孩与母亲的交流基本靠吼，母亲的唠叨让她非常厌烦。

两人同学同宿舍，可是不同命。长发女孩家里有的是钱，短发女孩喜欢跟着她，吃穿都由她管着。两人经常在酒吧出入，认识了一帮纨绔子弟，长发女孩与其中一个男孩谈上了恋爱，在男孩的怂恿下，吸上了冰毒，短发女孩自然被带了进来，幸好刚刚开始。徐云峰让家长带走了两个女孩，并要随时和他们保持联系，反馈女孩子的动态，他也将实时监控这两个孩子的动向。随即他又来到了办案中心。那四个嫌疑人的尿液呈阳性，吸毒已经成立。审讯半天，发现其中一人有贩毒嫌疑。徐云峰又是喜来又是忧。每一次审案发现点儿什么特别，他才觉得自己做了事，而每一次新的发现，总会激活他身上的斗志，让他愿意全力以赴去攻破。可是，下一步又要紧锣密鼓地布置，望着身边寥寥的几个人，他又陷入了一种无奈和惆怅。

此刻天色已经蒙蒙亮了，看着时钟指向六点半，他赶紧起身回家去吃早饭。

当上这个禁毒大队大队长后，上班下班没有固定时间了，吸毒分子随时都有可能出现，一天二十四小时都要处于待命状态。有时候忙了一天，晚上在家换了家居服想好好放松一下，一个电话接到任务必须又得换上衣服裤子出门，最多的一次，一晚上他来回换了四次，衣服脱了穿，穿了脱。夜里经常响起的手机铃声以及他起床的声响总是打扰到妻子余婉，时间长了导致她神经衰弱彻夜地失眠，没办法，两人只得分房而睡。在书房架了个床铺，书房就成了徐云峰在家的值班房。

家里的灯都开着，全是柔黄的灯光，这些都是徐云峰特意挑的，他不喜欢白色的光，显得冷清。只要徐云峰晚上值班，余婉都会留着一盏灯等他回来。厨房的黄色灯光下，高压锅正冒着蒸汽，余婉带着围腰拿着扳手正在拧水龙头。徐云峰连忙跑过去准备接过来，结果被余婉推开了，和她说话，她却板着脸，一声不吭，看来是为昨晚的事生气了。徐云峰知道，如果她骂他怨他，只要他哄几句就会好，但是如果一声不吭，那他此时说什么都是多余的。

他转身去了丫头的房间，她的小脑袋露在被子外面睡得正香，清秀的脸蛋泛着红润，鼻腔里发出均匀的呼吸声，早上起床要穿的校服叠得整整齐齐放在身边的椅子上。台灯没关，一盆小仙人掌伸着细细的爪子，仿佛时刻在提防着别人对它的侵犯。书桌上收拾得整整齐齐，桌子上还有一本作业摆开放在上面。丫头没收走作业本就是要家长签字的。徐云峰走近拿起一看，是篇小作文。"我的爸爸是一个警察，别的同学都好羡慕我，因为爸爸可以抓好多坏人。可是我很讨厌爸爸抓坏人，因为他天天没时间陪我和妈妈玩，所以我长大了要和爸爸一起抓坏人。可是如果我也抓坏人就也不能陪妈妈。怎么办呢？那就让我绑架妈妈变成一个坏人吧，让爸爸永远追捕我们，那样我就可以和妈妈爸爸永远在一起了。"徐云峰站在书桌前，长长地叹了口气，在本子上签上自己的名字后，叫醒了丫头。

记得前几年早上起床时段，余婉去做饭，女儿喜欢打着赤脚跑到他们床上和他黏糊。徐云峰拿嘴唇去亲她肉嘟嘟的小脸，脸上的胡子把丫头弄得嗷嗷大叫，然后她会屁颠屁颠地跑去拿来余婉的眉毛钳子，要把徐云峰的胡子拔掉，把徐云峰扯得唧唧地叫，然后丫头就伸着小手找徐云峰讨要劳务费。这一幕仿佛还在昨天，可眨眼她都念四年级了，白天上学，很多时候晚上他回来，丫头已经睡了，早上起床，睡觉的时间都不够，哪还有机会和丫头黏糊。只是没想到，她小小年纪，竟然对他的职业有如此的理解。是应该抽空给孩子讲讲他的职业了，不管她能否听得懂，都要引导她正确地认知。

早餐三菜一汤。自从到禁毒大队以后，余婉怕徐云峰的营养跟不上，一日三餐全部成了正餐。今天的早餐，余婉只顾给丫头夹菜，徐云峰拿着碗嬉皮笑脸伸到余婉面前要她也帮着夹一筷子菜，结果被余婉推了回来。望着余婉苍白憔悴的脸，徐云峰拿筷子夹了一个鸡蛋放到了余婉的碗里，然后对着丫头承诺，晚上带她们娘俩去吃自助餐，然后再去看电影。丫头当即丢下筷子，抱着徐云峰又蹦又跳，大声嚷嚷着爸爸不准骗人。徐云峰摸着被女儿亲过的脸颊，再望向余婉，发现她低着头正微微地笑着。徐云峰长长地松了口气。

现在执法规范了，所有材料往法制部门报都得通过网上审批，一点儿都马虎不得，好在徐云峰对电脑还是比较熟悉的。尽管事实很清楚，证据也很扎实，但是有很多的手续要办理，整整一个上午，就在这个局长批，那个局长审中度过了。好不容易把手续办妥了，已将近十二点了，徐云峰他们才拖着疲倦的脚步带着嫌疑人去医院做体检。徐云峰一边带着嫌疑人楼上楼下地跑，做体检项目，一边想道：自己的父亲上次中风，是姐姐和姐夫带着老人家去医院的，当时自己正在广东出差。等到他回来，老人家已经出院了，在家里疗养呢。可是只要一抓到犯罪嫌疑人，带人到医院体检就是必不可少的一道程序。由于跑得次数多，医院的护士都认识徐云峰他们了，所以只要他们一去，护士连问都不会问，就会直接办理相关的手续。

小戴的婚礼照常举行，他手臂上的伤口缝了八针，幸好是大冷天，西装遮盖了伤口。婚礼上，小戴妈妈祝福一对新人，他们的今天来之不易，要且行且珍惜。小戴是个在农村长大的孩子，从警校毕业后被分配到公安局。在一次朋友聚会中，他遇到了一个娇滴滴的"白富美"，姑娘家里是做生意的，有钱有势，看中了憨厚老实的小戴。可是小戴却不敢答应，自己要房没房，要车没车，更不用谈钱了，这样的女孩他怎要得起？可是姑娘毫不退缩，不是给他买衣服，就是给他买手表，却次次被拒绝打了回来。看惯世故嘴脸的姑娘见此反而决心更加坚定，对小戴穷追不舍。在一个初夏的雨夜，聚会后小戴有些醉了，姑娘细心照顾了他一宿，感动了小戴，他慢慢地与姑娘开始了约会。没想到，两人的事遭到姑娘家人的极力反对，理由是找警察工作时间不稳定，工资不高，给不了他们女儿生活的安全感，更主要的是女儿依赖性强，独立意识差，根本就不是当警察老婆的料。姑娘与父母好好沟通几次未果，竟离家出走，留下条子，发誓不独立不坚强绝不回家。

姑娘为了让自己好好锻炼，离开了家乡，去了北京一家餐厅端盘子。当初小戴没想通，热恋中的姑娘说走就走，对他没一丝不舍，只怕是过了新鲜期就玩完了，所以也没把俩人的事当一回事，只是保持着联系。姑娘在北京待到了半年时，前去北京出差的小戴顺便去看她，并在姑娘上班的餐厅吃饭。餐厅生意很好，人来人往的，小戴坐在大厅里，见姑娘忙个不停，摆台、上器皿、倒茶水、斟酒，一个人看两桌台，前后左右麻利地周旋在客人中间，细心周到，灯光下的笑容很恬淡。小戴坐在那里，他喜欢这种感觉，就像坐在自己的家里看着自己的老婆忙碌一样，他忽然就想成个家了。小戴等到姑娘下班，在送她回宿舍的路上，他说了一句，跟我回去吧。可是姑娘却拒绝跟他回来，理由是自己还需要更多的经历和时间磨炼。在小戴还在琢磨着她的话语时，姑娘补了一句，做警察的老婆，必须要坚强与独立，而我真的还很不够，你等着我。以后两年的时间，姑娘从服务员做到了经理的职位，两年多的时间，让她开始明白活着就是为了责任与担当。她的快速成长，也获得了家里对她婚事的认可，辞职回来的第二个月的今天，她做了小戴的新娘。

婚礼上，两人宣誓无论疾病还是健康，无论贫穷还是富有，都要共同面对，不离不弃。喝交杯酒，交换戒指，小戴亲吻新娘，所有的仪式完成后加了一句话感言，小戴问，亲爱的，成为警嫂，你准备好了吗？姑娘答，需要着你的需要，我时刻准备着！下面的掌声一阵高过一阵，持续了很久。徐云峰也用力使劲儿地鼓着手掌，他为小戴高兴，也为姑娘的理解而感动。

因为夜间加班多，睡眠无法保证，所以没有任务的时候每天中午的午睡是雷打不动的。午睡成了徐云峰的主睡眠，多则两个小时，短则二十分钟，睡到上班时间必须起床。下午他去了昨晚吸毒女孩的学校，找到了校长。学生吸毒事件的发生，在对孩子的社会教育以及监督方面，学校有不可推卸的责任。然后他去了租房的房东那里，不能为了一点房租对租户的情况不管不顾，这是对社会犯罪的纵容与包庇。大家接受的态度都挺好的，不管他们心里是真接受还是假接受，总比不管要强。

忙完已经快五点了，他准备下一次早班提前去接丫头和余婉，可是还没走到门口，同事小陶来了。原来他和小陶曾一起搭档过，他当基层派出所所长，小陶做教导员，徐云峰性子急，小陶性子温和，两个人做事性格互补，在一起合作非常开心。后来徐云峰调到禁毒大队当大队长，小陶就接了徐云峰的位，只不过是代理所长。

小陶今天是来找徐云峰倾诉的，当了半年之久的代理所长，不管起早摸黑怎么努力，终究没能转正。小陶的心情徐云峰怎能不理解？

两个男人找了一个小馆子坐了下来，小陶近乎绝望。徐云峰沉浸在小陶的情绪里，他没有去劝慰他，也不想劝慰他。因为他心里始终明白一个道理，公安线上人才济济，但是被埋没的也大有人在。小陶一直以为自己有着一肚子的才华和能力，一直以为可以在岗位上大展拳脚发挥自己的潜能，可是，随着这一步的失去，他身上的一切也将淹没了。

徐云峰早已把答应陪余婉和丫头吃饭看电影的事抛到九霄云外去了。不是接到参加广哥追悼会的电话，他或许会陪小陶一直坐下去。

广哥的追悼会上，来了好多同事。广哥曾经是徐云峰手下的副大队长，因为工作上急缺线人，而一件涉及贩毒的案子又急需线人跟踪，无奈之下广哥受命做卧底。他以一个房地产老板的身份，通过一些渠道了解后，刻意和两个涉嫌贩毒的人吃了几顿饭。通过了解得知两位都是出身农村的年轻人，从小不务正业，游手好闲，吃不了苦，长大后小钱看不上，大钱也没本事赚，也没少受别人的白眼，两人几乎是臭味相投，干起了贩毒的勾当。广哥出手大气，言语不多，对两人相当尊重，把他们当小老弟看，不久就取得了他们的信任。后来两人当着广哥的面吸食冰毒，还要广哥参与，广哥不肯，俩家伙就在广哥的啤酒里下了冰毒。那次卧底发现事情复杂，牵涉线索面广，通过跟踪追击，徐云峰带着其他人和他一起配合，跑广东蹲点，在当地公安机关的配合下，成功端掉了一个制毒的窝点。那个案件广哥算是一等功臣，只是没想到的是，一次下毒却让广哥成了毒品瘾君子。

　　毒品对身心的危害巨大，会导致身体急剧消瘦，脸上失去血色，精神状态喜怒无常。毒瘾发作时，像有无数条蜈蚣在身体里窜动，那种感觉生不如死。广哥曾努力地戒过毒，但是成天在毒品窝里钻，有时闻到味道就控制不了。他开始是用钱在毒贩子手里买毒品吸食，承受不住经济的压力时，就准备将手伸向缴获来的毒品，被人发现后，按照规定将广哥开除了公职，并将他送去强制戒毒。在毒品的危害中挣扎了许久的广哥，反而松了口气，进了戒毒所后，广哥发誓一定要将毒瘾戒掉。他坚持每天写一篇戒毒日记，记录下自己戒毒的心理过程。这是一场心与意志力的搏斗，广哥胸怀信念，怀着戒毒后和家人好好生活的目标，戒毒的效果还比较好。他最大的希望是出戒毒所后，将那些文字整理成书出版，以帮助人们提高对毒品的防范意识，也能唤醒吸毒的人回归正常的强烈愿望。可是长久的反复折腾，导致广哥患上了抑郁症，精神上的折磨摧垮了广哥的求生意识，最后他在戒毒所上吊自杀。

　　现在，广哥就躺在冰棺里，嘴唇张开着，里面塞着米和茶叶，听说死前没闭嘴的人是因为此生还有遗憾。追悼会由社区的领导主持，广哥的女儿代表亲属讲话，她上台刚欲开口，眼泪就替代了语言，抑制不住的抽泣声从话筒里传出来，将整个灵堂覆盖。他女儿断断续续讲，一边讲，一边哭，在女儿的心中，广哥是一个工作上的好同志，但他不是一个好父亲，也不是一个好丈夫，更不是一个好儿子，他亏欠家人的情债，只能下辈子来还，所以，来生她还要做他的女儿。因为被开除了公职，单位领导没有出席追悼会。徐云峰看着左右人群中的同事，他觉得应该为广哥做点儿什么，他几步跑到乐队中间，拿起了长久没有吹过的长号，吹起了《让我再看你一眼》，另外一个同事也紧跟着过去拿起了话筒，许多同事都跟着唱了起来："在分离的那一瞬间，让我轻轻说声再见，心中虽有万语千言，也不能表达我的情感，在这短短的那一瞬间，让我再看你一眼，不知何时才能相见……"

　　悲凉的气氛在灵堂里缭绕。徐云峰用力地平息着自己，他的脑海中一片混乱，一下是小戴受伤的胳膊，一下是余婉落寞的身影，一下是丫头甜甜的笑容，一下是父母年迈的身影，忽然间，一股潮湿的液体从眼眶里流出来，越来越多，后来纷纷从长号的铜管上滚落了下来。众人围着遗体做最后告别。广哥的妻子抚摸着他的脸，她不敢大哭，怕她的眼泪滴在广哥的身体上，让他走得不安心。广哥两鬓白发的父亲拄着拐棍站在冰棺前，身体在颤抖，发着呆，眼神空洞地望着静静躺着的儿子。临走之前，徐云峰去看了广哥最后一眼，默默告白：兄弟，你算是解脱了，但愿天堂里再也没有毒品。

　　从灵堂出来一上车，徐云峰就拨通了余婉的电话。电话里的余婉哈哈大笑，有点儿反常，里面声音好嘈杂，她正在酒吧里。徐云峰问了酒吧的具体位置后，就直接奔了过去。一进酒吧，一股热浪迎面扑来。中间的大舞台上，一个男人跪在地上唱得歇斯底里，头发都湿了，贴在脑门上，散发的热气里仿佛有着对生活深深的无奈。徐云峰最不愿意看到这种场面，生存的状态各异，太用力总是让人倍感生活的残酷与残忍。舞台下面，是一群扭动着身体的男女，昏暗的灯光下，全是荷尔蒙的味道。震耳欲聋的音乐，像一根棍子在敲打徐云峰的心脏，更像一根铁丝缠住了他的呼吸，他恨不得马上找到余婉拉她离开这个鬼地方。到余婉她们所在的包厢时，房间里正在播放一曲劲爆歌曲，人不多，六七个吧，全是女人。徐云峰习惯性地用侦查的眼神扫过人群，结果倒吸一口冷气，全是几个熟悉同事的老婆。再用眼神扫过角落，看到了余婉和一个身材修长的女人，双手搭在墙上，使劲甩动着自己的身体，仿佛要甩掉身体里的某种东西。她的头往左右摇摆着，侧过来的脸上眉头紧皱，眼睛紧闭，一副痛苦表情，一头黑发已经湿淋淋的了。徐云峰从来没有见过余婉这个样子。

想当年，高挑清秀当音乐老师的余婉，背后一大群追求者，却被徐云峰的高大魁梧所吸引，有他在，好似天塌下来都不怕，太有安全感了。可是结婚十年，身为独女的余婉倒成了徐云峰坚强的依靠，家里他除了买房买车等大事做主，其他均是余婉的事，买菜做饭、教育小孩、孝敬老人、家里的维修……他一直认为余婉是个外柔内刚的女子。

今天的余婉有些崩溃了，她和丫头等到大黑也没等到徐云峰回来，她就知道今晚的承诺又泡汤了。这本来也是常有的事，但或许是感冒所致抵抗力差，负面情绪也跟着作祟，一股脑在她体内跳跃，想到结婚后和徐云峰之间除了等待就是担惊受怕，她不知这样的日子什么时候是个头。

想到有一次徐云峰跟踪一起涉毒案子，因为案件需要不能和任何人联系，失踪两天两夜后才回家。她抱着徐云峰痛哭流涕，又是打又是骂，丈夫在外干什么她都无权知道，这日子还怎么过下去？那种等待像无数条虫子在身体里爬行，让她整夜整夜睡不着、吃不下。余婉一个劲儿地流眼泪，她说她害怕，她怕在等待中担惊受怕会成神经病，找个警察本以为可以保家平安，可一天到晚在外抓人惩恶，却把个家里人整成了疯子，连小家都保护不了，谈何去保护国家？

体内一股无名火开始窜，她想要发泄，要么是找到徐云峰，要么是自行解决，她选择了后者。给丫头下了碗面条吃了，然后将她送到了奶奶家。她一个人开着车，约上几个徐云峰同事的老婆，一起去了酒吧。这些老婆们平时也都走动得比较勤，嫁了同样职业的男人，绑在一起一则为了打探男人的动态，二则相互找点儿慰藉。

徐云峰站在那里，看着几个身体扭动得变形的女人，他闻到了空气中的各种味道，有怨气，有无奈，有委屈，这些情绪堆积在一起，仿佛变成了火药，对着徐云峰，这股火药就会点燃爆炸。徐云峰悄悄地从房间里退了出来，他不敢惊动这些女人。他回到车里，给余婉发了条消息说他在车里等她。他望着反光镜，里面是一个老男人的脸孔，眼皮松弛，肚子圆鼓，一根根的白发如雨后春笋冒出来，他还不到四十岁啊！从昨晚到现在，他只睡了两个小时，现在十点了，他却不知道今天是才开始，还是即将要结束。眼皮不停地打架，他拿出香烟，一根接着一根地抽着，身体的神经一根挨着一根，全部变软了。他抓着躺椅扶手慢慢地倒了下去，好似找到了一个依靠，不一会儿，车内响起了徐云峰如雷的鼾声。他进入了梦里，在梦中，出现一个舞台，舞台的中央，光束追着一排明晃晃的尖刀，徐云峰穿着警服，带着警帽，从舞台侧面跑了出来，踩到了尖刀上，他极力踢开那些尖刀，却怎么也踢不开，只看到刀尖上，鲜红的血流了出来，血越来越多，越来越多，他站在刀尖上不敢动，却不知何去何从，忽然，电话铃声响了起来……